ONJALI Q

Seren
Uwch
FY
mhen

Addasiad Bethan Mair

RILY

Cyhoeddwyd gan Rily Publications Ltd. 2022
Blwch Post 257, Caerffili, CF83 9FL
Hawlfraint yr addasiad © Rily Publications Ltd 2022
Addasiad: Bethan Mair

www.rily.co.uk

Cyhoeddwyd gyntaf yn y DU yn 2019 dan y
teitl *The Star Outside my Window*
gan Hodder and Stoughton, cwmni Hachette UK,
Carmelite House, 50 Victoria Embankment, London EC4Y 0DZ

Mae cofnod catalog CIP o'r llyfr hwn ar gael gan y Llyfrgell Brydeinig.

Mae'r cyhoeddwr yn cydnabod cefnogaeth ariannol Cyngor Llyfrau Cymru.

ISBN 978-1-80416-265-1

Argraffwyd yn y DU gan CPI Group (UK) Ltd., Croydon CR0 4YY

Mae'r papur a'r cerdyn a ddefnyddir i argraffu'r
llyfr hwn wedi'u gwneud o goed
o ffynonellau cyfrifol.

CYN I NI EHEDEG ...

Mae hon yn stori a ysgrifennwyd ar gyfer pawb.

Ond mae hefyd yn stori a allai achosi poen neu ofid i
unrhyw un sy'n gweld neu'n profi trais yn eu cartref
nhw, ac sy'n gorfod bod yn arbennig o ddewr a chryf.

Os wyt ti'n digwydd bod yn rhywun arbennig fel
'na, neu os wyt ti'n gofidio bod rhywun rwyt ti'n ei
adnabod yn dioddef, tro i gefn y llyfr hwn i ddysgu
mwy am bobl sy'n aros i dy helpu di a dy anwyliaid,
ac yn barod i wneud hynny. Does dim ots pa mor
fawr neu fach wyt ti na'r bobl rwyt ti'n eu caru.

Gyda'n holl gariad a llwch sêr ...

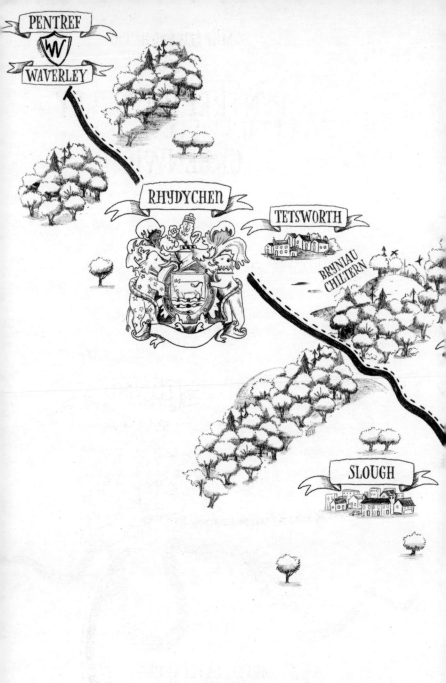

PENTREF
W
WAVERLEY

RHYDYCHEN

TETSWORTH

BRYNIAU
CHILTERN

SLOUGH

MAP LLWYBR BEICIO

PENTREF WAVERLEY
I
GREENWICH

ACONSFIELD

WEMBLEY

LLUNDAIN

73.6 MILLTIR

DOMINE DIRIGE NOS

AFON TAFWYS

ARSYLLFA FRENHINOL
(HELWYR SÊR)
GREENWICH

Big Ben

Y Gherkin

St. Paul's

Palas Buckingham

Y Shard

Pont y Tŵr

Y London Eye

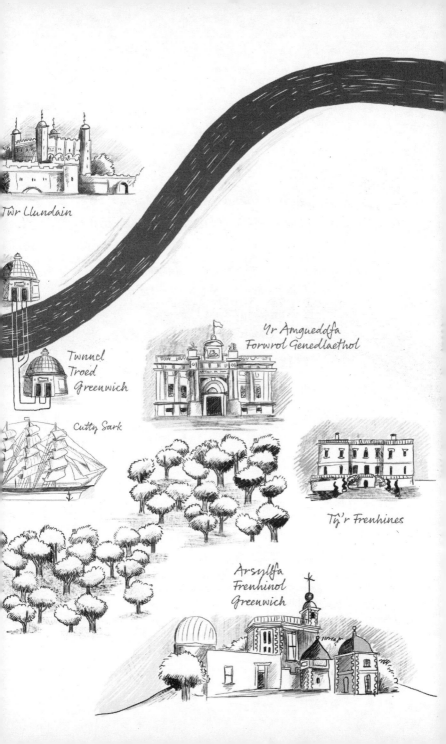

Twr Llundain

Twnnel Troed Greenwich

Cutty Sark

Yr Amgueddfa Forwrol Genedlaethol

Tŷ'r Frenhines

Arsylfa Frenhinol Greenwich

I fy modryb, Mumtahina (Ruma) Jannat,
y mae'i seren yn eistedd wrth ochr y lloer.

I'r ddau belydryn y bu'n rhaid iddi eu gadael ar
ôl, ac i bob plentyn sy'n goroesi effeithiau
Cam-drin* yn y Cartref

Ac i fy mam a Zak. Bob amser

*Nid yw awdur y stori hon yn hoffi cysylltu'r geiriau 'yn y cartref' â'r gair
'cam-drin'. Mae hyn am fod 'yn y cartref' yn awgrymu y dylai unrhyw
gam-drin yn y cartref aros yn breifat, hyd yn oed pan mae'n drosedd
anghyfreithlon. Gall hefyd beri i bobl deimlo gormod o gywilydd i
ddweud wrth rywun am y cam-drin. Ond am mai dyma'r termau arferol,
dyma a ddefnyddir gan yr awdur drwy gydol y llyfr.

Буди скроман, јер си створен од земље.
Буди племенит, јер си направљен од звезда.

*Byddwch yn ddiymhongar, am mai o'r ddaear y'ch
gwnaed.*
*Byddwch yn uchelwrol, am mai o'r sêr y'ch
gwnaed.*

Dihareb o Serbia

*Yn benderfynol fel asteroid yn llosgi, yn fflamio
drwy'r awyr.*

Hugo Rees
(10 oed, bardd, Ysgol Gynradd Cranmore)

Cynnwys

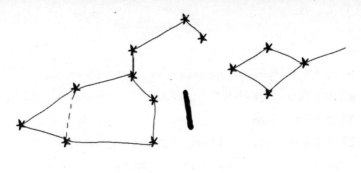

Map i'r Sêr

Dwi wastad wedi bod eisiau Hel Sêr.

Enw pawb arall ar bobl fel 'na yw seryddwyr, ond dwi'n meddwl bod Heliwr Sêr yn swnio gymaint yn well, felly dyna dwi'n mynd i enwi fy hun. Ond dwi ddim yn mynd i fod yn heliwr sêr sy'n chwilio am hen sêr. Dwi eisiau dod o hyd i rai newydd sbon – y rhai sydd newydd gael eu geni ac sy'n chwilio am y bobl maen nhw wedi'u gadael ar ôl. Fe wnes i ddarllen mewn llyfr yn y llyfrgell unwaith fod sêr yn gallu llosgi am filiynau a biliynau a hyd yn oed triliynau o flynyddoedd. Gobeithio bod hynny'n wir, oherwydd mae un seren nad ydw i byth am iddi stopio llosgi. Dwi ddim yn gwybod ble mae hi eto, ond dwi'n gwybod ei bod hi yno, yn aros i mi ddod o hyd iddi.

Yn ôl yn fy nhŷ go iawn, ble ro'n i'n byw gyda Mam a Dad, roedd gen i dair silff gyfan o lyfrau yn fy ystafell wely, ac roedd eu hanner nhw, o leiaf, am sêr a theithio i'r gofod. Roedd y waliau a'r nenfwd yn llawn posteri a sêr oedd yn pefrio yn y tywyllwch, rhai ro'n i wedi begian ar Mam a Dad i'w cael i fi. Ond y peth gorau am fy ystafell oedd fy nglôb sêr arbennig oedd wrth ochr fy ngwely. O bell, roedd yn edrych fel glôb y byd – ond nid dyna oedd hi. Glôb awyr y nos oedd hi, ac yn hytrach na gwledydd a moroedd, roedd yn goleuo â'r holl gytserau gwahanol y gallech chi feddwl amdanyn nhw. Roedd cytser gwahanol yn sgleinio bob tro byddech chi'n cynnau'r golau, ac ro'n i'n nabod pob un ar fy nghof. Dyna pam bydd hi'n hawdd i fi weld sêr newydd pan fydda i'n hel sêr – os ydych chi'n nabod llun ar eich cof, mae'n hawdd dweud pan fydd rhywbeth yn wahanol.

Trueni bod Mam wedi anghofio pacio'r glôb sêr. Weithiau, rwy'n gweld ei cholli gymaint nes 'mod i'n amau na fydda i byth yn stopio gweld ei heisiau. Dwi'n ei cholli hyd yn oed yn fwy nawr fod Noah a fi wedi gorfod symud i'r lle newydd dieithr hwn rydyn ni'n byw ynddo.

Rydyn ni wedi bod yma ers dau ddiwrnod, ac er bod y tŷ yma'n llawer neisiach na'r un o'r blaen lle'r oedd yn rhaid i ni guddio gyda Mam, dwi ddim yn siŵr a ydw i'n ei hoffi. Mae'n llawn synau annifyr – distiau'r llawr yn gwichian pan fydd neb yno, pethau anweledig yn curo ar y ffenest yn y nos fel petaen nhw'n ceisio dod i mewn, a synau gwichian a chrafu o'r tu ôl i'r waliau. Mae fy mrawd bach Noah'n meddwl bod ysbrydion yn y tŷ – mae cymaint o ofn arno pan mae'n amser gwely nes bod angen i fi esmwytho'r cwrlid dros ei ben a'i gwtsho'n dynn nes iddo fynd i gysgu. Dim ond pump yw Noah. Mae'n iawn i rywun pump oed fod ag ofn ysbrydion, ond mae'n hurt fod rhywun deg oed yn credu ynddyn nhw, felly wna i ddim, dim ots faint mae'r synau'n gwneud i fi fod eisiau cuddio dan y cwrlid gyda Noah.

Ond nid dim ond y synau'n sy'n gwneud i'r tŷ yma deimlo'n rhyfedd. Mae'r bobl sydd ynddo'n gwneud hynny hefyd.

Mae 'na grwt o'r enw Travis sy ddim yn siarad. Mae e'n un ar ddeg oed, yn dal ac yn denau, ac mae e'n edrych fel elastig sydd wedi cael ei dynnu'n rhy dynn. Mae ei ddannedd e'n sticio mas dros ei wefusau ac mae bresys metel mawr arnyn nhw – mae'i geg e'n edrych fel tasai adeiladwr wedi gwasgu pentwr o sgaffaldiau metel i mewn iddi ac wedi anghofio stopio. Gan amlaf, bydd e'n syllu arna i gyda'i lygaid llwyd-frown mawr sy'n sticio mas fel peli ping-pong. Dwi ddim yn hoffi pobl sy'n syllu arna i. Mae fy mochau'n troi'n goch ac mae'n gwneud i fi deimlo fel dianc. Ond mae e'n dal ati, hyd yn oed pan fydda i'n syllu'n ôl.

Wedyn mae Ben, sydd â gwallt du enfawr, fflwfflyd sy'n edrych fel petai rhywun wedi'i osod yno â llwy hufen iâ fawr. Mae e'n ddeg oed fel fi, â llygaid brown sgleiniog sy'n edrych fel petaen nhw'n holi miliwn o gwestiynau, ac mae ganddo bloryn mawr ar ei foch chwith – mae e'n ei wasgu bob tro mae'n meddwl bod neb yn edrych arno. Mae e wastad yn gwisgo siwmper Newcastle United â hwd tu chwith, ac mae e'n bwyta popcorn a chreision allan o'r hwd fel pe bai'n fowlen. Mae Ben yn dweud pethau rhyfedd ac yn holi llawer o gwestiynau i fi – fel pe bai e'n dditectif ar y teledu a finnau'n droseddwr. Cwestiynau fel, 'Hei! Pam wyt ti yma?' a 'Oes angen i chi eich dau gael eich mabwysiadu hefyd?' a 'Raslas bach a mawr, Aniyah! Wyt ti ddim yn hoffi ffish ffingyrs? Alla i eu cael nhw?' Mae'n gas gen i rywun sy'n holi cwestiynau bron cymaint â mae'n gas gen i rywun sy'n syllu arna i – yn enwedig pan nad ydw i'n gwybod yr atebion a dyw fy llais i ddim yn gweithio. Felly pryd bynnag mae Ben yn gofyn cwestiwn, dwi'n edrych ar y llawr ac yn codi fy ysgwyddau.

Ac i orffen, Sophie. Mae Sophie'n dair ar ddeg, felly hi yw'r hynaf o bawb, ond mae hi'n dal yn fyrrach na Travis. Mae gan Sophie wallt hir, syth, coch llachar, ac union ddau ddeg saith brycheuyn brown ar draws ei thrwyn. Wnes i eu cyfri y tro cyntaf gwrddais i â hi, oherwydd dwi'n hoffi brychni haul. Dwi'n meddwl bod brychni a sêr yn edrych bron yr un fath – yn fach ac yn danllyd – ac mae'n hwyl gweld pa batrymau allwch chi eu gwneud ohonyn nhw. Hoffwn pe bai gen i frychni, ond does gen i ddim. Dim un, hyd yn oed. Pe bai Sophie a fi'n ffrindiau, byddwn i'n dweud wrthi fod ei brychni'n gwneud siâp morfil mawr neu long â thair hwyl, yn dibynnu sut rydych chi'n eu cysylltu. Ond dyw Sophie ddim yn hoff ohona i na Noah, felly dwi ddim yn meddwl y bydda i byth yn gallu dweud hyn wrthi. Dwi'n gwybod ei bod hi ddim yn hoff ohonon ni oherwydd pryd bynnag dyw Mrs Iwuchukwu ddim yn edrych, bydd hi'n syllu arnon ni gyda llygaid sy'n dweud Dwi'n-eich-casáu-chi, ac yn culhau'i llygaid a chrensian ei dannedd. Mae cael cipolwg felly'n troi fy nwylo a 'nhraed yn oer fel iâ.

Mrs Iwuchukwu yw'r fenyw sydd biau'r tŷ ble rydyn ni oll yn byw, a hi yw un o'r oedolion mwyaf rhyfedd i mi gwrdd â nhw erioed. Mae hi'n gwisgo llawer iawn o fwclisau a gleiniau a breichledau, felly pan fydd hi'n symud, bydd hi'n gwneud synau cloncian fel marblis yn symud mewn bag. Hefyd, mae hi'n gwenu gymaint nes bod yn rhaid bod ei bochau hi'n brifo drwy'r amser. Dwi erioed wedi gweld neb yn gwenu gymaint â hi. Gan amlaf, bydd yn rhaid i mi edrych o gwmpas i ddyfalu ar beth mae hi'n gwenu, oherwydd mae angen rheswm i wenu fel arfer. Ond does dim angen rheswm ar Mrs Iwuchukwu, yn ôl pob golwg. Pan wnes i gwrdd â hi gyntaf, ro'n i'n meddwl taw mam Ben oedd hi, oherwydd mae ganddyn nhw'r un math o wallt, mawr fel clustog, a'r un lliw croen yn union. Mae ganddi hi wefusau pinc, sgleiniog a bydd hi'n gwisgo powdwr pefr o gwmpas ei llygaid brown tywyll, ac mae'i hacen hi'n gwneud iddi swnio fel pe bai hi'n hanner canu ac yn hanner rhoi stŵr i chi. Dwn i ddim ydi Noah a fi'n hoffi Mrs Iwuchukwu eto. Ond rhaid i ni wneud ymdrech, a rhaid i ni drio sicrhau ei bod hi'n ein hoffi ni hefyd, oherwydd hi yw'r unig un all ein cadw ni gyda'n gilydd nawr fod pawb arall wedi diflannu. Dyna fydd mam faeth yn ei wneud – cadw plant fel fi a Noah gyda'n gilydd pan fydd eu mam a'u tad wedi diflannu.

Doedd gen i ddim syniad beth oedd mam faeth tan ddwy noson yn ôl. Roedd gen i fam go iawn tan hynny, felly doedd dim angen gwybod cyn hynny, sbo. Ond pan adawodd Mam, daeth menyw dal mewn siwt ddu a dau blismon a dweud bod yn rhaid i ni fynd i gartref maeth er mwyn i ni gwrdd â'n mam faeth newydd. Doeddwn i ddim yn hoffi'r syniad o ddim byd 'maeth' – maen nhw'n swnio fel pethau gwneud, pethau sy'n ceisio gwneud i chi gredu taw chi biau nhw, pan nad chi sydd biau nhw. Doedd Noah ddim yn hoffi'r syniad chwaith, a dechreuodd e lefain a sgrechian ac igian ar unwaith.

Fydd Noah byth yn igian na chrio oni bai ei fod e wir yn ofnus. Dywedodd Mam mai fy ngwaith i am byth oedd gofalu amdano fe, felly pan ddechreuodd e lefain ac igian o flaen yr heddlu a'r fenyw yn y siwt, fe wnes i drio dweud wrtho fe gyda fy llygaid i beidio â bod ofn oherwydd 'mod i yno i ofalu amdano fe. Ond dwi ddim yn meddwl ei fod e wedi gweld y geiriau yn fy llygaid oherwydd fe wnaeth e grio ac igian yr holl adeg roedden ni'n eistedd ar sedd gefn car yr heddlu, ac yna drwy'r nos hefyd. Baswn i wedi hoffi gallu dweud pethau caredig wrtho gyda fy ngeiriau go iawn yn hytrach na rhai anweledig yn unig, ond fe ddiflannodd fy llais pan glywais i Mam yn ein gadael ni, a dyw e ddim wedi dod yn ôl eto. Dwi'n meddwl bydd yn dod yn ôl gynted bydda i'n darganfod yn union ble mae Mam.

Dyna pam na alla i aros nes 'mod i'n oedolyn er mwyn dod yn heliwr sêr – rhaid i fi ddod yn un ar unwaith er mwyn darganfod ym mha ran o'r awyr mae Mam nawr. Mae gan bob seren yn yr awyr enw a stori, ac mae sêr eithriadol o arbennig yn dod yn rhan o gytser ac yn rhan o stori hyd yn oed yn fwy. Dwi'n gwybod hyn am fod Mam wedi esbonio'r gwir am sêr i fi ar ôl i ni wylio *The Lion King* gyda'n gilydd.

The Lion King yw fy hoff ffilm cartŵn yn y byd i gyd. Byddai Mam yn gadael i fi a Noah ei gwylio bob tro roedd Dad yn dod adre o'r gwaith ac angen symud celfi o gwmpas y tŷ. Byddai Mam yn rhoi winc ac yn cloi'r drws ac yn pwyntio at fys hud y teledu ac yn dweud 'Beth am i ni foddi sŵn y byd, ie?' Weithiau, byddai Dad yn curo ar y drws a galw amdani a byddai'n rhaid iddi fynd a'n gadael ni ar ein pen ein hunain, ond doedd dim ots gyda ni wylio hebddi chwaith. Roedd Noah'n dwlu ar Timon a Pumbaa, a byddai e wastad yn chwerthin a dawnsio pan fydden nhw ar y sgrin.

Ond fy hoff ran i oedd pan mae Mufasa, tad Simba, yn dweud wrtho fod pob un o lew-frenhinoedd mawr yr oesoedd a fu'n syllu i lawr arno o'r sêr uwchben, ac oherwydd eu bod nhw yno, does dim angen iddo deimlo'n unig byth. Pan glywais i dad Simba'n dweud hynny am y tro cyntaf, gofynnais i Mam ai dim ond brenhinoedd oedd yn gallu troi'n sêr. Doedd hi ddim yn deg os na allai breninesau fod yn sêr hefyd, a beth oedd yn digwydd os nad oeddech chi'n adnabod neb oedd yn frenin neu'n frenhines yn y lle cyntaf? Oedd rhaid i chi fod ar eich pen eich hun? Gwgodd Mam ac edrych i lawr arna i â'i llygaid lliw siocled. Wedyn, ar ôl meddwl am dipyn, dywedodd hi fod breninesau'n troi'n sêr hefyd, wrth gwrs. Ac nid yn unig hynny, ond fod pobl gyffredin – y rhai â chalonnau hynod lachar – weithiau'n troi'n sêr mwyaf y ffurfafen, hyd yn oed yn fwy na sêr brenhinoedd a breninesau! Felly roedd pawb yn sicr o adnabod o leiaf un o'r sêr uwch eu pennau.

Dwi'n falch ei bod hi wedi dweud hynny, achos petai hi heb ddweud, faswn i erioed wedi deall ystyr y sŵn yna, pan glywais i Mam yn ein gadael ni a throi'n seren.

Gynted bydd Noah'n mynd i gysgu, a'i freichiau'n mynd yn ddigon llipa i fi allu gollwng fy ngafael ynddo, dwi'n mynd i wneud map o'r holl sêr y galla i eu gweld o'r ffenest. Fe weithia i ar y map bob nos nes i fi ddod o hyd i bob seren newydd yn yr awyr. Rhaid i fi geisio dod o hyd i'r seren fwyaf llachar, fwyaf newydd, oherwydd honno fydd seren Mam. Mi fydda i'n gwybod taw ei seren hi yw hi, am mai gan Mam oedd y galon fwyaf, a mwyaf llachar, o blith pawb dwi erioed wedi'u nabod. A dyw pobl â'r calonnau mwyaf a mwyaf llachar byth yn mynd i'r ddaear. Maen nhw'n mynd i'r awyr.

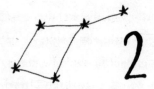

Rheolau'r Tŷ Maeth

Er taw dim ond ein trydydd diwrnod ni yn y tŷ maeth yw hwn, am yr ychydig eiliadau cyntaf ar ôl i fi ddeffro, dwi'n anghofio bod Mam wedi mynd a Dad yn methu dod o hyd i ni ddim mwy, ac nad ydw i yn fy ystafell wely gartref. Ond wedyn mae fy llygaid yn dechrau gweld pethau'n glir ac ae fy ymennydd yn dechrau cofio popeth, a dwi'n difaru deffro o gwbl. Dwi'n gwasgu fy llygaid ar gau'n dynn eto a dal yn sownd yn y loced arian o gwmpas fy ngwddf. Dwi'n caru fy loced – mae'n grwn ac yn sgleiniog ac mae patrwm chwyrlïog drosti. Mam a Dad brynodd hwn i fi ar fy mhen-blwydd yn saith oed, a dyma'r unig beth sydd gen i sy'n fy atgoffa o'r ddau ohonyn nhw. Dyna pam, bob bore ar ôl i fi gofio nad ydyn nhw gyda fi ddim mwy, dwi'n ei dal ac yn gwasgu fy llygaid ynghau'n dynn ac wedyn yn eu hagor nhw'n sydyn – i roi syrpréis i fy llygaid. Fe welais i rywun yn gwneud hyn ar y teledu unwaith, i'w helpu i ddeffro o hunllef. Ond dyw e ddim yn gweithio gyda fi, achos dyw'r llun ddim yn newid, sy'n golygu nad breuddwyd mo'r hunllef o gwbl.

Ond nid dyna'r peth gwaethaf am ddeffro yn y tŷ maeth. Y peth gwaethaf yw rhannu gwely gyda Noah, a deffro i weld fy nghoesau'n oer a gludiog am ei fod e wedi gwlychu'i hun eto. Dwi'n gwybod ei fod e'n methu help gwneud, a taw dim ond am fod ofn arno mae'n digwydd, ond mae'n dal i fod yn boendod. Fe allwn i gysgu ar y bync uchaf fel dylwn i, ond wedyn byddai Noah ar ei ben ei hun yn llwyr. Yn lle hynny, dwi'n ceisio cysgu reit ar erchwyn y gwely er mwyn aros yn sych. Ond dyw hyn byth yn gweithio. Pan fydd fy llais yn dod yn ôl, dwi'n meddwl y gwna i ofyn am ymbarél.

Hyd yma, dyw Mrs Iwuchukwu ddim wedi rhoi stŵr i Noah am wlychu'r gwely. Yn lle ei ddwrdio, mae hi'n ymddwyn fel pe bai hwn yn rhywbeth gwych i rywun ei wneud! Bob bore bydd hi'n dod i mewn i'r ystafell a dweud 'Deffrwch, mae'n ddydd!', gan sniffian yr awyr fel cwningen. Wedyn mae hi'n dod draw i'r gwely ac yn tynnu'r cwrlid yn ôl a gweiddi, 'Aha! Dyna fe!' fel pe bai hi wedi dod o hyd i ryw drysor yn hytrach na phwll mawr o bi-pi. Wedyn, gan chwerthin a chwifio'i breichiau i

symud Noah a fi oddi ar y gwely, mae hi'n chwyrlïo'r
dillad gwely dros ei breichiau fel darn enfawr o gandi-fflos
a dweud, 'Gwell mewn na mas! Rheol gyntaf y tŷ – pan
mae'n rhaid mynd, rhaid mynd!'

Dim ond un o reolau rhyfedd y tŷ yw cael gwlychu'r
gwely. Mae gan Mrs Iwuchukwu sawl rheol ryfedd sy'n
hollol wahanol i'n rhai ni gartref. Pan ddaeth y fenyw yn
y siwt ddu a'r plismyn â ni i dŷ Mrs Iwuchukwu, soniodd
neb am reolau'r tŷ maeth. Y cyfan roedden nhw'n ei
ddweud, drosodd a throsodd, oedd 'Bydd popeth yn
iawn,' a 'Does dim angen i chi bryderu nawr'. Ond mae
llawer o bethau bydda i'n pryderu amdanyn nhw. Fel,
beth os na chaf fi fynd yn ôl i'r ysgol i weld fy nau ffrind
gorau, Eddie a Kwan, byth eto? Neu beth ddylwn i ei
wneud os bydd Noah eisiau bwyd yng nghanol y nos, ac
eisiau mynd i lawr i'r gegin i nôl rhywbeth o'r bocs
bisgedi, fel bydden ni'n arfer ei wneud? Neu pa mor
fawr yw switsh Mrs Iwuchukwu, a beth sydd angen i ni
ei wneud i sicrhau na fydd e byth yn cael ei daro i'r ochr
arall? Y cwestiwn am y switsh yw'r un pwysicaf,
oherwydd dwi'n gwybod bod gan bawb switsh y tu
mewn iddyn nhw, ac os yw'n cael ei daro, mae'n gallu eu
gwneud nhw'n grac ac maen nhw'n eich brifo chi. Yn
enwedig oedolion sy'n gweithio'n galed fel Dad. Roedd
y fenyw yn y siwt ddu wedi dweud byddai Mrs

Iwuchukwu yn gweithio'n galed iawn i ofalu amdanon ni, felly dwi'n meddwl ei bod hi'n debygol fod ganddi hi switsh yr un mor fawr ag un Dad. Dyna pam mae angen i mi wybod am bob un o'i rheolau hi. Fel yna, bydda i'n gallu gwneud yn siŵr na fydda i a Noah ddim yn eu torri nhw.

Dwi wedi bod yn gwrando'n arbennig o ofalus ar Mrs Iwuchukwu ac yn gwylio Ben a Travis a Sophie hefyd. Ond mae'n anodd dysgu rheolau rhywle pan does neb yn eu dweud nhw wrthych chi'n syth. Mae fel cerdded i mewn i ysgol newydd a neb yn dweud beth allai arwain at gael cosb aros ar ôl ysgol. Dyna pam dwi'n hoffi sêr. Yn yr awyr, dyw'r rheolau byth yn newid, felly does dim angen i neb ddweud dim byd. Gallai sêr newydd gael eu geni a hen sêr, heb neb ar ôl i ofalu amdanyn nhw, ddiflannu, ond fel arall, mae'r holl sêr yn aros yn union yr un lle am filiynau o flynyddoedd, a neb yn symud. Ond dyw pobl ddim fel sêr. Does ganddyn nhw ddim dotiau fflachiog y gallwch chi dynnu llinell rhyngddyn nhw bryd bynnag fyddwch chi eisiau gwybod beth yn union ydyn nhw. Felly, yn ogystal â hel sêr, rhaid i fi fod yn Heliwr Cliwiau hefyd, a chwilio am gliwiau ynghylch rheolau Mrs Iwuchukwu a ble allai'i switsh hi fod. Dwi'n dysgu rheolau newydd bob dydd, a hyd yma dwi wedi dysgu:

Rheol Rhif Un: **Gallwn ni wlychu ein hunain fel y mynnwn ni, a fydd neb yn gweiddi arnon ni na'n gorfodi i sefyll yn y gornel**

A dweud y gwir, mae Mrs Iwuchukwu'n gwenu mor llydan pan fydd Noah wedi gwlychu'r gwely nes 'mod i'n dechrau meddwl efallai fyddai'n iawn iddo bi-pi mewn llefydd eraill hefyd. Neithiwr, cyn iddi hi ein galw i gael te, fe ofynnodd Noah i fi oedd hi'n iawn iddo godi'i goes a gwneud ar goeden, fel mae cŵn yn ei wneud yn y parc. Ysgwyd fy mhen wnes i, ond ro'n i'n gallu gweld ei fod e'n dal i feddwl am y peth pan aethon ni i'r gwely, oherwydd roedd e'n ceisio gweld pa mor uchel roedd e'n gallu codi'i goes, ac yn llygadu'r wardrob yn ein hystafell.

Rheol Rhif Dau: **Gallwn ni lefain a sgrechain mor uchel ag y dymunwn ni, a fydd Mrs Iwuchukwu byth yn dweud wrthon ni am 'Roi'r gorau iddi!' neu 'Dyfu lan!' neu 'Stopio ymddwyn fel babi mawr!'**

Mae Ben yn galw Noah'n Bencampwr Sgrechian, am ei fod e'n sgrechian a llefain drwy'r amser, bron. Mae hynny'n cynnwys yn y gawod pan fydd e ddim am i Mrs Iwuchukwu ei olchi oherwydd nid Mam ydy hi, neu yn y bore pan fydd hi'n ceisio'i helpu e i dynnu'i byjamas, a gyda'r nos pan fydd hi'n ceisio'i helpu i wisgo'i byjamas, a'r holl adegau eraill yn y canol. Ond dyw Mrs Iwuchukwu ddim fel pe bai ots gyda hi am y sgrechian – ddim o gwbl. Mae hi'n gwenu a nodio'i phen a dweud, 'Da ti – gad i'r bwystfilod ddod mas, Noah! Cofia, cei di grio gymaint ag wyt ti eisiau, mor swnllyd ag wyt ti eisiau, am gyhyd ag wyt ti eisiau. Ond i ti beidio â gwneud dy hunan i chwydu!' Gartref, fyddai Mam a Dad byth wedi gadael iddo grio a sgrechian cyhyd ond nawr fod hawl ganddo i wneud fel mae'n dymuno, dwi'n meddwl ei fod e'n dechrau laru, oherwydd mae'r crio'n para llai o amser, a'r sgrechfeydd yn llai swnllyd.

Rheol Rhif Tri: **Gallwch chi wneud llanast wrth fwyta a fydd neb yn rhoi stŵr i chi nac yn rhoi slap i'ch llaw.**

Wnaeth Mrs Iwuchukwu ddim dweud y rheol hon â'i llais, ond sylwais arno amser brecwast ar ein diwrnod cyntaf oll ni yma. Gartref, byddai Mam wastad yn gorfod ein helpu i fwyta'n bwyd a thorri'r darnau'n fân i wneud yn siŵr nad oedd dim byd yn disgyn ar y bwrdd neu'r llawr, rhag ofn

15

taro switsh Dad. Ac weithiau, cyn ysgol, pan fyddai Dad wedi bod yn gweithio'n galed iawn yn y banc, ac angen i ni fod yn fwy tawel nag arfer er mwyn iddo gysgu'n braf, byddai Mam yn rhoi brecwast i ni wedi'i lapio mewn papur cegin a gwneud i ni ei fwyta ger y car.

Ond yn y cartref maeth, mae Ben yn gollwng briwsion ym mhobman pan mae e'n bwyta, ac yn eu gwasgaru dros ei wyneb i gyd hefyd, a byth yn ymddiheuro. Ac mae Travis yn cael taenu'r siocled ar ei dost ar ei ben ei hun, heb i neb wneud yn siŵr ei fod yn dwt a llyfn a ddim yn flêr. A gall Sophie roi grawnfwydydd gwahanol yn ei phowlen a'u cymysgu, ac arllwys y llaeth ei hun. Ac amser te, gall pawb roi beth bynnag maen nhw eisiau ar eu platiau, a chael cymaint o sos coch ag y maen nhw eisiau, a dyw Mrs Iwuchukwu byth yn dweud gair! Dyna'r holl bethau doedd Noah a fi ddim yn cael eu gwneud gartref, felly nawr, mae Noah'n llawn cyffro pan mae Mrs Iwuchukwu'n dweud ei bod hi'n amser bwyd. Does dim digon o chwant bwyd arna i eto i fwyta unrhyw beth yn iawn, ond ar ôl i fi ddarganfod ble mae seren Mam, a fydd fy mol ddim yn brifo gymaint, efallai fydda i'n hoffi'r rheol hon.

Rheol Rhif Pedwar: **Gellir chwarae cerddoriaeth yn y gegin, ac mae'n gwneud i oedolion droi'n fwy rhyfedd nag oedden nhw cynt.**

Pryd bynnag mae Mrs Iwuchukwu yn y gegin, bydd hi'n tanio radio fawr goch sydd ar sil y ffenest ger y planhigion mewn potiau ac yn gadael i ganeuon heb ddim geiriau chwarae – dim ond nodau piano a ffidil a sŵn cerddorfa. Wedyn bydd hi'n cau'i llygaid ac yn hymian yn swnllyd ac yn dawnsio o gwmpas y gegin a'r bwrdd bwyd fel pe bai rhywun anweledig yn dawnsio gyda hi. Weithiau, bydd hi'n cydio yn Travis a Ben a'i gorfodi nhw i ddawnsio gyda hi hefyd.

Y tro cyntaf ddigwyddodd hyn, roedd ar Noah gymaint o ofn, roedd e'n gwrthod gollwng fy mraich, oherwydd gartref roedd yn rhaid i bopeth fod mor dawel a heddychlon bob amser er mwyn i Dad feddwl yn glir. Wnes i erioed weld Mam yn dawnsio na hymian. Byth. Ond pan ddechreuodd Mrs Iwuchukwu wneud, roedd Travis yn gwenu ac yn hymian hefyd. Roedd Sophie'n rholio'i llygaid ac yn gwenu ar yr un pryd, a phwysodd Ben draw a dweud, 'Paid becso – mae hi'n gwneud hyn o hyd!'

Do'n i ddim yn disgwyl dysgu mwy o reolau ar ein trydydd dydd, oherwydd ar ôl i bawb arall orfod mynd i'r ysgol, fe wnaeth Noah fi'r un pethau ag y gwnaethon ni'r ddau ddiwrnod cyntaf buon ni yno. Yn gyntaf, gadawodd Mrs Iwuchwkwu i ni eistedd a thynnu lluniau a lliwio yn y lolfa tan amser cinio, pan gawson ni wylio'r teledu am hanner awr. Wedyn, fe ddarllenodd hi stori i ni a chawson ni fynd i chwarae yn yr ardd nes i bawb ddod adref. Wrth chwarae yn yr ardd, fe wnes i sylweddoli fod rheol mae-llanast-yn-iawn Mrs Iwuchukwu yn wir tu fas hefyd – oherwydd pan gwympodd Noah a thaenu mwd ar hyd ei drowsus, wnaeth hi ddim rhoi stŵr iddo. Yn hytrach, dywedodd hi, 'Wel, am liw braf sydd ar y baw yna, ondife Noah? Edrych ar yr holl liwiau brown gwahanol!' Stopiodd Noah grio ar unwaith wrth glywed hynny, ac edrych yn fanwl ar y staeniau fel pe bai e erioed wedi meddwl am y fath beth o'r blaen.

Ar ôl i ni gael ein galw i ddod i mewn eto, a Noah wedi newid i wisgo trowsus pyjamas, clapiodd Mrs Iwuchukwu ei dwylo a dweud 'Reit, Aniyah! Noah! Mae'r trydydd diwrnod yn swyn, felly beth gawn ni i de heddiw? Lasagne llysieuol? Neu ffish ffingyrs a sglodion? Neu sbageti?' Arhosodd hi i ni ateb wrth iddi ein cymell i eistedd wrth fwrdd y gegin. Roedd hi'n gwisgo powdr pefr aur o gwmpas ei llygaid heddiw, ac roedd ei hamrannau'n edrych fel tywod ar draeth pan fydd yr haul yn gwenu arno.

Gwaeddodd Noah, 'Sbageti! Dwi eisiau sbageti!'

'Ni'n cael sbageti?' Daeth llais ar yr awel lawr y coridor ac wedyn ymddangosodd gwallt ac wyneb Ben o gwmpas drws y gegin. Clapiodd drws y ffrynt a rhedodd Travis a Sophie i'r gegin hefyd. Gollyngodd y tri eu bagiau ysgol ar y llawr – heblaw am Sophie, ddywedodd 'Ych! Mam! Galwa fi pan fydd e'n barod!' cyn diflannu i'r llofft i'w hystafell.

Gwgais, gan geisio meddwl sut allai Mrs Iwuchukwu fod yn fam i Sophie pan oedd y ddwy'n edrych mor wahanol i'w gilydd.

'Travis – sbageti'n swnio'n iawn?'

Nodiodd Travis ar Mrs Iwuchukwu cyn troi i syllu arna i.

"Aniyah?'

Roedd Noah'n dwlu ar sbageti, felly nodiais fy mhen, er 'mod i'n dal i fod heb archwaeth bwyd.

'Da iawn – powlenni mawr o sbageti i bawb, felly! Ben – golcha dy ddwylo, wedyn alli di estyn y mozzarella … yr un yn y pecyn … a'i dorri'n dafelli … gwna'n siŵr dy fod ti'n gwaredu'r dŵr o'i gwmpas yn iawn gynta. A Travis, alli di estyn dail basil i fi os gweli di'n dda – bydd angen rhyw … ugain. Siapiwch hi!' A chan droi at sil y ffenest, cliciodd Mrs Iwuchukwu'r radio ymlaen a llanwodd yr awyr i gyd â cherddoriaeth. 'Aaa, Chopin!' gwaeddodd, a dechrau dawnsio.

Ro'n i eisiau helpu hefyd, ond am nad oedd fy llais yn gweithio, do'n i ddim yn gallu dweud wrth neb eto, felly eisteddais a gwylio gyda Noah yn lle helpu. Mae'n rhyfedd gwylio pobl yn torri bwyd ac estyn pethau a golchi pethau ac arllwys pethau tra bo cerddoriaeth ymlaen – mae fel gwylio ffilm yn y byd go iawn. Fe achosodd i Noah guro'i ddwylo a gwneud i'w gyllell a fforc ddawnsio yn yr awyr hefyd.

Pan oedd popeth yn barod, galwodd Mrs Iwuchukwu ar Sophie i ddod i lawr. Roedd hi'n dal i wisgo'i gwisg ysgol, wnaeth i fi ddymuno bod gen i a Noah ein gwisg ysgol o hyd hefyd. Ro'n i eisiau dod â nhw gyda fi o'r gwesty-oedd-ddim-wir-yn-westy ond dywedodd y fenyw yn y siwt ddu am eu gadael. Dyna pryd ro'n i'n gwybod na fyddwn i byth yn gweld fy ffrindiau na'r ysgol byth eto, efallai.

Daeth Ben a rhoi platiaid o gaws ar ganol y bwrdd. Do'n i erioed wedi gweld y math hwnnw o gaws o'r blaen – roedd yn edrych fel rol o fara oedd wedi'i dorri'n haenau trwchus, crwn, ond roedd yr un lliw â sialc gwyn. Ro'n i'n sicr mai melyn ddylai lliw caws fod, nid gwyn, a gwyddwn ar unwaith na fyddwn i byth yn ei fwyta.

Eisteddodd Ben yn ei gadair ac, ar ôl tapio'r ploryn ar ei wyneb yn sydyn, fel pe bai'n gwneud yn siŵr ei fod yn dal yno, gofynnodd 'Wyt ti'n mynd i fwyta heddiw, Aniyah? Pam nad wyt ti byth eisiau bwyd? Dwi wastad eisiau bwyd! Beth yw dy hoff gaws? Hwn yw fy un i! Wyt ti eisiau peth?' Gan godi'r plât, gwthiodd e ata i.

Siglais fy mhen ac edrych draw ar Sophie. Roedd i'n eistedd ar ben pella'r bwrdd wrth ochr Noah, ac yn syllu arno fe ag edrychiad Dwi'n-Dy-Gasau arall am ei fod e'n taro'r bwrdd â'i gyllell a char tegan. Wedyn daeth Travis i eistedd a dechrau syllu arna i heb symud ei amrannau o gwbl.

'Ben, alli di fod yn dawel am funud, a gadael i bawb fwyta'u te, plis?' gorchmynnodd Mrs Iwuchukwu, wrth iddi ddod a gosod dau lond powlen o sbageti coch, llithrig o 'mlaen i a Noah. Aeth Noah ati i ymosod ar y sbageti â'i fforc, ond cydiais yn ei law ac ysgwyd fy mhen i ddweud wrtho am aros nes bod caniatâd gyda ni i ddechrau.

'Ie, Ben!' sibrydodd Sophie pan aeth Mrs Iwuchukwu yn ôl i'r gegin i nôl powlenni pawb arall. 'Galli di gau dy ben a stopio bod mor ddwl ac annifyr!'

Nodiodd Ben yn ddifrifol, ond ar ôl bod yn dawel am dair eiliad union, sibrydodd, 'Aniyah! Dylet ti flasu'r bara garlleg yma! Hwn yw'r gorau!' Gwthiodd y ffon hir o fara sawrus tuag ata i, ond doeddwn i ddim eisiau dim, felly siglais fy mhen a'i wthio'n ôl ato fe.

'O, cer!' dywedodd Ben. 'Alli di ddim bwyta sbageti heb fara garlleg! Mae'n dros-sedd!'

'Ych! Rwyt ti mor dwp, Ben! Trosedd yw'r gair!' meddai Sophie, gan droi'i llygaid fel petai'n amhosib ganddi gredu bod yn rhaid iddi eistedd wrth yr un bwrdd ag e.

Anwybyddodd Ben hi, a gwthio'r bara garlleg yn ôl ataf, wrth i Travis syllu o hyd.

Ro'n i eisiau dweud wrth Ben fod fy mol yn brifo a fy llwnc ar gau a 'mod i ddim eisiau bwyta dim am nad oedd dim byd yn edrych nac yn gwynto fel bwyd Mam, ond allwn i ddim, felly gwthiais y bara'n ôl eto. Ond wrth i fi ddod â mraich yn ôl tuag ata i, ar ddamwain, gwthiais fy mowlen sbageti gyda fy mhenelin ac ar amrantiad, roedd yn hedfan oddi ar y bwrdd, yn troi ben i waered ac yn disgyn yn glwt ar y llawr!

CRAC! SBLOETS! BANG!

Torrodd y bowlen yn ddau ddarn mawr, a thasgodd y sbageti-tomatos coch ar hyd coesau'r gadair a'r wal las lachar y tu ôl i fi. Roedd y llawr yn edrych fel pe bai anifail wedi mynd o dan gar, a'i berfedd wedi'i wasgu dros bob man ...

Neidiais ar fy nhraed a sefyll wrth ochr y gadair heb anadlu, gan aros i rywun weiddi arna i, a phob rhan o fy nghorff yn crynu fel pe bai wedi'i ddowcio mewn rhew. Clywais Sophie'n tynnu anadl sydyn a Ben yn dweud 'Raslas bach a mawr!' ac ro'n i'n gallu gweld Travis yn edrych arna i'n rhyfedd. Dechreuodd Noah igian am ei fod e'n dechrau poeni amdana i, fel byddai'n arfer gwneud pan fyddai un ohonon ni'n gollwng neu'n sarnu unrhyw beth gartref.

'MA-AM! Edrych beth mae Aniyah wedi gwneud!' gwaeddodd Sophie, gan eistedd yn dal. 'Mae hi newydd DAFLU'r bowlen ar y llawr!'

Edrychais ar Sophie ac wedyn ar Mrs Iwuchukwu yn y gegin. Agorais fy ngheg i ddweud taw damwain oedd e ac nid yn fwriadol, ond doedd dim sŵn yn dod.

'Aniyah, wnest ti daflu'r bowlen?' gofynnodd Mrs Iwuchukwu yn dawel, wrth iddi gerdded at y bwrdd â gwg ar ei hwyneb.

Ysgydwais fy mhen eto.

'Dwi ddim yn hoffi pobl yn dweud celwydd wrtha i, Aniyah,' dywedodd Mrs Iwuchukwu, gan godi'i haeliau. 'Dyna'r rheol aur yn y tŷ hwn. Waeth beth sy'n digwydd, waeth pa mor ddrwg mae rhywun wedi bod, waeth faint mae rhywun wedi ypsetio, does neb byth yn cael dweud celwydd wrtha i. Dwi'n mynd i ofyn eto. Wnest ti daflu'r bowlen yn fwriadol?'

Ysgydwais fy mhen unwaith yn ragor a cheisio gorfodi'r geiriau allan. Ond roedd fy llais yn dal yn rhy bell i ffwrdd i gyrraedd mewn pryd.

'W-wnaeth h-hi ddim g-gwneud yn f-fwriadol,' meddai Travis. 'D-damwain oedd e.'

'Ie,' dywedodd Ben, gan edrych yn nerfus ar Sophie.

Culhaodd Sophie ei llygaid ar Travis a Ben ac wedyn, gan ysgwyd ei phen, dywedodd, 'Maen nhw'n dweud celwydd, Mam, achos dydyn nhw ddim eisiau cosb peidio mynd mas! WELAIS i hi'n gwneud! Fe wnest ti roi'r bowlen ar y bwrdd iddi hi, arhosodd i ti fynd yn ôl i'r gegin, wedyn cododd hi'r bowlen a'i thaflu ar y llawr.'

Cymerodd Mrs Iwuchukwu anadl ddofn, ac ar ôl rhai eiliadau, dywedodd yn dawel, 'Aniyah, cer lan llofft i dy ystafell, os gweli di'n dda.'

Gwgodd Ben fwy fyth. Edrychodd Travis ar ei fowlen. Dechreuodd Noah igian mor swnllyd nes i'r bwrdd ddechrau crynu. Edrychais ar Sophie a theimlo rhywbeth yn llosgi dan fy mron. Edrychodd hi'n ôl i fyw fy llygaid ac wedyn rhoi gwên oedd mor gyflym nes i mi feddwl efallai mai tric y llygaid ydoedd.

'Lan llofft, Aniyah, plis!' meddai Mrs Iwuchukwu, a gwg ar ei hwyneb o hyd wrth iddi ddechrau codi darnau'r bowlen. 'A Noah, mae Aniyah dim ond yn mynd lan llofft i'ch ystafell chi er mwyn iddi hi feddwl am beth wnaeth hi, iawn? Bydd hi'n dod yn ôl pan fydd hi'n barod i ymddiheuro am wastraffu powlen dda o sbageti. Does dim rhaid i ti igian gymaint, iawn?'

Roedd golwg ofnus ar Noah o hyd, ond rhwng yr igian, nodiodd ei ben.

Ro'n i eisiau sgrechian a gweiddi a chicio rhywbeth â'r fath rym nes i fi ei dorri. Ond edrych ar y llawr wnes i, cyn gwthio fy nghadair yn ôl a chodi ar fy nhraed. Wrth i fi gerdded o'r ystafell, edrychais yn ôl dros fy ysgwydd a gweld Sophie'n fy ngwylio. Syllodd ei llygaid i fyw fy rhai i a throdd ei cheg i wenu'n anweledig i bawb ond fi. Meddyliais yn sydyn tybed ai rheol aur Mrs Iwuchukwu oedd ei switsh hi hefyd, ac os felly, pam oedd Sophie'n ei daro, ac yn fy ngwthio i i'r ochr anghywir?

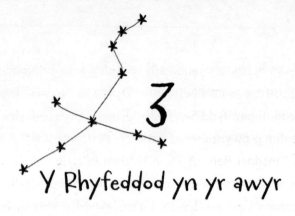

3

Y Rhyfeddod yn yr awyr

Ar ôl deg munud o wneud i fi eistedd ar fy mhen fy hun lan llofft, anfonodd Mrs Iwuchukwu Travis i ddod i fy nôl i er mwyn i fi orffen bwyta swper gyda phawb. Ond do'n i ddim yn mynd i ymddiheuro am rywbeth do'n i ddim wedi'i wneud yn fwriadol, felly wnes i ddim. Dywedodd Mrs Iwuchukwu fod hyn yn golygu na fyddwn i'n cael pwdin. Do'n i ddim eisiau pwdin beth bynnag. Doedd dim chwant bwyd arna i o gwbl o hyd, felly bwytodd Sophie fy un i. Treiffl siocled oedd e. Hwnna oedd fy ffefryn o'r blaen.

'Sori,' dywedodd Ben yn dawel ar ôl i Mrs Iwuchukwu ddweud gallai pawb fynd i wylio'r teledu am hanner awr yn y lolfa tra oedd hi'n tacluso. 'Do'n i ddim wedi bwriadu dy gael di i drwbl.'

Nodiais, achos nid bai Ben oedd e fod Sophie ddim yn fy hoffi.

'S-sori hefyd,' dywedodd Travis, a'i lygaid wedi tyfu o faint peli ping-pong i beli tenis. 'Dyw Mrs Iw b-byth yn ein credu ni pan fydd S-sophie'n gwneud rhywbeth drwg – does dim p-pwynt dweud dim ...'

'Ie,' meddai Ben, 'A phan fyddwn ni'n dweud, bydd Sophie wastad yn gwneud rhywbeth gwaeth i ni – felly y peth gorau yw peidio clepian. Un tro, rhoddodd hi fwydyn yn fy ngwely ar ôl i fi ddweud wrth Mrs Iw taw hi oedd wedi cymryd papur pum punt o'i bag hi, nid fi.'

Nodiais eto, ac eistedd ar un o'r soffas gwyrdd, dwfn. Gadawodd Ben i Noah gael y bys hud, ac roedd Noah mor hapus nes aeth e i eistedd mor agos ag y gallai at y teledu, fel pe bai'n ceisio dod o hyd i ffordd o ddringo i mewn iddo. Roedd ei hoff gartŵn ninja roedd Mam wastad yn arfer ei wylio gydag e ar fin gorffen.

Daeth Ben i eistedd wrth fy ochr ar y soffa, gan wneud i'r sedd fownsio. Eisteddai Travis ar gadair freichiau felen wrth ochr y bwrdd coffi, gan syllu arna i o hyd. Ro'n i'n gallu teimlo fy mochau'n troi'n binc eto, er nad o'n i eisiau iddyn nhw wneud.

'Ni'n ffrindiau, Aniyah, on'd y'n ni?' gofynnodd Ben, gan roi pwniad i 'mraich â'i benelin. 'Ti ddim yn grac â fi, nag wyt?'

Wn i ddim pam, ond fe wnaeth y pwniad godi gwên ar fy wyneb. Felly gwenais. Wedyn gwenodd Travis hefyd.

Ond stopiodd bron ar unwaith a rhoi'i law dros ei geg, fel pe bai e newydd gofio bod gan ei wên fresys dannedd, a doedd e ddim am i neb arall eu gweld.

'Felly ... pam dwyt ti ddim yn siarad?' holodd Ben, wrth edrych arna i a'i ben ar un ochr. 'Oes gen ti atal dweud fel Travis? Neu falle am nad wyt ti'n gallu ...?' Pwysodd Ben ymlaen ac edrych ar fy nghlustiau i weld a oedd gen i gymhorthion clyw.

Ysgydwais fy mhen.

'Roedd bachgen yma o'r blaen fel ti – fe ddaeth e cyn y Nadolig,' dywedodd Ben. 'Wnaeth e ddim dweud un gair. Ddim hyd yn oed pan roddon ni anrhegion Nadolig iddo! Dywedodd Mrs Iw y bydde fe'n siarad tase fe eisiau, ond bod dim byd ganddo fe i'w ddweud eto. Yn y pen draw, buodd yn rhaid iddyn nhw fynd ag e bant.'

Edrychais ar Ben, ac ofn yn dechrau gafael. Wnaethon 'nhw' fynd ag e bant am nad oedd e'n fodlon siarad? Pwy oedden 'nhw'? I ble wnaethon 'nhw' fynd ag e? Ac oedd ganddo fe frawd a chwaer fach – ac os oedd e, beth ddigwyddodd iddyn nhw?

'Ond mae hynny'n normal,' meddai Ben. 'Mae 'na blant yn mynd a dod byth a hefyd. Dyna fydd plant maeth yn ei wneud – dod, ac wedyn mynd. Fel arfer i ryw le maethu arall. Dyna oedd rhaid i Travis a fi wneud cyn i ni ddod fan hyn. Ond nawr rydyn ni eisiau aros fan hyn a chael ein mabwysiadu – hyd yn oed os nad yw Sophie'n ein hoffi ni. Mae'n llawer gwell bod yn blentyn mabwysiedig na bod yn blentyn maeth. Ond dim ond os nad oes gen ti unrhyw deulu ar ôl rwyt ti eisiau'u gweld. Wedyn mae'n well aros fel plentyn maeth, achos gei di fynd i'w gweld nhw.'

Nodiodd Travis.

Agorais fy ngheg i geisio gofyn pam roedden nhw eisiau aros fan hyn, a beth fyddai'n digwydd pan fyddech chi'n cael eich mabwysiadau ac ai dyna pam roedd Sophie'n cael galw "Mam" ar Mrs Iwuchukwu a doedden nhw ddim. Ond roedd fy llais yn dal yn rhy bell i ffwrdd a doedd dim byd yn dod allan.

'Mrs Iw sy'n gwneud y pwdin toffi gludiog gorau yn y byd' esboniodd Ben. 'A does ganddi hi ddim plant ei hunan oherwydd beth ddigwyddodd i Mr I, felly dyna pam mae hi'n fam faeth arbennig o hyfryd sydd bron cystal â mam-mam. Byddai'n wych pe gallai hi ein mabwysiadu ni a'n cadw ni. Mae hi'n llawer gwell nag unrhyw un o'r mamau maeth eraill dwi wedi'u cael!'

Ro'n i eisiau gofyn beth ddigwyddodd i Mr Iwuchukwu a sut gallai unrhyw un gael mwy nag un fam, ond wedyn dywedodd Travis, 'Ie, wnaeth hi roi s-stafelloedd neis i ni. Ac mae'r tŷ'n n-neisiach na'r holl dai maeth eraill h-hefyd!' Roedd ei fresys yn gwneud i'w lais swnio'n od, ond roedd yn well na pheidio â chael llais o gwbl.

29

Edrychais o gwmpas y lolfa, ac yn sydyn sylwais ar yr holl luniau gwahanol ar y waliau. Doeddwn i ddim wedi edrych arnyn nhw go iawn o'r blaen, ond ym mhob un ohonyn nhw, roedd Mrs Iwuchukwu'n sefyll wrth ochr plentyn gwahanol. Dyna hi'n sefyll wrth ochr bachgen â gwallt fflamgoch, trwyn mawr a sbectol fwy fyth. Ac wedyn merch â chyrliau melyn llachar. Roedd bachgen arall mewn siorts coch â gwallt du, syth, oedd yn edrych fel pe bai e'n dod o China, a'i wallt mor sgleiniog nes bod golau'r haul yn bownsio oddi arno. A dau efaill â gwallt brown hir, wedi'u rhewi yn yr unfan yn chwythu swigod at y camera.

'Niyah ... edrych!' gwaeddodd Noa'n sydyn, gan droi ata i a phwyntio at y sgrin deledu. Ond ro'n i'n rhy brysur yn meddwl am y pethau roedd Ben a Travis wedi'u dweud am gael eich mabwysiadu i wrando arno'n iawn. Do'n i ddim wedi meddwl y gallai fod llawer o blant eraill yn byw mewn llawer o gartref maeth eraill hefyd ... ac y gallai rhywun gael mwy nag un fam faeth.

'Niyah! Edrych!' gwaeddodd Noah, yn fwy taer, gan fownsio i fyny ac i lawr ar ei ben ôl. 'MAM! DWI WEDI DOD O HYD IDDI HI!'

Edrychais ar y llun roedd Noah'n pwyntio ato ar y teledu. Roedd e'n dangos pelen enfawr o dân yn teithio drwy'r Gofod dudew ar un ochr o'r sgrin, ac ar yr ochr arall, roedd dyn ag wyneb difrifol iawn a gwallt brown stiff yn siarad i'r meic.

Gan redeg draw at Noah, gwasgais fotwm ar y bys hud yn ei law i godi'r sain.

'Dyw seryddwyr ddim erioed wedi dod ar draws y fath ddirgelwch, ac mae'r digwyddiad wedi tanio ras fyd-eang rhwng prif sefydliadau'r byd i ddod o hyd i unrhyw dystiolaeth o ddigwyddiadau tebyg mewn cofnodion sy'n mynd yn ôl i oes Ptolemy a Galileo,' meddai'r gohebydd, wrth i'w lun ddiflannu, a lluniau llwyth o hen lyfrau a darluniau a phobl yn gwisgo menig yn eu cyffwrdd nhw yn ymddangos ar y sgrin. Yn gyntaf, roedd rholyn hir o bapur wedi'i orchuddio ag ysgrifen Chineaidd, oedd yn edrych fel pe bai rhywun wedi sarnu te brown drosto i gyd, ac wedyn llyfr ag ymylon aur oedd yn cynnwys llawer o ddarluniau o ddynion mewn dillad lliwgar a thyrbans ar eu pennau, yn edrych drwy sbienddrychau ag ysgrifen sgwigli ryfedd a dotiau o'u cwmpas. Daeth llais y gohebydd eto: 'O sgroliau hynafol China i ddyddiaduron y seryddwyr Arabaidd cynharaf, mae'r dasg o ddarganfod digwyddiad tebyg yn hanes y ffurfafen yn parhau ...'

Dechreuodd y llyfrau ddiflannu wrth i wyneb y gohebydd ymddangos eto – ond y tro hwn roedd e'n gwenu. 'Gyda fi nawr mae'r Athro Jasmine Grewal a'r seryddwr Alex Withers o Arsyllfa Frenhinol Greenwich, i helpu i esbonio'r digwyddiad rhyfeddol hwn!'

Aeth llun y seren ar ochr dde'r sgrin yn llai wrth i'r camera dynnu'n ôl nes bod pawb yn gallu gweld dynes denau mewn sbectol, a'i chroen hi bron mor frown â fy un i, yn sefyll wrth ei ochr. Roedd ei gwallt hir, du'n cael ei chwythu i bobman gan y gwynt, a'r tu ôl iddi roedd dyn â gwallt byr, llwyd, barf bigog a llygaid brown, cynnes, bychan bach oedd yn edrych i bob cyfeiriad, fel pe bai e'n methu eu hagor nhw'n iawn. Roedd y ddau ohonyn nhw'n gwenu hefyd.

'Athro Grewal, gawn ni ddechrau gyda chi,' meddai'r gohebydd, gan droi ati'n stiff fel dol blastig a rhoi meic mawr du o flaen ei hwyneb. 'Beth yw arwyddocâd y llun yma rydyn ni newydd ei weld?'

'Wel, yr hyn rydyn ni'n ei weld, Tom, yw rhywbeth nad ydyn ni erioed wedi'i weld o'r blaen,' meddai'r fenyw, gan wenu'n nerfus ar y camera. 'Mae'n edrych yn debyg mai seren danllyd, fyw, go iawn, sy'n symud o un pen i Gysawd ein Haul i'r pen arall yw hi, ac mae hi wedi dod yn agos iawn at atmosffer ein planed ni.'

'Dyw hynny ddim yn swnio'n dda iawn!' meddai'r gohebydd, gan syllu arni hi a gwgu, fel petai hi ar fai am daith y seren rywsut. 'Ond rhaid bod miliynau o sêr yn rhuthro ar draws ein cysawd! Pam bod hon mor arbennig?'

Â golwg ddryslyd ar ei hwyneb, trodd yr Athro'n ôl at y camera. 'Wel, na, a dweud y gwir, dyw sêr ddim fel arfer yn "rhuthro" i unman – dyma sut allwn ni ddibynnu ar ein haul ni i aros yn ei unfan. Dyna sut allwn ni gyfrif blynyddoedd golau a mapio'r wybren drwy ddefnyddio'r cytserau. Ein haul ni yw ein seren agosaf – wel, tan ddoe! – ac mae'n dal i fod bron 150 miliwn o gilometrau i ffwrdd. Ac rydyn ni'n gwybod pe bai ein haul ni'n dod ronyn yn nes, byddai'n golygu dinistr llwyr i holl fywyd y Ddaear. Nid yn unig mae'r seren newydd hon wedi dod yn nes, gan o leiaf ddwy filiwn o filltiroedd, ond ymddengys fel pe bai'n symud drwy'r ffurfafen, yn wahanol i ddim arall rydyn ni wedi'i weld!'

'Felly beth yw ystyr hynny?' holodd y gohebydd, gan edrych i fyny fel pe bai'n disgwyl gweld y seren yn rhuthro tuag ato. Gan droi at y camera a chodi un ael, a'i lais yn swnio fel cyflwynydd sioe gemau, gofynnodd, 'A ddylai'r ddynoliaeth baratoi ar gyfer ... difodiant?'

Ysgwyd ei phen wnaeth yr Athro. 'Na, na! O'n gwaith cyfrifo ni o lwybr arfaethedig y seren a'i maint, fe ddylen ni fod yn ddiogel rhag tynfa lawn maes grym ei disgyrchiant. Gallai ein planed brofi ambell ddigwyddiad rhyfedd o ganlyniad i wres eithriadol y seren, ond oherwydd bod y seren yn newydd – ac yn un o'r lleiaf o bell ffordd o unrhyw seren newydd a welsom erioed – dylai allu gwrthsefyll tynfa ddisgyrchiant y Ddaear a symud heibio'n sydyn. Diolch byth ei bod i'w gweld yn ddim ond ychydig yn fwy ar ei thraws na'r Ddaear!'

Tynnais anadl sydyn a phwyso'n nes at y teledu.

Nodiodd y gohebydd ar y sgrin fel pe bai e'n cytuno, ond ddim yn hollol siŵr gyda beth. 'Rwy'n gweld. A Mr Withers – pam bod hyn yn gymaint o stori ym myd seryddiaeth?'

Gwgodd y dyn hŷn ar y gohebydd fel pe bai e ddim yn deall y cwestiwn, ac wedyn, gan edrych i'r camera, dywedodd, 'Wel ... am yr holl resymau mae'r Athro Grewal newydd eu rhestru.'

Nodiodd y gohebydd ei ben unwaith eto, gan aros i Mr Withers ddweud mwy.

Cliriodd Mr Withers ei lwnc a phwyso ymlaen at y camera, a'i lygaid yn culhau. 'Rhaid i'r byd ddeall nad oes yr un belen o nwy tanllyd erioed wedi dod yn nes atom ni na'n haul. Mae deddfau ffiseg yn mynnu, y naill ffordd neu'r llall, y byddai'r naill ohonon ni'n cael ein sugno i mewn i dynfa ddisgyrchiant y llall ac yn cael ei ddinistrio. Ar hyn o bryd, dyw hi ddim fel pe bai hynny'n digwydd. Mae'r seren dim ond yn ... pasio. A dyw hi ddim fel pe bai hi'n gwneud niwed i ni o gwbl.'

'Dyna un seren wib hynod gyfeillgar, felly?' holodd y gohebydd gan edrych ar y camera teledu a chodi'i aeliau.

'Wel ...' Edrychodd Mr Withers o'i gwmpas fel pe bai arno eisiau i rywun arall siarad ag ef. 'Na ... nid seren wib yw hon – mae seren wib yn ddarn o garreg sydd wedi torri i mewn i'n hatmosffer ni. Mae'r rhyfeddod hwn yn seren danllyd go iawn.'

Anwybyddodd y gohebydd ef a throi'n ôl at yr Athro. 'Ac Athro Grewal, beth ddylen ni'i ddisgwyl gan y seren hon nawr? Ymddengys yn gyfeillgar ar hyn o bryd, ond allai hi ddinistrio holl fywyd y Ddaear o hyd?' holodd, gan ddal y meic o dan ei thrwyn.

Gwthiodd Athro Grewal ei sbectol lan ei thrwyn. 'Wel,' atebodd, 'mae holl arsyllfeydd y byd yn dilyn hynt y seren nawr, a gallwn weld y daith mae'n ei chymryd ar draws hemisffer y gogledd yn glir. Ond am nad yw hyn erioed wedi digwydd o'r blaen, dydyn ni ddim yn gwybod pa mor bell y bydd hi'n teithio, neu a fydd hi'n newid cyfeiriad eto, na phryd na ble bydd hi'n stopio. Ond gallwn ddweud yn go sicr na fydd hi DDIM yn dinistrio'r holl ... ym ... fywyd ar y Ddaear.'

'Er, fyddai hynny ddim yn ddrwg o beth mewn rhai achosion,' meddai Mr Withers dan ei anadl, gan siglo'i ben ar y gohebydd.

'Niyah! Ife Mam yw hi?' sibrydodd Noah, gan gyffwrdd â'r sgrin ble roedd llun y belen dân. Gallwn

35

deimlo Travis a Ben yn sefyll y tu ôl i ni ac yn edrych arnon ni, ond doedd dim ots gen i.

Nodiais a cheisio peidio cau fy llygaid. Roedd yn teimlo'n union fel pan fyddai Mam yn dod i'n casglu o'r ysgol. Hyd yn oed pan oedd cannoedd o famau a thadau eraill ar y buarth, ro'n i wastad yn gwybod ar unwaith ble roedd Mam – ro'n i'n gallu teimlo pan fyddai hi'n agos, ac weithiau ro'n i'n gallu dweud mai hi oedd hi o weld cefn ei phen. Doeddwn i erioed wedi bod yn anghywir. Erioed. Ac ro'n i'n gwybod nad oeddwn i'n anghywir y tro hwn chwaith.

'Diolch,' dywedodd y gohebydd, wrth i'r camerâu droi a dod yn agos ato fe. 'Felly dyna ni! Digwyddiad newydd sbon! Seren fach newydd nad oedd neb wedi rhoi unrhyw gred ynddi, yn trechu deddfau natur – a'n tynfa ddisgyrchiant ni – i chwilio am ei lle yn y ffurfafen fry. Yn ôl atoch chi, Elaine.'

Diflannodd y gohebydd a daeth menyw mewn siwt borffor lachar, yn eistedd y tu ôl i ddesg fawr wydr, i edrych arnon ni yn ei le. Ond roedd llun y seren yn dal i fod y tu ôl iddi hi, felly pwysais at y teledu a'i gyffwrdd.

'Tom Bradbury fanna, a'r rhyfeddod newydd yn ein hawyr. Ac os hoffech chi gael cyfle i helpu'r Arsyllfa Frenhinol i enwi'r seren newydd, gallwch fynd draw i'w gwefan ar w, w, w, dot, er, em, eg, dot, co, dot, iw cei, blaenslaes royal observatory, i gael holl fanylion eu cystadleuaeth newydd sbon. Nesaf, pam fod waliau newydd ffiniau America'n toddi yn yr haul.'

Newidiodd y llun y tu ôl i'r fenyw oedd yn darllen y newyddion, a diflannodd y seren. A heb i mi hyd yn oed sylweddoli ei fod wedi dod yn ôl, gwaeddodd fy llais, 'MAM!'

4

Seren Mam

'Brensiach y brain!' Ti YN gallu siarad!' ebychodd Ben. Gallwn weld yn ei adlewyrchiad yn y teledu ei fod e wedi cael sioc, a bod Travis yn syllu ar fy nghefn. 'Ond ... pam wnest ti enwi'r peth seren yna'n fam i ti?'

'Niyah! Ife hi oedd hi go iawn?' sibrwd-ofynnodd Noah, ei lygaid mor fawr a llawn dŵr nes 'mod i'n gallu gweld fy wyneb cyfan ynddyn nhw.

Nodiais a throi i edrych ar Ben a Travis. Roedd yn rhaid i fi ofyn rhywbeth iddyn nhw cyn i Mrs Iwuchukwu ddod i'r lolfa, felly agorais fy ngheg ac addo i'm llais y byddwn yn garedig iddo am byth pe bai'n gweithio nawr.

'A-alla i – oes 'na gyfrifiadur yn y tŷ yma?' gofynnais. Roedd fy llais yn teimlo'n rhyfedd – fel pe bai ei ddim yn perthyn i fi, a'i fod wedi mynd a dod â llais rhywun arall yn ôl yn lle. Roedd yn swnio fel pe bai wedi torri, ac yn dawel. Ond doedd dim ots. Yr unig beth oedd yn cyfri oedd bod gen i lais eto, ac y gallwn ei ddefnyddio i ddod o hyd i Mam.

Ro'n i angen dod o hyd i'r wefan roedd y fenyw darllen newyddion wedi sôn amdani! Roedd angen i fi wybod ble'n union roedd seren Mam – a beth roedd y fenyw darllen newyddion yn ei olygu drwy fod pobl yn gallu helpu i'w henwi! Os oedd hi'n teithio ar draws hemisffer y gogledd, roedd hynny'n golygu ei bod hi'n agos, oherwydd dwi'n gwybod o'r glôb sêr sydd gen i ein bod ni'n byw yn hemisffer y gogledd hefyd. Oedd yn golygu bod y cytserau ro'n i'n gallu'u gweld drwy ffenest Mrs Iwuchukwu yn y nos yn union yr un cytserau roedd seren Mam yn teithio drwyddyn nhw'r eiliad hon.

Nodiodd Travis. 'M-mae g-gen i un ar g-gyfer g-gwaith cartref yn fy stafell,' dywedodd, gan fynd yn goch fel aeron.

'Ife er mwyn dod o hyd i'r wefan roedd y newyddion yn sôn amdani?' holodd Ben. 'Am y seren?'

Nodiais eto. Gwgodd Ben a dechrau brathu'i wefus isaf. Gallwn ddweud ei fod e'n holi llawer o gwestiynau iddo fe'i hunan ac y byddai angen iddo gael rhai ohonyn nhw allan.

'Ond ... pam byddai angen i ti wybod mwy amdano? A pham wnest ti ddweud "Mam" am y seren?

Dyw dy fam ddim wir yn seren yn y gofod! Mae hi wedi m–'

Ond cyn i Ben allu gorffen y frawddeg, gwaeddodd Noah, 'YDI MAE HI! MAE HI'N SEREN!' a chan redeg at Ben, pwniodd ef yn grac.

'Hei!' meddai Ben, â golwg ddryslyd ar ei wyneb, gan estyn ei ddwylo i atal Noah rhag ei wthio eto.

'DWED BO TI'N FLIN!' gwaeddodd Noah. Trodd ei wyneb mor binc â thu mewn crychiog grawnffrwyth, a dechreuodd e daro Ben ar ei fraich mor galed ag y gallai.

'Sori! Hei, ddywedais i sori!' ebychodd Ben. 'Aaw!'

Cydiais yn nwylo Noah. 'Paid â'i fwrw fe, Noah, dyw e ddim yn gwybod!' dywedais.

'Ond ddywedodd e taw ddim Mam oedd hi!' llefodd Noah, gan edrych ar Ben â gwg crac. Roedd y cyrls ar ei ben yn crychu am fod ei holl gorff e'n crynu, ac roedd ei lygaid yn tyfu'n fwy ac yn fwy ac y wlypach a gwlypach.

Cymerodd Ben gam yn ôl, â golwg wedi drysu arno.

Roedd Travis yn gwgu ac yn gwneud i'w lygaid rasio o gwmpas wrth iddo edrych arna i, wedyn ar Noah, ac wedyn ar Ben. Wedyn, yn dawel, dywedodd, 'Wna i adael i ti d-ddefnyddio'r c-cyfrifiadur ... os wnei d-di d-ddweud?'

Gan rwbio'i fraich yn nerfus, nodiodd Ben a chamu ymlaen. 'Ti'n gallu dweud wrthon ni,' dywedodd. 'Wnawn ni ddim dweud wrth neb, dwi'n addo.'

Tra 'mod i'n ceisio cael Noah i sefyll yn llonydd, meddyliais beth oedd orau i'w wneud. Os byddwn i'n dweud y gwir, efallai fyddai Ben a Travis yn meddwl 'mod i'n dweud celwydd, neu'n hurt, oherwydd dyna mae pobl yn ei feddwl pan dydyn nhw ddim am eich credu chi am rywbeth, hyd yn oed pan mae'n wir. Dwi'n gwybod, oherwydd roedd Mam-gu Irene a Modryb Kathy'n arfer galw Mam yn hurt ac yn gelwyddgi pryd bynnag fyddai hi'n ceisio dweud y gwir wrthyn nhw am y rheswm roedd holl blatiau'r gegin ar goll eto, neu pam bod yn rhaid iddi wisgo siwmper llewys hir yn yr haf. Ac unwaith, pan ddaeth plismon i'n tŷ ni ar ôl i Dad symud y celfi gymaint nes iddo dorri bwrdd y gegin a thair cadair, dywedodd y plismon wrth Mam am beidio â bod yn hysterical – ac ro'n i'n gwybod taw gair arall am ddweud celwydd oedd hwnnw, oherwydd y munud ddywedodd e'r gair, aeth Mam yn dawel a wnaeth hi erioed ofyn i blismon am help gyda'r celfi byth eto. Ond nid yr heddlu oedd Ben a Travis, na Mam-gu Irene, na Modryb Kathy. Ac roedd gobaith y bydden nhw'n fy nghredu i.

Gorfodais fy llwnc i agor eto, a dweud, 'Dwi'n heliwr sêr. A'r seren yna ar y teledu, Mam yw hi. Fe wnaeth hi ein gadael ni a throi'n un gwpwl o ddiwrnodau'n ôl – glywais i hi, a Noah hefyd. Dwi wedi bod yn ceisio dod o hyd iddi hi, ac mae hi wedi bod yn ceisio dod o hyd i ni. A nawr mae hi wedi dangos i ni'n union ble mae hi er mwyn i ni byth mo'i cholli hi eto.' Cydiodd Noah yn fy llaw a chwythu'i frest yn fawr fel pengwin, gan edrych i fyny arna i fel pe bai arno fe ofn, a bod yn llawn hapusrwydd, ar yr un pryd. Gwenais yn ôl. Doeddwn i erioed wedi dweud y geiriau hynny'n uchel o'r blaen. Ond nawr ar ôl i fy llais ddod yn ôl, roedd hi'n teimlo'n braf eu dweud nhw gyda fy nhafod a chlywed y sain roedden nhw'n eu gwneud. Roedd yn gwneud i mi deimlo fel eu dweud nhw drosodd a throsodd a hyd yn oed eu gweiddi. 'DWI'N HELIWR SÊR A DWI WEDI DOD O HYD I SEREN MAM!'

'Rwyt ti'n beth?' gofynnodd Ben, gan grychu'i drwyn mewn anwybodaeth.

Rhoddodd Travis hwp i'w wallt y tu ôl i'w glustiau, fel pe bai ei eisiau bod yn sicr ei fod e'n clywed pethau'n iawn.

'Heliwr sêr – enw oedolion arnyn nhw yw seryddwyr,' esboniais.

'O!' meddai Ben. 'Ond alli di ddim â bod yn seryddwr, dwyt ti ddim wedi gorffen yn yr ysgol eto!' A chan gulhau'i lygaid, edrychodd arna i fel pe bawn i'n ysbïwr cudd oedd ond yn cogio bod yn ddeg oed.

Roedd Travis yn syllu arna i â'i geg ar agor. Edrychai fel pe bai e newydd ddod o hyd i ogof yn llawn geiriau anweledig, a doedd e ddim yn gwybod beth i'w wneud am y peth.

'Does dim angen gorffen ysgol i hel sêr,' dywedais, gan ysgwyd fy mhen a meddwl tybed oedd Ben a Travis erioed wedi bod i lyfrgell. 'Ti'n gallu dysgu am sut i fod yn un mewn llyfrau, ac weithiau yn yr ysgol hefyd.'

'O,' meddai Ben, gan wgu, ond â golwg anghrediniol ar ei wyneb o hyd.

'A tha beth, dwi ddim yn gallu aros tan i fi orffen ysgol, Rhaid i fi ddod o hyd i Mam nawr, er mwyn i ni beidio byth â'i cholli hi eto,' dywedais.

'Ond, on'd yw dy fam di wedi ...' Newidiodd gwg Ben o gael dwy linell i dair, a chaeodd Travis ei geg, a chan sefyll yn stond fel pren mesur, syllodd ar y llawr. Yn sydyn, ro'n i'n deall beth roedden nhw'n meddwl.

'Dyw hi ddim wedi marw,' dywedais, gan deimlo'n grac ac yn drist drostyn nhw ar yr un pryd.

'N-na?' gofynnodd Travis, gan godi'i lygaid, wedi cael syrpréis.

'Na. Mae hi mas fan 'na,' dywedais, gan bwyntio drwy ddau ddrws gwydr mawr y lolfa.

Gan edrych dros fy ysgwydd, fel pe bai'n disgwyl gweld ysbryd, dechreuodd aeliau Ben godi fel bara mewn popty. 'Ti'n meddwl ... yn yr ardd?'

Chwarddodd Noah, ac estyn ei law dros ei wyneb, fel pe bai'n methu credu mor dwp oedd Ben.

'Na,' dywedais, gan geisio peidio â chwerthin hefyd. 'Dwi'n golygu yn yr awyr. Dywedais i'n barod, chlywaist ti ddim? Roedd gan Mam galon arbennig, ti'n gweld, oedd yn ei wneud yn arbennig o lachar. Ac os oes gen ti galon arbennig o lachar, pan fydd yn rhaid i ti adael, bydd dy galon yn cael ei chymryd allan o dy gorff a'i throi'n seren, er mwyn iddi allu gwylio dros bawb y bu'n rhaid iddi adael ar ôl oedd ddim am iddi adael o gwbl. Mae'r bobol orau i gyd lan fan 'na – brenhinoedd a breninesau a miliynau o bobl oedd yn rhy arbennig i adael am byth.'

'Fel pêl-droedwyr a chantorion enwog, ti'n meddwl?' gofynnodd Ben, gan ddechrau edrych fel pe bai e'n hoffi hyn.

'Ie, falle,' dywedais gan godi fy ysgwyddau.

'Cŵl ...' meddai Ben, gan nodio, fel pe bai pethau'n dechrau gwneud synnwyr.

'Ond n-nid p-pobl mo s-sêr. Dim ond peli n-nwy ...' meddai Travis, gan syllu arna i fel pe bai arno fe ofn dweud hynny rhag i fi ypsetio.

'Dwi ddim yn dyfalu hyn!' addewais. 'Wnes i ddarllen amdano. Mae rhai o'r helwyr sêr a gwyddonwyr mwyaf yn dweud bod popeth wedi'i greu o lwch hen sêr – hyd yn oed ni. A phan fyddwn ni'n marw, byddwn ni'n cael ein hailgylchu hefyd. Os ydyn ni'n gyffredin, mynd yn ôl i'r ddaear a chael ein hailgylchu fel os ydyn ni'n wirioneddol arbennig, gallwn ni gael hailgylchu'n ôl lan fan 'na – yn ôl i'r gofod. Mae'r stori yn *The Lion King* hefyd,' dywedais, gan deimlo yn yr eiliad honno yr hoffwn wylio'r ffilm eto i ddangos i Ben a Travis beth ro'n i'n ei feddwl.

'Y cartŵn, ti'n meddwl?' holodd Ben, a'i geg yn agor mewn syndod.

Nodiais, oherwydd roedd fy llais yn dechrau brifo. Roeddwn i wedi'i orfodi i weithio'n rhy galed ers iddo ddod yn ôl, ond doeddwn i byth eisiau rhoi'r gorau i'w ddefnyddio. Llyncais yn galed a dal i siarad. 'Falle taw cartŵn yw e, ond mae wedi'i seilio ar ffeithiau. Maen nhw'n siarad ynddi am gylch bywyd – sut mae popeth wedi'i ailgylchu – ac mae hynny i gyd yn wir. A sut dyw sêr ddim OND yn beli nwy. Mae angen nwy arnyn nhw i ddal ati i losgi, oherwydd dyna'u hocsigen nhw. Ond mae gan BOB UN ohonyn nhw galon,' dywedais. 'Hyd yn oed y rhai sydd mor bell i ffwrdd fel allwch chi prin mo'u gweld nhw. Oherwydd ar ôl i chi farw, os yw eich calon chi'n arbennig, mae'n cael ei thaflu i fyny i'r awyr a byddwch chi'n aros yno, a bydd y gweddill ohonoch chi'n mynd i mewn i'r ddaear. Pam ydych chi'n meddwl bod gan bob seren enw a straeon amdanyn nhw?'

'Ond dyw hynny ddim..' Edrychai Ben fel pe bai'i geg e ddim yn gweithio mwyach, a bod gormod o gwestiynau i'w geg allu'i dweud yn uchel. 'Ond pwy sy'n mynd â'r calonnau ac yn gwneud yr holl daflu?'

'Yr un sy'n gwneud y sêr!' gwaeddodd Noah, gan neidio a rhuo fel llew cyn dechrau rhedeg o gwmpas y stafell.

Edrychodd Ben a Travis arno am eiliad ac wedyn yn ôl ata i.

Codais fy ysgwyddau. 'Dwn i ddim. Dyw'r HOLL atebion ddim gen i. A dyw hyd yn oed yr helwyr sêr hen iawn, iawn ddim yn gwybod hynny! Y cyfan wn i yw bod calon Mam yn seren nawr. Clywais Katie'n dweud hynny hefyd. Hi oedd y fenyw wnaeth ofalu amdanon ni cyn i ni ddod fan hyn. Dywedodd hi hynny wrth yr heddlu – fod Mam yn eiddo i'r nefoedd nawr a'i bod hi'n mynd i fod yn edrych i lawr arnon ni am byth. A dywedodd un plisman ei bod hi'n drueni bod rhai pobl yn cael eu cymryd mor fuan, ond dyna natur y byd. Felly dwi ddim yn dweud celwydd.'

Aeth Ben a Travis yn dawel. Ro'n i'n gallu dweud eu bod nhw'n meddwl yn ddwys am bopeth ro'n i'n ei ddweud. Ac ro'n i'n gwybod na fydden nhw'n gallu dadlau gyda fi oherwydd doedd neb yn gallu dadlau gyda gwyddonwyr a helwyr sêr. Oni bai eu bod nhw'n troi'n rhai. A doedd Ben a Travis ddim yn helwyr sêr fel fi.

Gwgodd Travis gymaint nes ei bod hi'n edrych fel pe bai lindysyn yn cropian ar draws ei dalcen. Ar ôl eiliad neu dwy, gofynnodd, 'S-sut s-swn yw e ... ti'n gwybod? P-pan fydd rhywun yn troi'n s-seren?'

Stopiodd Noah redeg mewn cylchoedd a daeth i ddal fy mraich. Caeais fy llygaid a meddwl am beth ro'n i wedi'i glywed. Ro'n i'n gallu cofio swn y ffrwydrad a sut roedd fy nghlustiau wedi teimlo'n rhyfedd, a'r swn chwibanu od oedd wedi fy myddaru. Ac ro'n i'n cofio teimlo pendro oherwydd roedd y ddaear o dan fy nhraed fel pe bai'n ysgwyd, ond do'n i ddim yn gwybod sut i ddisgrifio hynny i gyd. Felly dywedais, 'Swnllyd, ac yn llawn ofn.'

Nodiodd Travis, gan edrych fel pe bai e'n ceisio cofio rhywbeth hefyd.

'Os yw hi ... wel, ti'n gwybod, wir yn seren, beth wyt ti'n mynd i wneud?' holodd Ben.

'Dwi'n mynd i'w dilyn hi,' dywedais, wrth i Noah nodio a thynnu fy mraich yn hapus. 'Rhaid i fi ddarganfod ym mha ran o'r awyr mae hi'n mynd i aros, a gwneud yn siŵr ei bod hi'n rhan ble galla i ei gweld hi drwy'r amser. A ble gall hi'n gweld ni.' Yn dawel bach, ro'n i eisiau gwybod a oedd Dad yn ei dilyn hi hefyd – oherwydd os oedd e, wedyn efallai gallai e ddod o hyd i Mam yr un pryd â ni, a gallai e fynd â Noah a fi adre. Ond am ryw reswm, do'n i ddim eisiau dweud hynny wrth Ben a Travis.

'Dyna'r peth mwyaf TWP dwi ERIOED wedi'i glywed!' meddai llais o ddrws y lolfa.

Trodd pawb ohonom o gwmpas a stopiodd Noah dynnu fy mraich. Roedd Sophie'n sefyll yn y drws, gan gribo'i bysedd drwy'i gwallt. Roedd ei llygaid yn sgleinio a'i cheg yn chwerthin arna i. Doedd hi ddim yn gwisgo'i gwisg ysgol mwyach – roedd hi wedi newid i jîns a chrys-T â wynebau rhyw fand pop arno, ac roedden nhw'n edrych fel pe baen nhw'n chwerthin arna i hefyd.

'Dyw dy fam di DDIM yn seren!' dywedodd hi. 'Mae hi wedi mynd, a fydd hi BYTH yn dod yn ôl! Mae'n debygol ei bod hi wedi'i wneud yn fwriadol hefyd! Dyna faswn i'n ei wneud, pe bawn i'n nabod rhywun mor DWP â ti!'

Am dair eiliad ar ôl i Sophie orffen gweiddi, ddigwyddodd dim byd. Roedd hi fel pe bai'i geiriau hi wedi ein rhewi ni, fel cerfluniau.

Yn araf, teimlais fy ngheg yn agor, a'r geiriau 'PAID DWEUD Y FATH BETH!' yn ffrwydro allan, a chlywais Ben a Travis yn gweiddi hefyd, a gwelais Noah'n rhedeg draw at y drws i gicio a phwnio Sophie yn ei choes.

'Aaw! RHO'R GORAU IDDI'R BWYSTFIL BACH!' gwaeddodd Sophie, gan ei wthio i'r llawr. 'MAM! MAM!

48

EDRYCH! MAE NOAH WEDI MYND YN WALLGO! MAAAAAM!'

'Beth? Beth sy'n digwydd fan hyn, dwedwch?' meddai Mrs Iwuchukwu, wrth iddi redeg i'r ystafell, a'i ffedog ar agor.

Yn sydyn, sgrechiodd Sophie.

Roedd Noah wedi llithro ar draws y llawr a'i brathu'n grac ar ei choes.

'Noah! NA!' gwaeddodd Mrs Iwuchukwu, gan ei dynnu. Ond roedd Noah'n llefain ac yn pwnio ac yn crynu gormod i glywed dim.

'Fy – fy mai i yw hyn, Mam!' meddai Sophie, gan dynnu wyneb trist ac edrych fel pe bai'n ddrwg ganddi 'Falle 'mod i wedi dweud rhywbeth na ddylwn i ddim …'

'Noah, rho'r gorau iddi NAWR!' gorchmynnodd Mrs Iwuchukwu, gan ei ddal mewn cwtsh carchar. 'Sophie, beth ddywedaist ti?' gofynnodd hi'n grac.

'Fe ddywedais i fod hi'n ddrwg gen i eu bod nhw'n gweld eisiau'u mam, ac wedyn …' cododd Sophie'i hysgwyddau wrth iddi rwbio'r ôl dannedd bach ar ei choes. 'Fe ddechreuodd e fy nghicio i!'

Gan gofio bod fy llais wedi dod yn ôl ac y gallwn i ddweud wrth Mrs Iwuchukwu fod Sophie'n ceisio gwasgu'i switsh hi eto, agorais fy ngheg. Ond yn hytrach na ffurfio geiriau, ddigwyddodd dim byd, er bod fy ngheg yn agor a chau'n ddi-stop fel pysgodyn yn chwilio am fwyd.

'Niyah, mae hi'n dweud CELWYDD!' criodd Noah, wrth iddo gicio'i goesau a cheisio cyrraedd Sophie o'r fan ble roedd e'n sefyll. Ond roedd Mrs Iwuchukwu'n dal ei freichiau'n rhy dynn, ac roedd Sophie'n rhy bell i ffwrdd.

'Chi'n gweld?' meddai Sophie gan dyt-tytian.

'Noah, NA! Dydyn ni BYTH yn bwrw na phwnio na chicio na BRATHU fan hyn!' meddai Mrs Iwuchukwu, gan blygu i lawr, a'i hwyneb yn agos at un Noah. 'BYTH! Nawr, doedd Sophie ddim yn golygu dweud dim byd cas, ac mae'n ddrwg ganddi, on'd oes, Sophie?'

Nodiodd Sophie'n drist, ond gynted roedd Mrs Iwuchukwu wedi troi i ffwrdd, gwenodd hi.

Rhedodd Noah 'nôl ata i a sychu'i lygaid a'i wyneb yn erbyn fy nhop yn ei dymer.

Safodd Mrs Iwuchukwu'n ôl i fyny, ac edrych ar Noah a fi, ac wedyn ar Travis a Ben, oedd ill dau'n syllu ar y llawr ac yn ceisio peidio â dal llygad neb.

'Iawn! Dyna ddigon am un noson! Pawb lan llofft, os gwelwch yn dda,' meddai Mrs Iwuchukwu, gan ysgwyd ei phen yn drist arna i a Noah. 'Ben, Travis, gorffennwch eich gwaith cartref, wedyn gwely! Sophie – cer i ddechrau adolygu dy fathemateg, plis. A Noah, er dy fod ti wedi bod yn fachgen DRWG IAWN heddiw, dwi'n gwybod nad oeddet ti ddim yn gwybod y rheol am beidio â bwrw na brathu Felly hwn fydd y tro cyntaf a'r tro olaf y gwnei di ddim byd fel hyn, iawn? Nawr, mae diwrnod pwysig iawn gan y ddau ohonoch chi fory, felly bant â chi i'r gwely. Fe ddof i lan mewn munud i weld eich bod chi'n iawn. Bant â chi!'

Rhedodd Sophie o'n blaenau, gan daranu lan y grisiau a rhoi gwth i'w drws nes bod y tŷ'n crynu. Ond llusgo'n dawel i lawr y coridor o'n blaenau wnaeth Ben a Travis. Ro'n i'n gallu dweud eu bod nhw eisiau dweud rhywbeth, ond roedd Mrs Iwuchukwu'n ein dilyn ni. Stopiodd hi wrth droed y grisiau a, chan ein gwylio ni'n dringo, dywedodd, 'Dim synau uchel – a Travis, dim gemau cyfrifiadur!' cyn troi'n ôl i gyfeiriad drws y gegin.

Wrth i ni gyrraedd y coridor ar ben y grisiau, stopiodd Travis o flaen y drws llwyd golau oedd yn dweud 'Ystafell Travis' a chan wthio'i wallt o'i lygaid, trodd yn ei unfan. 'Wnawn ni dd-ddod i dy n-nôl di wedyn – er mwyn i ti fynd ar y c-cyfrifiadur,' sibrydodd, a'i lygaid yn lledu eto fyth, fel pe baen nhw eisiau bod yn siŵr 'mod i'n ei ddeall,

'Ie,' meddai Ben. 'Ar ôl i Mrs Iw ddod i weld ein bod ni i gyd yn iawn. Felly paid â mynd i gysgu'n rhy gynnar, iawn?'

Nodiais, a gwyliodd Noah a fi'r ddau'n agor drysau'u stafelloedd gwely a diflannu.

'Niyah, ydyn nhw'n ffrindiau i ni?' sibrydodd Noah, wrth i ni gerdded heibio drws coch Sophie, oedd â phoster mawr yn dweud "DIM MYNEDIAD" arno, cyn cyrraedd drws porffor, gyda bwrdd gwyn arno oedd yn dweud 'Aniyah a Noah'. Doedd y bwrdd gwyn ddim wir yn wyn bellach, oherwydd roeddech chi'n gallu gweld olion pinc a gwyrdd o'r holl enwau eraill oedd wedi cael eu hysgrifennu cyn ein henwau ni, ac wedi cael eu rhwbio i ffwrdd.

'Ydyn' dywedais, gan agor y drws a dilyn Noah i mewn. 'Dwi'n meddwl eu bod nhw.'

Ar ôl i fi helpu Noah i ddod yn barod i fynd i'r gwely, a gwisgo fy mhyjamas, fe wnaeth y ddau ohonom orwedd er mwyn i ni allu cogio cysgu pan fyddai Mrs Iwuchukwu'n dod i mewn. Roedd hi'n teimlo fel yr oedd hi'n arfer teimlo pan fydden ni gartref, ar un o'r nosweithiau hynny pan fyddai Mam yn dweud wrthon ni am fynd i'r gwely'n sydyn, am ein bod ni'n gallu clywed car Dad yn dod. Byddai'n rhaid i ni rasio ein gilydd a chogio ein bod ni wedi mynd i gysgu ar unwaith, er mwyn i Dad weld ein bod ni ddim wedi torri unrhyw un o'i reolau amser gwely. Ond doedd Noah a fi erioed wedi cogio cysgu gyda'n gilydd, felly roedd yn fwy o hwyl y tro hwn. Ac yn llai ofnus. Yn enwedig am ein bod ni'n gwybod bod Mam wedi torri holl reolau'r blaned i chwilio amdanon ni, ac na fyddwn ni'n cael ein gadael ar ein pen ein hunain byth eto.

Felly, gan ddal yn sownd yn Noah a'r loced arian, gwasgais fy llygaid ynghau ac aros nes byddai Ben a Travis yn galw amdana i.

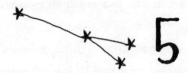

5

Y Gystadleuaeth Fwyaf
yn y Galaeth

Ar ôl i Mrs Iwuchukwu ddod i mewn a dweud wrth Noah a fi am gysgu'n sownd, fe arhoson ni i Ben a Travis ddod amdanon ni. Aros ac aros. Ond ar ôl tipyn, aeth Noah i gysgu, felly estynnais am fy map sêr o'r tu mewn i fy ngobennydd a mynd i eistedd ger y ffenest. Gan agor y llenni mawr glas, edrychais i fyny.

Ro'n i'n hoffi bod dim llenni gwyn tenau dros ei ffenestr. Roedd hynny'n ei gwneud hi'n llawer haws i hel sêr. Yn y gwesty-oedd-ddim-wir-yn-westy ble roedd Mam wedi ein gorfodi i guddio, roedd llenni tenau, drewllyd, ych-a-fi dros y ffenest, oedd mor frwnt nes bod y gwyn wedi troi'n felyn. Roedden nhw'n gwneud i fi deimlo fel gwenynen yn sownd mewn hen rwyd. Ond heno, er bod y ffenestri'n lân fel pin, a doedd dim llenni afiach i edrych drwyddyn nhw, doeddwn i ddim yn gallu gweld yr un seren, am fod cymylau enfawr yn y ffordd. Doedd y lleuad, hyd yn oed, ddim yn ddigon cryf i dywynnu drwyddyn nhw; roedd yn edrych fel golau tortsh oedd angen newid y batris.

Gwrandewais yn arbennig o ofalus i glywed a oedd Ben neu Travis ar eu ffordd eto. Ond roedd popeth yn dal yn dawel, felly agorais fy map a defnyddio'r golau nos melyn ar y wal i geisio dyfalu ble allai seren Mam lanio. Ro'n i'n gobeithio byddai hi'n glanio ger cytser oedd yn hawdd ei adnabod. Fel Gwregys Orion neu'r Sosban – Yr Arth Fawr. Efallai gallai hi hyd yn oed ddod o hyd i rywun arall roedd hi'n ei nabod yn barod. Fel ei mam a'i thad. Roedd Mam-gu Semina a Thad-cu Pedro mor arbennig, ro'n i'n siŵr eu bod nhw'n sêr hefyd, felly gallai hi ymuno â nhw, neu ddod yn seren ddwbl, sef dwy seren sy'n sownd at ei gilydd, fel teulu go iawn! Ro'n i'n meddwl tybed oedd calon Mam yn chwilio amdanyn nhw'r eiliad honno pan glywais sŵn gwichian.

Trois i weld drws yr ystafell wely'n agor yn araf. Ro'n i'n gwybod nad Mrs Iwuchukwu oedd yno, oherwydd dyw hi byth yn agor drysau'n araf. Mae'n eu taflu ar agor ac wedyn yn arnofio i mewn. Plygais fy map yn gyflym a'i guddio'r tu ôl i'r llen wrth fy ochr.

'Aniyah?'

Daeth blob mawr crwn o wallt o gwmpas ymyl y drws, a chylchoedd gwyn dau lygad Ben i'w ddilyn.

'Dwi ger y ffenest,' sibrydais, gan sefyll ar fy nhraed. Nawr bod fy llais wedi dod yn ôl a minnau ddim yn teimlo fel pysgodyn mwyach, roedd popeth yn haws, rywsut.

'Dere!' sibrydodd e, gan edrych yn gyflym dros ei ysgwydd.

Edrychais ar Noah i weld a oedd e'n dal i gysgu. Teimlais yn wael am fynd hebddo, ond roedd un goes yn yr awyr, ac roedd e'n anadlu'n swnllyd. Ro'n i'n gwybod ei fod e'n cysgu'n drwm, felly penderfynais na fyddwn i ddim yn ei ddeffro.

Arhosodd Ben wrth i fi fynd ar flaenau 'nhraed at y drws. Rhoddodd ei fys at ei wefusau. 'Rhaid i ni wneud yn siŵr bod Sophie ddim yn clywed,' sibrydodd. 'Neu bydd hi'n ein cael ni i drwbl.'

Nodiais, a chan ddilyn ôl ei draed yn fanwl i osgoi'r distiau oedd yn gwichian yn y llawr, dilynais ef i ystafell Travis. Doeddwn i erioed wedi bod i mewn yn ystafell neb arall heblaw ein un ni, a doeddwn i ddim wedi meddwl rhyw lawer sut le fyddai ynddyn nhw. Roedd yr ystafell ble roedd Mrs Iwuchukwu wedi rhoi Noah a fi i gysgu'n neis, ond doedd hi ddim yn agos at fod cystal ag ystafell Travis.

Roedd ystafell Travis fel amgueddfa – amgueddfa ar gyfer llyfrau comic a theganau archarwyr! Roedd y waliau'n lliw llwyd-arian oedd yn gwneud i ni deimlo fel pe baen ni mewn llong ofod, ac roedd llawer o bosteri o fachgen cartŵn â llygaid mawr, trwyn bach a gwallt melyn a brown, yn sefyll o dan y gair 'Hikaru' mewn ysgrifen sbeiciog enfawr. Roedd cwpwrdd llyfrau anferth ar y wal gyferbyn â'i ddesg yn llawn cannoedd o lyfrau comics a llawer o ffigurau bach o wahanol archarwyr. Ro'n i'n meddwl taw hwn oedd un o'r ystafelloedd gwely gorau i mi eu gweld erioed, ac roedd yn gwneud i fi feddwl tybed sut le oedd ystafell Ben hefyd.

'Dwi dd-ddim i fod i dd-ddefnyddio'r c-cyfrifiadur ar ôl d-diffodd y golau,' meddai Travis, wrth iddo chwifio'i law i 'ngalw i draw. 'Felly p-paid â d-dweud wrth neb! Addo!'

Nodiais a dweud 'Addo!'

Eisteddodd Travis wrth ei fwrdd cyfrifiadur du sgleiniog, a theipio'i gyfrinair yn chwim. Ceisiais beidio edrych, ond ro'n i'n gallu gweld ar unwaith mai 'TravisJik123' oedd y cyfrinair. Fe wnaeth hyn i fi feddwl am Dad, oherwydd ro'n i'n gwybod byddai e wedi ysgwyd ei ben a dweud wrth Travis am ei newid i un mwy anodd. Roedd hyd cyfrinair Dad o leiaf hanner yr wyddor, ac roedd e mor anodd nes ei fod e, hyd yn oed, yn ei anghofio weithiau.

Ar ôl i lun o'r bachgen cartŵn Hikaru ymddangos ar y sgrin, agorodd Travis y rhyngrwyd a theipio'r geiriau:

newyddion seren newydd sbon

Ar unwaith, daeth rhestr hir o wefannau i'r golwg. Cliciodd Travis ar yr un gyntaf. Erthygl newyddion fer am seren Mam oedd hi.

'Na,' dywedais. 'Dyw hwnna ddim yn dweud dim am ble mae'r seren yn mynd. Falle dylen ni drio chwilio am y gystadleuaeth soniodd y fenyw ar y newyddion amdani?'

Nodiodd Travis a rhoi cynnig ar chwiliad newydd.

cystadleuaeth enw seren newydd

Y tro hwn roedd y canlyniadau'n ymwneud â sut i brynu seren neu gystadlu i enwi babis.

'Pam byddai unrhyw un yn cael cystadleuaeth i enwi'u babi?' gofynnodd Ben, gan ysgwyd ei ben wrth iddo gymryd bisgïen o'i hwdi a'i chnoi'n swnllyd.

'Allwn ni drio'r wefan ddywedodd y fenyw ar y newyddion?' gofynnais.

'Alli di g-gofio'r enw?' gofynnodd Travis.

Nodiais, a chan gau fy llygaid, gorfodais fy ymennydd i gofio llais y fenyw ar y newyddion a'r geiriau ddywedodd hi, ac wedyn eu hailadrodd gyda fy ngheg. Teipiodd Travis y cyfeiriad:

www.rmg.co.uk/royalobservatory

Ymhen llai nag eiliad, llenwodd y dudalen â sgrin fawr ddu, a neidiodd y geiriau mwyaf cyffrous a welais erioed tuag atom mewn llythrennau gwyn llachar:

DEWCH I YMGEISIO YN Y GYSTADLEUAETH FWYAF
YN YR ALAETH A'N HELPU I ENWI SEREN NEWYDD!
<<CLICIWCH YMA I DDYSGU MWY>>

'Waw!' sibrydodd Ben, wrth i Travis glicio'n gyflym ar y frawddeg olaf. Ffrwydrodd tudalen newydd ar y sgrin ac yno, ar y brig, roedd llun enfawr o seren Mam yn llosgi drwy'r gofod. Roedd yn teimlo fel pe bai balŵn yn chwyddo yng nghanol fy mrest, a dechreuodd fy nhrwyn gosi, ac ro'n i'n gwybod bod hyn am fy mod i'n teimlo'n falch dros Mam. Buodd hi'n chwilio mor ddyfal am Noah a fi nes iddi ddod yn enwog!

Sgroliodd Travis i lawr. Islaw llun seren Mam roedd dau focs – yn un, roedd rhif oedd yn mynd yn llai un rhif ar y tro, ac yn y llall, rhif oedd yn cynyddu bob hyn a hyn mewn ffordd nad oedd yn gwneud synnwyr i ni. Pan edrychon ni ar yr ail rif am y tro cyntaf, roedd yn dweud 23,221. Eiliad yn ddiweddarach, roedd wedi codi o 23,428. Wedyn 23,512.

Plygodd y tri ohonom ymlaen wrth i Ben ddarllen y dudalen ar lafar.

AMSER SY'N WEDDILL   CEISIADAU
51:52:15   23,578

TRIDIAU I FOD YN RHAN O HANES Y GOFOD!
Mae Arsyllfa Frenhinol Greenwich yn falch
o'ch gwahodd i'n helpu i enwi rhyfeddod
cyntaf erioed y byd – seren agos!

Am 14:28:15 GMT ddydd Iau 29 Hydref,
ein seryddwyr ni oedd y cyntaf i weld
yr hyn a fyddai'n dod yn seren newydd-
anedig yn fflamio ar draws cysawd yr
haul. A hithau eisoes wedi'i nodi am
fod yn beryglus o agos at y Ddaear,

mae'r seren ymddangosiadol gyffredin hon, yn hytrach nag anelu'n syth am wyneb y Ddaear, wedi herio rheolau ffiseg er mwyn ei thynnu'i hun yn ôl allan i bellafoedd eithaf y gofod!

I anrhydeddu'r rhyfeddod eithriadol hwn a nodi carreg filltir neilltuol yn hanes seryddiaeth, rydyn ni'n rhoi cyfle unigryw i ddinasyddion y byd i enwi'r seren newydd hon wrth iddi gymryd ei lle yn y Llwybr Llaethog.

I GYSTADLU

Llenwch y ffurflen <<hon>> cyn y dyddiad cau, gan ddweud wrthym pa enw yr hoffech chi ei roi i'r seren, a pham. Rhaid i BOB enw gael ei gyfyngu i un gair yn unig. Er y gall enwau ddod o bob rhan o'r byd, rhaid i bob ymgais gael ei sillafu gan ddefnyddio'r wyddor Saesneg.

Dim ond un ymgais i bob person.

I ymgeiswyr 16 oed ac iau: rhaid darparu enw a chyfeiriad e-bost rhiant neu warcheidwad.

DYDDIAD CAU: Rhaid i bob ymgais gael ei gyflwyno erbyn 00:00, ddydd Sul 1 Tachwedd.

DETHOL YR ENW BUDDUGOL

Ar ôl i'r gystadleuaeth ddod i ben, bydd yr ymgais buddugol yn cael ei ddethol ar hap gan ein cyfrifiaduron. Cyhoeddir yr enw buddugol, a ddarlledir yn fyw o gwmpas y byd am 19:00 GMT ddydd Sul 1 Tachwedd, yn Noson Gala Kronos. Mae'r digwyddiad pwysig hwn yn nodi dau ganmlwyddiant sefydlu Kronos Watches, a bydd yn digwydd ym Mhlanetariwm Peter Harrison yn Greenwich, Llundain.

Bydd yr ymgeisydd â'r enw buddugol yn cael gwybod drwy e-bost ac yn derbyn tystysgrif enwi unigryw ynghyd ag oriawr Kronos Timekeeper Nifer Cyfyngedig.

Ar waelod y dudalen roedd llun mawr o sgrôl wedi'i chlymu â rhuban ddu, a'r watsh harddaf welais i erioed. Roedd ganddi wyneb glas tywyll a rhifau arian o'i gwmpas, a sêr mân yn tywynnu ar hyd yr ymyl. Ond yn hytrach na bod y bysedd yn gyffredin o syth a phigfain, roedd y bys mawr yn seren wib arian, a'r bys bach yn lleuad newydd. Ac mewn ysgrifen aur bach, bach, yng nghanol y watsh, roedd y geiriau 'Kronos 250'.

'Waw!' meddai Travis. 'Dyna'r w-watsh orau w-elais i erioed!'

'Ie!' nodiodd Ben. 'Mae fel y rhai mae James Bond yn eu gwisgo yn y ffilmiau!' Aeth e'n dawel yn sydyn, a dechrau syllu drwy'r ffenest i'r gofod. Dwi'n meddwl ei fod e'n dychmygu'i hun yn gwisgo'r watsh.

Sgroliodd Travis yn ôl i frig y dudalen. 'Ond edrychwch faint o b-bobl sydd wedi anfon eu henwau'n b-barod!' dywedodd, gan bwyntio at yr ail rif, oedd bellach wedi llamu i 24,112.

Pwysodd Ben dros ysgwydd Travis ac ysgwyd ei ben. 'Ac mae pum deg un awr i fynd!'

O edrych ar yr ail rif, sylweddolais yn sydyn beth oedd ei ystyr, a theimlais rywbeth yn pwnio'n swnllyd yn fy mrest. 'Ond – ond allan nhw ddim gadael i neb arall enwi seren Mam!' dywedais. 'Rhaid i ni ddweud wrthyn nhw fod ganddi enw'n barod!'

Sgroliodd Travis i lawr y dudalen i'r man ble roedd y ffurflen 'G-gallen ni lenwi'r ff-ffurflen a d-dweud wrthyn nhw?' awgrymodd e.

Ysgwyd ei ben wnaeth Ben. 'Fyddan nhw ddim yn ei gweld hi – mae'n siŵr byddan nhw'n derbyn can miliwn o ffurflenni! Mae hi'n gystadleuaeth ar gyfer yr alaeth i gyd, cofia.'

Nodiodd Travis. 'Aros f-funud!' meddai, wrth sgrolio i lawr y dudalen. Reit ar y gwaelod, yn y rhan o'r dudalen oedd yn troi'n ddu, roedd rhestr. Plygodd Travis i mewn a chlicio ar y geiriau oedd yn dweud 'Cysylltu â Ni'.

'Efallai y g-gallen ni'u ffonio nhw f-fory pan fydd Mrs Iw ddim yn edrych?' awgrymodd. Ond pan agorodd y dudalen newydd, y cyfan oedd yno oedd map yn dangos ble roedd yr arsyllfa, a chyfeiriad e-bost. Doedd dim un rhif ffôn yn unman.

'Beth am anfon e-bost atyn nhw?' meddai Ben. 'Mae gan Travis a fi gyfeiriad e-bost nawr! Gallen ni anfon un yr un!'

Ysgydwais fy mhen, 'Edrychwch,' dywedais, gan bwyntio at linell o ysgrifen fân o dan y cyfeiriad e-bost.

Craffodd Travis a Ben ar y geiriau wrth i Travis ddarllen y llinell ar lafar:

'Ymatebir i b-bob n-neges e-bost c-cyffredinol o fewn s-saith diwrnod. Os h-hoffech gysylltu ag a-aelod hysbys o s-staff, gallwch wneud hynny gan dd-ddefnyddio enwcyntaf.enwolaf@rog.co.uk

'Mawredd yr adar! Dyw hwnna ddim gwerth,' meddai Ben gan frathu'i wefus. 'Dydyn ni ddim yn nabod unrhyw aelodau staff … ac allwn ni ddim aros saith diwrnod!'

'Aniyah, wyt ti'n cofio enw'r A-athro?' gofynnodd Travis, gan edrych arna i'n llawn gobaith. 'Yr un oedd ar y n-newyddion? Fel wnest ti g-gofio enw'r wefan?'

'O, ie! Mae hi'n aelod staff!' meddai Ben gan guro cefn Travis yn falch. 'Da iawn ti!'

Gwasgais fy llygaid ar gau a cheisio cofio. Ro'n i'n gallu gweld ei gwallt hir du a lliw ei sbectol a'r ffordd roedd ei hwyneb yn edrych pan oedd y gohebydd yn gofyn cwestiynau iddi. Ond doeddwn i ddim yn gallu cofio'i henw i gyd ...

Ysgydwais fy mhen. 'Dim ond taw Athro Grey-rhywbeth oedd hi.'

'Beth wnawn ni nawr, 'te?' gofynnodd Ben gan edrych arnom mewn anobaith.

Syllodd y tri ohonom ar y sgrin wrth i Travis glicio'r botwm i fynd yn ôl ac agor tudalen y gystadleuaeth eto. Yn sydyn, teimlais fy ymennydd yn llamu ac yn taro yn erbyn nenfwd fy mhen. Roedd yr ateb yno!

'Dwi'n gwybod! Gallwn ni fynd i'r lle ble mae'r helwyr sêr! Maen nhw yn Llundain, allan nhw ddim bod mor bell i ffwrdd â hynny!' Edrychais ar Ben a Travis ac aros iddyn nhw gyffroi hefyd. Ond yn hytrach, dim ond gwgu wnaethon nhw.

'D-dydyn n-ni ddim erioed wedi b-bod i Lundain,' meddai Travis.

'Do, wrth gwrs dy fod ti,' dywedais, gan feddwl tybed beth oedd yn bod ar y ddau. 'Rydyn ni yn Llundain y funud hon.' Ysgwyd ei ben wnaeth Ben.

'Na, dyna ble roeddet ti'n arfer byw, efallai. Gyda dy fam a dy dad. O'r blaen ...'

Edrychais ar Ben a Travis a meddwl tybed oedden nhw'n ceisio chwarae tric arna i. Ond roedd golwg mor ddifrifol ar wynebau'r ddau nes i mi ddechrau teimlo'r bendro eto. Ceisiais feddwl. Y noson honno, roedd Mam wedi casglu Noah a fi o'r ysgol a dweud ein bod ni'n mynd i chwarae cuddio gyda Dad, a bu'n rhaid i ni fynd mewn tacsi, ac roedden ni'n gyrru yn y tacsi am amser maith. Ro'n i'n gwybod ei fod yn amser maith, achos es i i gysgu, a phan wnes i ddeffro roedd yr haul wedi diflannu. Ro'n i'n gwybod bod gêm guddio ddiwethaf Mam wedi ein cuddio rhag Dad, ond wyddwn i ddim ei bod wedi ein cuddio rhag Llundain hefyd! A doedd y fenyw yn y siwt ddu ddim wedi dweud dim am ble roedd y tŷ maeth na pha mor bell oedd e o'n cartref go iawn ni. Y cyfan roedd hi'n ei ddweud drwy'r amser oedd y byddai popeth yn iawn!

'Ble – ble ydyn ni?' gofynnais. Roeddwn i'n gallu teimlo fy llais yn crynu, fel pe bai'n paratoi i ddianc eto.

Aros y ddistaw wnaeth Ben a Travis, gan edrych ar ei gilydd â chwestiwn ar eu hwynebau. Gallwn deimlo rhywbeth gwlyb yn rhedeg i lawr fy nhrwyn, felly sychais ef yn grac.

Wedyn, dywedodd Ben,

'Pentref Waverley,' yn dawel, fel pe bai'n teimlo'n flin drosta i.

'A-ar bwys Rhydychen,' ychwanegodd Travis.

Ro'n i wedi clywed am Rydychen oherwydd y geiriadur Saesneg adnabyddus, ond doedd gen i ddim syniad ble roedd e na pha mor bell o Lundain oedden ni.

'M-mae'n eitha p-pell o Lundain,' esboniodd Travis, fel petai'n darllen fy meddwl.

Gwasgais fy llygaid ynghau a cheisio'u stopio rhag brifo. Ond do' i ddim yn gallu, ac ymhen eiliad, roedd fy wyneb yn wlyb a fy nhrwyn yn rhedeg hefyd.

'Paid â llefain, Aniyah,' meddai Ben, gan estyn ei law a chyffwrdd â fy ysgwydd. 'Bydd popeth yn iawn. Dyna sut ro'n i'n teimlo pan ddes i yma gyntaf hefyd.'

'Ie,' dywedodd Travis, gan rwbio ochr ei drwyn fel pe bai angen rhoi polish iddo'n sydyn. 'R-ro'n i'n arfer b-byw ger y t-traeth gyda Mam. R-roedd hi'n a-anodd symud fan hyn ...'

Nodiais, a chan deimlo cywilydd, sychais fy wyneb â chefn llewys fy mhyjamas.

Edrychais ar Ben a Travis ac agor fy ngheg, ond roedd fy llais wedi diflannu eto. Ceisiais ddweud wrthyn nhw â fy llygaid nad oedd ots o gwbl pa mor bell oedden ni o Lundain, na pha mor anodd fyddai hi i gael neges at yr helwyr sêr! Roedd y cyfrifiadur yn dweud bod gen i bum deg un awr i'w stopio nhw rhag rhoi'r enw anghywir ar seren Mam. Felly dyna'n union roeddwn i'n mynd i'w wneud.

6

Triciau Amser

Amser brecwast drannoeth, tra bo Mrs Iwuchukwu'n paratoi'r tost ac yn dawnsio, roedd Ben a Travis yn sibrwd wrth ei gilydd drwy'r amser, wedyn yn edrych arna i. Tybed am beth roedden nhw siarad, meddyliais, nes i Ben bwyso ar draws y bwrdd a chan ddefnyddio'i ddwylo i wneud ogof o gwmpas ei geg, sibrydodd, 'Aniyah, ni'n mynd i gael cyfarfod arall heno … am ti'n-gwbod-beth, iawn?'

Nodiais, oherwydd roedd gen i lawer o bethau i'w dweud wrthyn nhw hefyd.

'Edrych!' sibrydodd Travis. Gan bwyso ymlaen ac edrych o'i gwmpas i wneud yn siŵr nad oedd Sophie gerllaw, rhoddodd ddarn o bapur i fi. Agorais y nodyn yn gyflym a'i ddarllen. Doedd dim geiriau arno, dim ond rhifau wedi'u sgriblo'n flêr. Roedd yn dweud:

Roedd amser yn prinhau.

'Beth yw hwnna?' gofynnodd Sophie. Roedd Noah wedi bod yn curo'i lwy yn erbyn y bwrdd yn swnllyd a siarad â'i hun am yr holl bethau y byddai'n eu bwyta i frecwast, felly doedd neb ohonom wedi'i chlywed hi'n dod i mewn.

Gwasgais y nodyn yn fy llaw a'i wthio'n sydyn i drowsus fy mhoced, gan aros iddi ddweud rhywbeth. Roedd Noah, hyd yn oed, wedi rhoi'r gorau i siarad ac roedd yn ei gwylio fel pe bai'n gwybod ei bod hi'n beryglus hefyd. Ond y cyfan wnaeth hi oedd culhau'i llygaid, a chan roi fflic i'w gwallt, dywedodd, 'Whatever!' cyn eistedd yn ei chadair.

'Dyma ni!' canodd Mrs Iwuchukwu, wrth iddi roi plât mawr yn llawn tost poeth wedi'i orchuddio â siocled meddal a haenau bach tenau o fanana ar y bwrdd. 'Tôstis siocled a banana dydd Gwener! Allwch chi ddim honni 'mod i ddim yn eich sbwylio chi, na?'

Cydiodd Ben a Travis mewn darn yr un ar unwaith a'u hwpo i'w cegau fel pe baen nhw ddim wedi bwyta dim ers blwyddyn. Dechreuodd Noah fownsio'n llawn cyffro. Rhois un dafell ar ei blât a gwylio wrth iddo ddechrau gwthio'i dafod allan fel madfall i lyfu'r bananas.

'Aniyah?' holodd Mrs Iwuchukwu. 'Ti hefyd. Mae wir angen i ti ddechrau bwyta'n iawn, cariad, neu bydd yn rhaid i fi fynd â ti at y meddyg. Does neb yn cael llwgu yn y tŷ hwn!'

Nodiais, a rhoi tafell ar fy mhlât i. Ro'n i eisiau gwneud Mrs Iwuchukwu'n hapus, er mwyn iddi hi ddweud pa mor bell roedd Waverley o Lundain. Ac am y tro cyntaf ers i Mam fynd, roedd chwant bwyd arna i.

'Diolch, Mrs Iwu-Iwuchukwu,' dywedais, a brathu i mewn i'r bwyd.

'O wir! Beth yw hyn?' gwaeddodd Mrs Iwuchukwu, gan syllu arna i ac wedyn ar bawb arall. 'Ti'n SIARAD! Aniyah! Mae dy lais di wedi dod yn ôl!' Gan guro'i dwylo a neidio i fyny i roi cwtsh i fi, dywedodd, 'O, mae hynny'n wych! Bydd yn rhaid i ni ddathlu go iawn heno, on'd bydd? Bydd dy weithiwr achos mor falch pan ddywedwn ni wrthi heddiw!'

Gwenodd Travis a Ben yn ddirgel arna i wrth i Noah weiddi, 'Ie, ie ie!' a churo'i lwy hyd yn oed yn galetach ar y bwrdd. Ro'n i wedi anghofio nad oedd Mrs Iwuchukwu wedi fy nghlywed i'n siarad ddoe, felly gwenais innau hefyd. Byddai'n haws i mi holi'r holl gwestiynau oedd gen i a chael yr atebion angenrheidiol pan oedd Mrs Iwuchukwu'n hapus gyda fi.

'Mam, paid â bod yn dwp!' dywedodd Sophie, gan lowcio'i thost. 'Mae hi wedi bod yn siarad ers ddoe! Glywais i. Ond mae hi wedi bod yn cuddio hynny wrthot ti!'

'O …' meddai Mrs Iwuchukwu, a'i gwên yn pylu'n sydyn.

Edrychais ar draws y bwrdd at Sophie. Doedd hi ddim yn gwenu, ond ro'n i'n gallu dweud ei bod hi'n chwerthin arna i ar y tu mewn.

'Wel! Mae'n dal yn newyddion rhagorol!' meddai Mrs Iwuchukwu, gan geisio bod yr un mor hapus ag o'r blaen. 'Does dim rhaid i ni famau maeth wybod popeth ar unwaith, nag oes? Na?'

Wyddwn i ddim beth i'w ddweud, felly edrychais ar Sophie a rhoi fy ngwg 'Dwi'n-Dy-Gasáu-Di' cyntaf iddi hi. Do'n i ddim erioed wedi rhoi un i neb o'r blaen – ddim hyd yn oed Steffan Stiwpid yn yr ysgol oedd yn hoffi galw Noah a fi'n 'dorthau hanner pob', am fod Mam yn dod o Frasil a Dad yn Sais. Ond rhaid 'mod i wedi gwneud y gwg anghywir, oherwydd yn lle gwneud i Sophie wgu neu edrych yn drist, fe wnaeth iddi hi roi gwên wnaeth bara hyd nes iddi godi'i bag a gadael am yr ysgol.

Ar ôl i Ben a Travis adael am yr ysgol hefyd, a finnau wedi bwyta darn cyfan o dost, dywedodd Mrs Iwuchukwu wrtha i am fynd â Noah lan llofft i nôl ein cotiau o'r wardrob, am ei bod hi am fynd â ni mas.

'Mas mas, chi'n meddwl?' gofynnais, yn teimlo cyffro'n sydyn. Doedden ni ond wedi bod mas yn yr ardd ers dod i'r tŷ maeth, ond roedd wal o gwmpas honno i gyd, felly doedd hynny ddim yn cyfri.

'Ie,' nodiodd Mrs Iwuchukwu, gan wenu. 'Mas mas. Ni'n mynd i gwrdd â dy weithiwr achos heddiw, a phlismon arbennig iawn. Ewch i baratoi, plis! Brysiwch. Rydyn ni dipyn bach yn hwyr yn barod.'

Cydiais yn llaw Noah ac aeth y ddau ohonom lan llofft, a'r cyffro'n lleihau ychydig. Wyddwn i ddim beth oedd gweithiwr achos, ond doedd e ddim yn swnio fel rhywun llawn hwyl. A doeddwn i ddim yn hoffi'r heddlu, waeth pa mor arbennig oedden nhw, oherwydd ar ôl i ni ddechrau cuddio yn y gwesty-oedd-ddim-wir-yn-westy, byddai Mam wastad yn llefen ar ôl iddi fynd i weld yr heddlu. Ond os oedden ni'n mynd mas, yna byddai modd i fi weld ble'r oedden ni, ac a oedd gorsaf drenau gerllaw â threnau oedd yn mynd i Lundain.

Ar ôl i fi helpu Noah i wisgo'i got a'i esgidiau, helpodd Mrs Iwuchukwu ni i mewn i'w char a thanio'r injan. I ddechrau, gyrrodd hi i lawr ffordd hir, droellog â llawer o dai o bob lliw ar ei hyd. Ond wedyn diflannodd y tai, a daeth y ffordd yn gulach, yn deneuach ac yn llai nes ei bod mor fach nes bod yn rhaid i Mrs Iwuchukwu stopio bob tro roedd car yn dod y ffordd arall. Do'n i ddim erioed wedi gweld ffordd mor gul o'r blaen, a do'n i ddim yn cofio'i gweld hi pan ddaeth y fenyw yn y siwt ddu â ni i'r tŷ.

Ar ôl tipyn, aeth yr heol yn fwy eto, nes i ni gyrraedd tref â llawer o geir a phobl ac adeiladau, a phob un o'r un garreg lliw eurfrown. Gwasgais fy nhrwyn yn erbyn y ffenest a cheisio darllen yr arwyddion. Ond doedd dim un yn dweud 'Llundain', a doeddwn i ddim yn gallu gweld arwydd gorsaf trên yn unman chwaith.

'Dyma ni! meddai Mrs Iwuchukwu wrth i ni droi i mewn i heol fach a stopio ger adeilad mawr â'r geiriau 'GWASANAETHAU PLANT RHYDYCHEN' ar y blaen mewn llythrennau mawr gwyn.

'Niyah, edrych!' meddai Noah, gan bwyntio drwy ffenest y car ar lithren fawr oedd wedi'i phaentio i edrych fel lindys o flaen yr adeilad. 'Allwn ni chwarae fan 'na? Pliiiiiiis!' begiodd, gan guro'i ddwylo wrth i Mrs Iwuchukwu ei helpu allan o'r car. Ond ysgwyd ei phen wnaeth hi ac estyn ei llaw ato gan ddweud, 'Ddim nawr, Noah – ond gei di chwarae wedyn, os wyt ti'n addo bod yn dda, iawn?'

Nodiodd Noah ac am y tro cyntaf erioed, gadawodd iddi ddal ei law.

Doeddwn i ddim eisiau dal llaw Mrs Iwuchukwu ond doedd hi ddim fel pe bai ots ganddi, a gadawodd hi i fi ei dilyn hi a Noah i mewn i'r adeilad.

'Mrs Iwuchukwu?' holodd rhyw fenyw wrth i ni gyrraedd y dderbynfa. Roedd hi'n gwisgo siwmper â phanda sbarcli arni, ac roedd ganddi raffau o wallt melyn oedd yn edrych fel pasta a llygaid glas llachar. Ac wrth ei hochr roedd menyw dal mewn crys gwyn a throwsus du, a'i gwallt hi wedi'i blethu'n gynffon hir. Roedd hi'n gwisgo sbectol arian oedd yr un mor grwn â'i llygaid, oedd yn gwneud iddi edrych fel robot.

Nodiodd Mrs Iwuchukwu.

'Aha! Fi yw Ms Trevors a dyma'r Ditectif Carolyn Lewis o'r CID. A rhaid mai dyma Noah ac Aniyah,' meddai'r fenyw gan blygu i lawr. Estynnodd ei llaw ac aros i fi ei hysgwyd, ac wedyn i Noah ei hysgwyd hefyd.

'Dilynwch ni, 'te,' meddai Ms Trevors gan wenu, a'n tywys i ystafell fach lle roedd popeth yn llwyd. Yr unig beth oedd ddim yn llwyd oedd bwrdd bach ac arno becyn o biniau lliwio, papur a bocs yn llawn Lego.

'Nawr, Aniyah a Noah, fel arfer fyddwn i ddim yn eich gweld chi am rai wythnosau er mwyn i chi gael amser i setlo yn eich cartref newydd gyda Mrs Iwuchukwu,' dywedodd Ms Trevors, gan adael i Noah redeg at y bocs

Lego a dechrau chwarae. 'A dwi'n gwybod bod eich Swyddog Cyswllt Teulu a Mrs Granger wedi dweud byddwn i'n cwrdd â chi'n fuan, hefyd ...' Edrychodd arna i a Mrs Iwuchukwu wrth i'r ddwy ohonon ni eistedd ar soffa hir lwyd, ac wrth iddi hithau a'r ditectif stiff eistedd ar ddwy gadair gyferbyn. Ceisiais gofio pwy oedd yr holl bobl roedd hi'n sôn amdanyn nhw, ond allwn i ddim.

'Ond, nawr y funud hon, mae angen ychydig o help ar Ditectif Lewis a finnau i ddeall rhai o'r pethau ddigwyddodd cyn i'ch mam ... adael. Ac mae angen i ni ofyn ambell gwestiwn. Ydy hynny'n iawn, Aniyah?'

Fe wnaeth Ms Trevors a'r fenyw ditectif robot a Mrs Iwuchukwu i gyd syllu arna i, ac aros i fi ddweud rhywbeth. Roedd fy llais wedi diflannu eto, felly wnes i ond nodio ac eistedd ar fy nwylo, oherwydd yn sydyn reit, roedden nhw'n teimlo fel blociau o iâ.

'Dyna ferch dda,' meddai Ms Trevors. 'Nawr, does dim rhaid i ti ateb yr un cwestiwn nad wyt ti ddim eisiau'i ateb, ac os wyt ti'n ei chael hi'n rhy anodd dweud rhywbeth, galli di ei ysgrifennu – neu wneud llun ohono, gyda'r rhain. Iawn?'

Nodiais eto wrth i Ms Trevors roi darnau o bapur plaen a'r piniau lliwio wrth fy ochr, ac wedyn edrychais ar y cloc mawr plastig ar y wal. Roedd nodyn Travis yn

dweud taw dim ond pedwar deg awr oedd ar ôl i ddod o
hyd i ffordd o atal yr helwyr sêr yn yr Arsyllfa Frenhinol
rhag rhoi'r enw anghywir ar seren Mam. Ond roedd
hynny dros awr yn ôl, felly nawr, dim ond tri deg naw
oedd ar ôl ...

Edrychodd Ms Trevors ar glipfwrdd a dechrau gofyn
llawer o gwestiynau oedd arno. Ro'n i wedi clywed rhai
o'r blaen oddi wrth Katie, ffrind Mam o'r gwesty-oedd-
ddim-wir-yn-westy. Roedden nhw am Mam a Dad a pha
fath o gemau byddai Dad yn hoffi eu chwarae gyda ni. Fel
y Gêm Amser Gartref – sef pan fyddai Mam a Noah a fi'n
gorfod rasio adref ar ôl ysgol bob dydd a bod yno erbyn
pedwar o'r gloch ar ei ben er mwyn ateb y ffôn pan fyddai
Dad yn ffonio. Doedd dim ots pa mor bell i ffwrdd roedd
Dad, na hyd yn oed os oedd e mewn gwlad arall gyda'i
waith. Byddai e wastad yn ffonio am bedwar ar ei ben i
wneud yn siŵr bod pawb ohonon ni gartref ac wedi
cadw'n ddiogel. A'r Gêm Diflannu Ymddiheuro. Dyna
gêm byddai Dad yn ei chwarae pan fyddai e wedi torri
rhywbeth – fel plât neu gadair – neu os oedd Mam wedi
cwympo pan fyddai e'n symud y celfi. Roedden ni'n
gwybod ei fod e'n chwarae'r gêm achos byddai e'n
diflannu am oriau ac wedyn dod yn ôl â'i freichiau'n llawn
blodau a theganau a siocled ac anrhegion ac yn ceisio
ymddiheuro hanner cant o weithiau mewn awr. Roedd

llawer o gemau eraill hefyd, ond doeddwn i ddim yn teimlo awydd i sôn am y rheiny, felly wnes i ysgrifennu amdanyn nhw yn lle siarad. Mae'n eich blino chi i orfod ateb yr un cwestiynau drosodd a throsodd, felly wnes i ddim rhoi atebion maith, dim ond rhai byr.

Ond wedyn dechreuodd y fenyw ditectif robot ofyn cwestiynau newydd sbon doedd neb wedi'u gofyn o'r blaen – a'r cyfan am y dydd pan oedd Mam wedi mynd. Ro'n i'n gallu teimlo fy llaw'n stopio ysgrifenu, a fy llygaid yn dechrau pigo. Oherwydd, y gwir amdani yw, dwi ddim yn gallu cofio popeth ddigwyddodd y diwrnod hwnnw. Ddim yn iawn, ta beth. Ac mae'n gwneud i fi deimlo'n llawn ofn. Dwi ddim eisiau anghofio'r diwrnod olaf welais i Mam, ddim byth, ond pryd bynnag bydda i'n ceisio cofio sut roedd hi'n edrych neu beth roedd hi'n ei wisgo neu beth ddywedodd hi wrtha i, mae fy ymennydd yn mynd yn niwlog a dwi'n dechrau gofidio y bydda i'n anghofio popeth amdani hi. Mae'n gwneud i fi feddwl am stori wnaeth Mam ddarllen i fi unwaith am Hen Ŵr Amser, a sut roedd e'n gallu chwarae triciau ar bobl doedd e ddim yn eu hoffi.

Yn y stori, mae Hen Ŵr Amser yn colli'i dymer gyda'r byd dynol am wastraffu'i holl anrhegion ar geisio troi amser yn arian ac am ddechrau rhyfeloedd. Felly, i gosbi'r bobl, mae e'n achosi i holl glociau'r byd fynd yn gynt a chynt, nes bod neb yn gallu cofio am y bobl roedden nhw'n eu caru, na'u hatgofion gorau, na deall sut roedden nhw wedi mynd yn hen a phenwyn ar amrantiad. Dim ond plant oedd yn gwybod sut i dreulio'u hamser yn hapus gafodd eu hachub. Er mwyn atal Hen Ŵr Amser rhag bod yn greulon, y cyfan oedd angen ei wneud oedd bod mor hapus ag y gallech chi fod am gyhyd â gallech chi fod, a bod yn ddiolchgar am bob munud fyddech chi'n ei chael. Oherwydd gynted byddech chi'n stopio bod yn hapus ac yn ddiolchgar, byddai Hen Ŵr Amser yn achosi i'r clociau gyflymu a'ch gwneud chi'n hen ac atgofus a thrist ar amrantiad eto. Rhaid 'mod i wedi gwneud rhywbeth o'i le ar y diwrnod ddiflannodd Mam, oherwydd mae amser yn para i ymestyn ei hun neu ddiflannu, ac yn gwneud i'r holl luniau yn fy mhen droi'n niwlog – fel paentiad mae rhywun wedi sarnu dŵr drosto.

Dyma'r pethau dwi'n gallu'u cofio o'r diwrnod ddiflannodd Mam:

Dwi'n cofio deffro, gweld Mam yn brwsio'i dannedd yn y sinc bychan yng nghornel yr ystafell lle roedden ni'n cysgu, a'i gweld hi'n rhoi'i gwallt mewn cynffon. Roedd hi wedi stopio cadw'i gwallt yn syth a pherffaith i Dad, felly roedd wedi troi'n gyrliog ac fel cwmwl, fel fy ngwallt i a Noah. Roedd hi wedi rhoi'r gorau i wisgo colur hefyd, oherwydd roedd hi'n dweud nad oedd angen iddi edrych yn bert drwy'r amser mwyach, ond roeddwn i'n meddwl ei bod hi'n edrych yn bertach hebddo.

Wedyn dwi'n cofio estyn fy 'nillad cudd' am y dydd. Dyna roedden ni'n galw'r holl ddillad yn y gwesty-oedd-ddim-wir-yn-westy, achos roedden nhw wedi dod o fag sbwriel enfawr ac nid ein dillad ni oedden nhw go iawn. Dillad roedd rhywun wedi'u rhoi i ni eu gwisgo oedden nhw, er mwyn i neb ein hadnabod ni, ac y gallen ni ennill y gêm guddio gyda Dad.

Dwi'n cofio gwisgo a gofyn i Mam oeddwn i'n edrych yn iawn, a'i gweld hi'n rhoi'r pentwr mawr o bapurau oedd yn ei dwylo i lawr. Papurau i'n helpu ni i guddio'n well oedden nhw, ac roedden nhw'n gwneud i Mam edrych yn drist a phryderus. Dwi'n cofio gofyn allwn i ei helpu hi gyda'r papurau, a Mam yn gwenu'n ôl arna i. Roedd gan Mam y wên harddaf yn y byd i gyd, oherwydd pan fyddai hi'n gwenu byddai'n gwneud i bawb o'i chwmpas hi wenu hefyd. Dwi'n cofio teimlo'n hapus a gobeithio byddai fy nannedd i yr un mor wyn a sgleiniog â'i rhai hi ryw ddiwrnod. Dwi'n meddwl bod Mam wedi dweud rhywbeth yn ôl ond pan fydda i'n ceisio cofio beth ddywedodd hi, mae'r cyfan yn mynd yn niwlog, a WWWWWWHHHHSSSSHHHH! – mae amser yn neidio dros bopeth ddigwyddodd amser brecwast a sut roedd

Mam yn edrych pan wnaeth hi grympets i Noah a fi am y tro olaf, ac yn sgrialu ymlaen i pan aeth Mam â ni i'r ystafell chwarae.

Dwi'n cofio Felicity, ein gofalwraig, yn agor y drws a dweud helô, a Mam yn dweud wrth Noah am fyhafio. Dwi'n gallu cofio gwallt Mam yn goglais fy wyneb wrth iddi blygu i roi cusan i fi a sain ei llais wrth iddi ddweud, 'Wela i'r ddau ohonoch chi nes ymlaen – bihafiwch – a pheidiwch ag anghofio bwyta'ch llysiau amser cinio!' Ac os bydda i'n gwneud fy ngorau ac yn gwasgu fy llygaid ynghau ac yn gorfodi fy nghlustiau i stopio gwrando, galla i hyd yn oed gofio gweld Mam yn codi'i llaw arna i a mor llachar oedd ei llygaid a'r ffordd roedd ei thrwyn wedi crychu ychydig pan ddywedodd hi hwyl fawr. Ond wedyn mae'r llun yn mynd yn niwlog eto ac mae 'na WWWWWWHHHHSSSSHHHH! arall, ac amser yn neidio dros y rhan fwyaf o'r diwrnod, gan daflu dim mwy na darnau bach o luniau, fel darnau o ddrych sydd wedi torri. Fel:

1. Yr ystafell chwarae'n gwagio'n sydyn am fod y plant eraill i gyd wedi gadael.
2. Katie'n edrych ar ei watsh ac yn siarad ar ei ffôn ac ysgwyd ei phen a dweud, 'Dwi'n ffaelu cysylltu.'

3. Yr ardd fach tu fas i'r tŷ'n mynd yn dywyllach a
   thywyllach ...

Wedyn WWWWWWWHHHHSSSSHHHH!
Mae amser yn cyflymu eto ac yn dod i stop am wyth
o'r gloch ar ei ben. Dwi'n gwybod taw dyma'r union
amser, achos pan agorodd Katie ddrws yr ystafell deledu
fe wnaeth hynny i fi edrych ar y cloc. Ro'n i'n meddwl
byddai Mam gyda hi. Ond nid Mam oedd yno o gwbl
– dau swyddog heddlu oedd yno, a'r ddau ohonyn nhw â
llygaid mawr yn llawn dŵr, oedd yn edrych i fyw fy llygaid
i.
    Y peth olaf i gyd dwi'n ei gofio yw gwylio bysedd y
cloc ar y wal, a'r bys bach yn sefyll yn stond uwchben
y rhif wyth fel pe bai ddim eisiau symud. Yn ystod y
rhan hon, mae fy nghof yn chwarae hyd yn oed mwy o
driciau arna i, oherwydd fe ddiflannodd pob sain ac
aeth pob gair yn gwlwm anniben – fel pe bai popeth yn
cael ei wasgu a'i sugno gan hŵfer enfawr di-sŵn.
Yr unig eiriau mae fy nghlustiau'n gallu'u cofio'u
clywed yw: 'Swyddog ... Teulu ... Roedd dy fam eisiau
... Wedi mynd ... Wyt ti? ... Mor flin ... Deall ... Gorfod
gadael ...'
    Dwi ddim yn gallu cofio pwy ddywedodd y geiriau
hynny, na beth oedd y geiriau coll, na dwylo pwy oedd ar

fy ysgwyddau wnaeth i fi fynd yn oer. Y cyfan wn i yw mai dyna pryd clywais i'r crac swnllyd yma o rywle'n ddwfn dan fy mrest, a ffrwydrad mawr fry yn yr awyr, a sŵn gwichian fel petai'r byd wedi stopio troi a ddim yn gwybod sut i droi byth eto. Edrychais o gwmpas i weld os oedd Felicity neu Katie neu'r heddlu wedi clywed y synau hefyd, ond roedd eu cegau nhw'n dal i symud felly ro'n i'n gwybod nad oedden nhw ddim wedi clywed dim, oherwydd allai neb fyddai'n clywed y fath sŵn yn gallu dal i siarad. Wedyn edrychais i lawr ar Noah, oedd yn syllu i fyny arna i, a'i wyneb yn goch a gwlyb a'i geg ar agor, a gwyddwn yr eiliad honno'i fod e wedi clywed yr un sŵn hefyd. Sŵn calon Mam yn gadael ei chorff ac yn troi'n seren.

Ond allwn i ddim ysgrifennu dim o hyn a doeddwn i ddim eisiau dweud wrth Ms Trevors na'r fenyw ditectif robot 'mod i'n methu cofio pethau'n glir. Arhosais nes iddyn nhw flino ar ofyn cwestiynau, a gofyn yr unig gwestiwn roeddwn i wedi bod yn aros i'w glywed.

'Felly, Aniyah … oes unrhyw beth hoffet ti ei ofyn i fi – neu i'r Ditectif Lewis?'

Edychais ar Ms Trevors ac agor fy ngheg. Gallwn deimlo fy llwnc yn ceisio datgloi'i hun eto, ac arhosais i'r sain ddod. Ar ôl ychydig eiliadau, clywais fy hun yn gofyn, 'Pa mor bell o Lundain ydyn ni?'

Gwgodd Ms Trevors arna i ac wedyn ar y ditectif ac wedyn ar Mrs Iwuchukwu. 'Wel, dwi'n gwybod dy fod ti'n arfer byw yn Llundain, felly mae'n hollol iawn dy fod ti eisiau gwybod,' meddai hi, gan ysgrifennu rhywbeth yn sydyn ar ei chlipfwrdd. 'Dim ond awr i ffwrdd ar y trên, ac ychydig yn hirach ar y bws neu mewn car – ond ddim yn rhy bell, Aniyah. Pan fydd pethau ychydig yn fwy sefydlog, gall Mrs Iwuchukwu fynd â ti yno am drip bach?'

Nodiodd Mrs Iwuchukwu.

'Unrhyw beth arall?'

Ro'n i eisiau gofyn o leiaf hanner cant yn rhagor o gwestiynau. Fel ble roedd Dad ac oedd e'n gwybod ble roedden ni'n byw nawr, neu oedd e wedi rhoi'r gorau i geisio dod o hyd i ni. Ac oedd byw mewn tŷ maeth yn golygu na fyddwn i byth yn cael mynd adre eto. Ac os oedden ni byth yn mynd yn ôl eto, beth oedd yn mynd i ddigwydd i fy nglôb sêr a'r holl lyfrau oedd gen i, a fy hoff wisg Calan Gaeaf, a hoff dreinyrs Noah â golau arnyn nhw, a'r tegan Woody oedd yn ei helpu i gysgu yn y nos.

Ond yn lle hynny, ysgwyd fy mhen wnes i ac edrych yn ôl ar y cloc ar y wal. Awr arall wedi mynd heibio, oedd yn golygu mai dim ond tri deg wyth awr oedd ar ôl nawr. Roedd y syniad yn gwneud i 'nghalon fod eisiau rhedeg.

Ond doeddwn i ddim yn mynd i adael iddo wneud. Oherwydd waeth faint o driciau roedd amser yn mynd i chwarae â fi o hyn ymlaen, doeddwn i ddim yn mynd i adael iddo ddwyn dim byd oddi wrtha i byth eto.

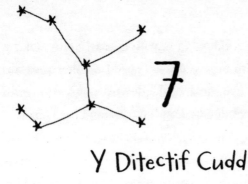

Y Ditectif Cudd

Pan ddaethon ni adref o'r adeilad Gwasanaethau Plant, gadawodd Mrs Iwuchukwu i Noah a fi chwarae yn y lolfa wrth iddi hi baratoi pitsa i'n cinio. Rhoddodd hi'r radio i fynd yn fwy swnllyd nag arfer am ei bod hi'n ddydd Gwener, a chanu rhyw gân ryfedd oedd yn swnio fel pe bai rhywun yn ei thagu hi. Yn ôl y radio, roedd hi'n 'Awr Opera', sy'n awr arbennig pryd gall pobl sy'n methu canu roi cynnig arni, am wn i.

Tra bo Noah'n brysur yn cogio rasio ceir gyda'r bocs mawr o geir tegan roedd Mrs Iwuchukwu wedi'i gael iddo, dechreuais i feddwl am y pethau roedd Ms Trevors wedi'i ddweud – fod Llundain ddim ond yn siwrne awr ar drên neu fws. Ond pan oedden ni'n gyrru'n ôl i'r tŷ ac yn mynd drwy'r dref gyda'r holl hen adeiladau eto, bu'n rhaid i fi edrych mor ofalus ag y gallwn i am orsaf drenau, a cheisio gweld oedd bysys pell yn unman hefyd. Ond y cyfan welais i oedd arwydd yn dweud 'Diolch i chi am ymweld â thref hanesyddol Rhydychen' a llawer o geir a phobl yn gwisgo clogynnau du rhyfedd ar gefn beiciau.

Ac yn sydyn, cefais fflach o weledigaeth!

Y cyfan oedd ei angen oedd beic! Os oedd gan Travis neu Ben un, ac os bydden nhw'n fodlon i mi ei fenthyg, gallwn feicio'r holl ffordd at yr helwyr sêr oedd yn enwi seren Mam! Efallai y byddai'n cymryd tipyn mwy o amser na mynd ar drên neu fws, ond doedd gen i ddim arian ar gyfer y rheiny beth bynnag, ac ro'n i'n dda ar gefn beic. Pan oedd Dad yn fy nysgu i, dywedodd e fod gen i 'ddawn naturiol'.

Pan stopiodd fy ymennydd chwifio baner arna i, penderfynais holi cymaint o gwestiynau ag y gallwn wrth Mrs Iwuchukwu heb iddi hi wybod 'mod i'n gofyn unrhyw beth o bwys o gwbl. Gartref, pryd bynnag roedd Dad i ffwrdd mewn gwlad arall yn gweithio i'r banc, a gallai Mam wneud beth bynnag roedd hi eisiau, byddai hi'n lapio'i hun mewn blanced ac yn gwylio sioe dditectif am ddyn ag acen ryfedd a mwstásh rhyfeddach fyth. Byddai e wastad yn holi cwestiynau oedd yn glyfar, achos roedden nhw'n swnio'n syml, ond doedden nhw ddim mewn gwirionedd, ac ar ôl iddo orffen eu holi, byddai'n nodio'i ben a mwytho'i fwstásh. Dyna sut y byddai e wastad yn dod o hyd i'r atebion ac yn datrys pob achos. Felly dyna ro'n i'n mynd i'w wneud nawr hefyd – ro'n i'n mynd i fod yn union fel y ditectif a chael pob ateb oedd ei angen arnaf heb i neb ddyfalu beth ro'n i'n ei wneud. Ac am fod dim mwstásh gen i, byddwn i'n mwytho fy aeliau yn lle.

Gan adael Noah i chwarae, es i'r gegin. Roedd Mrs Iwuchukwu'n torri tomatos ger y sinc ac yn ysgwyd yn ei ffrog werdd lachar i gyfeiliant y gerddoriaeth ar y radio. O'r tu ôl, edrychai fel brigau coeden yn cael eu symud gan y gwynt. Ar ôl eiliad neu ddwy, trodd o gwmpas, a chan neidio'n ôl, rhoddodd law ar ei chalon. 'O, Aniyah! Welais i mohonot ti fan 'na! Bron i ti roi trawiad i fi!' Dyna'n union roedd y bobl ar sioe deledu Mam yn ei wneud pan fydden nhw'n gweld y ditectif, felly ro'n i'n gwybod 'mod i'n gwneud y gwaith ditectif yn iawn.

'Mrs Iwu-Iwuchukwu? Oes beic yma y galla i chwarae ag e?'

'Beic i'w reidio ti'n feddwl? Yr eiliad hon?' Gwgodd Mrs Iwuchukwu a throi i edrych drwy'r ffenest. Roedd cymylau llwydion yn hwylio heibio'n araf, a dafnau o ddŵr ar y gwydr.

'Wel, mae hi braidd yn oer heddiw, Aniyah, ac mae'n edrych fel pe bai'r glaw ar fin dechrau, felly falle fory, ie?'

'Ond – mae 'na feic y galla i ei ddefnyddio?' holais, gan geisio gwneud i fy wyneb aros yr un fath a pheidio ag edrych yn rhy gyffrous.

'Wel, does dim rheswm pam na alli di fenthyca beic Travis neu Ben, na hyd yn oed feic Sophie,' gwenodd hi. Maen nhw yn y sied, felly gallwn ni eu hestyn pan ddaw tipyn mwy o haul. Wna i hyd yn oed weld os alla i gael gafael ar helmed i ti hefyd.'

Nodiais, ac wedyn gan gofio beth roedd y ditectif yn arfer ei wneud, mwythais fy aeliau. Ar y tu fas, wnaeth fy wyneb ddim newid gronyn, ond y tu mewn roedd fy ymennydd yn neidio lan a lawr ar drampolîn, ac yn pwnio'r awyr a gweiddi 'Ieeeee!'

Doeddwn i ddim am i Mrs Iwuchukwu ddyfalu beth ro'n i'n ei wneud, felly penderfynais y byddwn i'n aros hanner awr cyn gofyn fy nghwestiwn dirgel nesaf. Fyddai'r ditectif teledu byth yn gofyn pob cwestiwn ar unwaith, rhag codi amheuaeth ymysg y bobl oedd yn cael eu drwgdybio, felly fe fyddwn i'n gofyn rhywbeth arall iddi hi pan fyddai hi ddim yn disgwyl dim. A phe bawn i'n aros a gofyn rhywbeth bob hanner awr, byddwn wedi dysgu o leiaf dri pheth cyn i Ben a Travis ddod adre o'r ysgol!

Gynted ag ro'n i wedi penderfynu aros hanner awr, dechreuodd amser fynd mor araf nes 'mod i'n siŵr ei fod wedi torri. Ond do'n i ddim am roi'r gorau iddi, felly es i dynnu lluniau gyda Noah, ac wedyn helpu Mrs Iwuchukwu i osod y bwrdd, ac wedyn bwyta fy mhitsa'n arbennig o araf, ac wedyn llowcio fy sudd oren yn arafach byth, ac yn y pen draw, roedd hanner awr wedi mynd heibio.

Gosodais fy ngwydr ar y bwrdd a sychu fy ngheg â chefn fy llaw. Roedd Noah'n dynwared popeth ro'n i'n ei wneud ac yn giglo, felly gwnaeth yr un peth ac aros i weld beth faswn i'n ei wneud nesaf.

'Mrs Iwuchukwu?'

Gorffennodd Mrs Iwuchukwu gymryd darn o'r pitsa a dweud, 'Ie?'

'Ydych chi'n hoffi mapiau?'

Unwaith eto, fel y bobl ar y gyfres dditectif ar y teledu, roedd golwg syn ar wyneb Mrs Iwuchukwu, felly ro'n i'n gwybod 'mod i wedi gofyn yn y ffordd gywir. 'Wel, na ... alla i ddim â dweud 'mod i ... Fel arfer bydda i'n defnyddio'r llywiwr lloeren i fynd o gwmpas. Wyt ti eisiau'i weld e?'

Nodiais, a gwylio Mrs Iwuchukwu'n mynd draw i ffenest y gegin ble roedd ei radio goch, a thynnu rhywbeth oedd yn gwefru yno.

'Mae'n hen nawr, ond roedd Mr Iwuchukwu wrth ei fodd ag e. Dyma ti,' dywedodd, gan ei gynnau a'i estyn i mi.

Doeddwn i erioed wedi dal llywiwr lloeren go iawn o'r blaen, oherwydd roedd rhai Mam a Dad yn sownd yn eu ceir nhw, a doedd byth angen eu gwefru nhw drwy gebl wrth wal. Roedd fel sgrin deledu fach ddu a pheiriant chwarae gemau'n un. Pwysodd Noah dros fy ysgwydd wrth i'r sgrin fflachio am eiliad ac wedyn duo eto.

'O diar! Anghofiais droi'r switsh,' dywedodd Mrs Iwuchukwu, gan fynd â'r llywiwr lloeren yn ôl a'i roi'n ôl i wefru. 'Dwi'n ofnadwy am gofio gwefru'r pethau hyn!'

'O,' dywedais, gan feddwl tybed fyddai'n well petai Travis yn gallu dod o hyd i'r map fyddai'i angen arnaf ar-lein ac argraffu copi ohono.

'Ond mae gen i gopi o lyfr *London A to Z* ...' meddai hi, gan eistedd yn ôl wrth y bwrdd a sychu'i cheg â lliain. Roedd Noah wedi rhoi'r gorau i fy nynwared i ac roedd e'n copïo Mrs Iwuchukwu bellach, felly cododd ei liain hefyd. Ond, yn hytrach na sychu'i geg, dechreuodd sychu'i wyneb i gyd â hi.

Ro'n i'n meddwl tybed beth oedd ystyr 'London A to Z', ac a oedd Mrs Iwuchukwu yn credu 'mod i eisiau geiriadur yn hytrach na map. Ond wedyn, dywedodd hi, 'Dwi'n dal i fynd â hwn gyda fi pan fydda i'n gyrru i rywle newydd yn Llundain. Weithiau, mae hyd yn oed y llywiwr lloeren yn mynd â fi ar y ffordd anghywir, felly mae wastad yn dda i gael cynllun wrth gefn! Pam? Wyt ti'n hoffi mapiau, Aniyah?'

Roedd Mrs Iwuchukwu'n edrych arna i â'i phen ar un ochr, oedd yn gwneud iddi edrych fel Ben.

Nodiais.

'Wel, mae hynny'n ddiddorol iawn. Dwi ddim yn meddwl 'mod i'n nabod neb sy'n hoffi mapiau!'

'Felly, gaf i ... gaf i edrych yn y *London A to Z?*' gofynnais, gan deimlo'r cyffro'n codi yn fy nhraed o dan y bwrdd.

'Wrth gwrs,' gwenodd Mrs Iwuchukwu. 'Mae e ar un o'r silffoedd yn y lolfa'n rhywle. Galli di ei fenthyca pryd bynnag rwyt ti eisiau.'

Fe wnaeth fy ymennydd naid fach arall ar ei drampolîn wrth i mi nodio a mwytho fy aeliau a gorfodi fy hun i beidio â gofyn unrhyw gwestiynau eraill.

Ar ôl cinio, daeth Mrs Iwuchukwu o hyd i'r llyfr mapiau *London A to Z* i fi. Roedd yn llyfr rhyfedd, a channoedd o ddudalennau o heolydd melyn a blobiau gwyrdd a rhifau a llinellau a sgwariau'n rhedeg ar hyd y brig. Ro'n i wedi gweld mapiau fel hyn o'r blaen mewn hen lyfrau ysgol, ond doedd gen i ddim syniad sut i'w ddefnyddio i gyrraedd yr helwyr sêr er mwyn eu hatal rhag rhoi'r enw anghywir ar seren Mam. Penderfynais y byddai'n rhaid i Travis ddod o hyd i fap symlach i fi ar ei gyfrifiadur, a bydden i'n rhoi llyfr dryslyd Mrs Iwuchukwu yn ôl iddi.

Wrth i mi esgus edrych drwyddo er mwyn i Mrs Iwuchukwu feddwl 'mod i'n ei fwynhau go iawn, meddyliais yn arbennig o ofalus sut i ofyn fy nghwestiwn olaf. Roedd rhaid i fi geisio meddwl am ffordd wahanol o ddweud y gair 'tortsh'. Ond waeth pa mor galed ro'n i'n meddwl amdano, doedd dim gair arall fel petai'n tycio. Allwn i ddim a gofyn i Mrs Iwuchukwu am ffon olau, na pheiriant goleuni. Fyddai hynny ddim yn gwneud synnwyr, a sylweddolais i'n raddol fod rhai geiriau sy byth yn gallu cymryd lle geiriau eraill a dal i olygu'r un fath. Yn y pen draw, pan oedd Mrs Iwuchukwu'n dangos i Noah sut i glicio'i fysedd fel y plant ar y teledu, gofynnais, 'Mrs Iwuchukwu – alla i gael tortsh ... os gwelwch yn dda?'

Edrychodd Mrs Iwuchukwu arna i a chodi'i haeliau. 'Tortsh?' gofynnodd hi.

Nodiais. Ro'n i'n gallu gweld ei bod hi'n meddwl rhywbeth difrifol, felly yn sydyn, daeth celwydd allan o 'ngheg. Do'n i ddim yn ymwybodol o'r celwydd nes i mi glywed fy hun yn dweud y geiriau, 'Dwi ddim yn hoffi cysgu yn y tywyllwch heb un.'

Ro'n i'n gallu teimlo fy wyneb yn cochi, oherwydd dwi ddim yn hoffi dweud celwydd. Do'n i ddim erioed wedi cysgu gyda thortsh o'r blaen, ac roedd fy wyneb yn dangos hynny. Ond roedd angen y tortsh arna i er mwyn cyrraedd seren Mam, ac ro'n i'n gwybod byddai Mam yn dweud ei bod hi'n iawn i ddweud celwydd y tro hwn. Byddai'n helpu i 'nghadw i'n ddiogel ac yn stopio Mrs Iwuchukwu i boeni amdana i. Byddai Mam yn dweud celwydd wrth lawer o bobl i'w stopio rhag poeni amdanon ni, a byddai ei hwyneb hithau wastad yn cochi hefyd.

Tapiodd Mrs Iwuchukwu ei gên â'i bys, ac ymhen rhai eiliadau, dywedodd 'Wel, dwi'n siŵr bod gen i dortsh teithio yn rhywle. Beth am weld os gallwn ni ddod o hyd iddo i ti, ife?'

Nodiais, a mynd yn ôl i gogio darllen y *London A to Z* eto. Ro'n i wedi gofyn pob un o fy nghwestiynau a doedd dim angen gwneud dim mwy o waith ditectif nawr. Gynted byddai Ben a Travis gartref, bydden i'n dweud popeth wrthyn nhw am fy nghynllun a gofyn allwn i gael benthyg un o'u beics nhw – a helmed hefyd. Byddai angen eu help nhw arna i i fynd mas o'r tŷ ac efallai i ddysgu sut i ddefnyddio'r map, ond petawn i'n gallu gwneud hynny erbyn nos yfory, byddai gen i ddigon o amser cyn i gystadleuaeth enwi seren Mam ddod i ben.

Ond ddaeth Ben a Travis ddim adre am ugain munud i bedwar fel maen nhw'n ei wneud fel arfer. Nac am bedwar o'r gloch. Na hyd yn oed am bump o'r gloch! Ro'n i eisiau gofyn i Mrs Iwuchukwu ble roedden nhw a pham roedden nhw mor hwyr, oherwydd do'n i ddim yn hoffi gweld pobl yn mynd ar goll pan oedden nhw i fod gartre'n barod, ac roedd yn dechrau gwneud i fi deimlo'n sâl.

Ond wedyn, am ugain munud i chwech ar ei ben, agorodd y drws ffrynt a chlywais sŵn traed Ben a Travis yn rhedeg i lawr y cyntedd.

'Fechgyn! Swper gyntaf!' galwodd Mrs Iwuchukwu, wrth i'r ddau daranu i'r gegin mewn crysau-T a siorts mwdlyd.

'Gwych! Byrger a sglods!' meddai Ben wrth lamu i'w gadair a chydio mewn byrger oddi ar y plât mawr yng nghanol y bwrdd. 'Olreit Aniyah. Olreit Noah!' meddai, wrth lowcio'r bwyd mewn darnau enfawr nes bod ei fochau bron â ffrwydro.

Nodiais wrth i Noah bwnio fy mraich i ofyn a gai e fyrger hefyd.

'Cofiwch adael rhywfaint o sglods i Sophie!' meddai Mrs Iwuchukwu wrth iddi ddod a rhoi llond byrddaid ffwrn o sglodion o'n blaenau. 'Bydd hi bron â llwgu ar ôl ei hymarfer nofio.'

Nodiodd Ben a Travis wrth i'r ddau gydio mewn byrger arall a'u llyncu mewn llai na hanner munud.

Gan gnoi fel camel, a llyncu'n swnllyd, gwthiodd Ben lond llaw o sglodion i'w geg ac yn sydyn, neidiodd ar ei draed. 'Mrs Iw, dwi'n mynd i gael cawod!' gwaeddodd.

'Iawn,' meddai Mrs Iwuchukwu o'r stof, ble gellid clywed sain rhywbeth yn poeri ffrio.

'F-fi hefyd!' meddai Travis, gan sefyll ar ei draed a chrafu'i gadair yn ôl yn swnllyd.

'Psst! Aniyah! Dere i ystafell Travis ar ôl i ti orffen swper, iawn?' sibrydodd Ben, gan bwyso ar draws y bwrdd.

'Iawn,' sibrydais yn ôl.

'M-mae g-gyda ni r-rywbeth i'w ddangos i ti!' dywedodd Travis a golwg wedi cyffroi ar ei wyneb. A chan lyfu darnau o sglodion oddi ar ei fresys dannedd, cododd ei fawd a rasio'n sydyn ar ôl ben drwy ddrws y gegin.

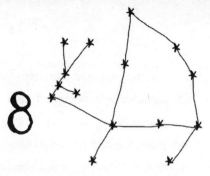

8

Antur Gyfrinachol Ganol Nos yr Helwyr Sêr

'Wyt ti wedi gorffen, Aniyah?' gofynnodd Mrs Iwuchukwu, wrth i fi lithro'n chwim i lawr o'r gadair a sefyll ger y bwrdd.

Nodiais, gan obeithio y byddai'r rheol gadael-y-bwrdd-pryd-bynnag-hoffech-chi yr un peth ar fy nghyfer i ag yr oedd, yn ôl pob golwg, i Ben a Travis a Sophie.

Edrychodd Mrs Iwuchukwu i lawr ar fy mhlât a'r hanner byrger oedd ar ôl yn ei ganol. Ro'n i wedi gwneud fy ngorau i'w orffen ond roedd drysau fy llwnc wedi cau eto. Roedd arno ormod o gyffro i adael i fwy o fwyd fynd i mewn, er mwyn ddarganfod beth roedd Travis a Ben eisiau dangos i fi.

'Hmmm,' meddai Mrs Iwuchukwu gan wgu. 'Dwi'n meddwl y bydd yn rhaid i ti gael diod o laeth yn nes ymlaen, iawn?'

Nodiais eto, ac agor fy ngheg i ddweud wrth Mrs Iwuchukwu y byddwn i'n yfed pob diferyn o laeth yn yr oergell pe bai hi ond yn rhoi caniatâd i fi adael y bwrdd ar unwaith. Gallwn glywed distiau'r llawr yn gwichian yn y llofft, oedd yn golygu bod Ben a Travis wedi gorffen cael eu cawod yn barod, a doeddwn i ddim yn gallu aros eiliad yn rhagor.

'Iawn 'te, bant â ti,' meddai Mrs Iwuchukwu, a gwthiodd ei chadair yn ôl i fi allu gwasgu rhyngddi hi a chownter y gegin.

'Fi hefyd!' meddai Noah, gan lyfu'r olaf o'r sos coch oddi ar ei fysedd a neidio i lawr o'i sedd i ddilyn fi.

Daeth sŵn bang o ddrws y ffrynt a daeth Sophie ar garlam i lawr y cyntedd, ei thraed fel taranau. Wrth iddi ddod i mewn i'r gegin, taflodd ei bag ar y llawr a rhochian 'Llwgu!', gan roi cipolwg arna i fel pe bai'n dweud taw fy mai i oedd ei bod hi eisiau bwyd.

Gan ddweud wrth fy mochau am aros yn lliw arferol, brysiais allan o'r ystafell ac i fyny'r grisiau, gyda Noah ar ras y tu ôl i fi. Stopiais o flaen drws Travis, ond cyn i fi allu curo arno, tasgodd ar agor.

'D-dere mewn,' meddai Travis. Roedd ei eiriau'n swnio'n rhyfedd o'r tu ôl i stribyn hir o wallt brown sgleiniog oedd yn gorchuddio'i wyneb fel rhaeadr. Roedd yn wlyb socian, a diferion bach o ddŵr yn hedfan i bobman.

Gwthiodd Noah'i ffordd i mewn i'r ystafell o 'mlaen i a rhedeg ar ei union at y modelau uwcharwyr ar silffoedd Travis.

'B-bydd yn ofalus,' meddai Travis, gan roi rhai o'r modelau mwy o faint o gyrraedd Noah yn gyflym. 'G-galli di chwarae g-gyda h-hwn,' cynigiodd, gan estyn model o Batman i Noah. 'A h-hwn,' ychwanegodd, gan ddal model o'r Incredible Hulk.

Nodiodd Noah'n ddifrifol a chydio yn y ddau yn ei ddwylo fel lolipops roedd e ar frys i'w llyfu.

'Ble mae Ben?' holais, wrth i Travis gau'r drws.

'D-dal i n-newid,' meddai Travis yn ddi-hid, gan syllu arna i am saith eiliad union heb gau'i amrannau.

'Edrych', dywedodd, gan droi o gwmpas, codi'i fag, a thynnu papur newydd ohono.

'D-dy s-seren d-di.'

Edrychais i lawr a theimlo Noah'n rhedeg at fy ochr. Yno, gan lenwi holl dudalen flaen y papur, oedd yr un llun roedden ni wedi'i weld neithiwr, o seren Mam yn llosgi'n llachar, ac yn mynd i fyny, i fyny, drwy awyr ddu'r Gofod. Ac uwch ei ben, mewn llythrennau enfawr, y geiriau:

EIN SEREN NEWYDD!

Cymerais y papur a'i ddal yn syth, er mwyn i Noah a fi weld y llun yn iawn. Ro'n i'n teimlo fel pe bai roced yn tanio y tu mewn i fi. Nid dim ond seren oedd Mam! Roedd hi'n seren fyd-enwog, yn seren go iawn! Ro'n i eisiau rhoi cwtsh mawr i'r papur a'i ddal am o leiaf fil o flynyddoedd. Efallai fydden i wedi gwneud hynny pe bai Travis ddim yno, ond roedd e yno, felly gwenais arno a dweud, 'Diolch'.

'Niyah? Mam ydi hi go iawn?' gofynnodd Noah, gan symud ei wyneb mor agos at y papur nes bod ei drwyn yn cyffwrdd â'r dudalen.

Nodiais, ac yn sydyn llamodd e ymlaen a rhoi 'Mwah!' fawr i'r llun o seren Mam. Ro'n i bron wedi anghofio'r sŵn, ond dyna'r un gusan byddai'n arfer ei rhoi i Mam pan fyddai hi'n ein gadael yn yr ysgol.

'G-gei di g-gadw hwnna,' meddai Travis, gan edrych yn falch. Syllais ar y papur, ac ro'n i eisiau darllen pob un gair roedd yn ei ddweud am Mam ar unwaith. Ond ro'n i eisiau'i ddarllen ar fy mhen fy hun – er mwyn i fi edrych yn arbennig o ofalus ar y lluniau a llyncu pob gair, fel ysgytlaeth cnau daear blasus iawn. Gorfodais fy llygaid i edrych i ffwrdd, a rhoddais nod fach i Travis.

'G-ges i fe g-gan fy athro yn yr ysgol,' gwenodd Travis. 'A g-ges i a Ben hwn i t-ti ...'

Gan droi yn ei unfan, chwiliodd Travis drwy gynnwys ei fag eto ac estyn llyfr.

'Wnaethon ni ei f-fenthyg o'r llyfrgell – o s-silff t-tripiau'r ysgol,' esboniodd Travis. 'Aeth ein d-dosbarth llynedd ond d-dydyn ni ddim wedi bod – achos c-cyrhaeddon ni'n rhy hwyr.'

Rhoddais y papur newydd i Noah a dweud wrtho i fod yn arbennig o ofalus gydag e, ac estyn am y llyfr sgleiniog roedd Travis yn ei ddal. Mewn un cornel, roedd y geiriau 'SOUVENIR GUIDE' mewn llythrennau mawr gwyn, ac yng nghanol y dudalen roedd llun o adeilad tal brics coch. Roedd goleuadau bach yn mynd o'i gwmpas i gyd, fel y goleuadau crwn ar long – ac yn hytrach na tho â llethr arferol, roedd cromen lwyd fawr fel winwnsyn enfawr wedi'i dorri'n hanner a rhywun wedi mynd â thafell ohono ar yr adeilad. Yn pwyntio allan o'r canol lle roedd y dafell ar goll, roedd telesgop mawr gwyn.

Edrychais yn sydyn drwy'r tudalennau. Roedd llawer o hen luniau o beiriannau rhyfedd yr olwg, a thelesgopau enfawr, lluniau lliw o glociau aur, mapiau oedd yn edrych fel glôbs a phaentiadau o hen ddynion o oes a fu'n pwyntio allan o'r ffenestri. Dyma un o'r llyfrau gorau, mwyaf cyffrous, i mi ei weld erioed.

'Ac e-edrych fan hyn!' meddai Travis.

Cydiodd yn y llyfr a throi at y tudalennau reit yn y cefn. Yno, ar draws dwy dudalen, roedd map ac arno'r geiriau 'A MAP OF GREENWICH IN LONDON'. Roedd yn dangos afon las lachar, droellog â'r label Afon Tafwys arni, ac adeiladau cartŵn o'i chwmpas ym mhobman. Dyna Balas Buckingham a Big Ben ac Eglwys Gadeiriol St Paul. Ro'n i wedi bod i bob un o'r llefydd hyn o'r blaen gyda Mam. Ac adeilad rhyfedd oedd yn edrych fel bwled o'r enw 'The Gherkin' nad o'n i erioed wedi'i weld. Roedden nhw wedi'u gwasgu'n glòs ar un ochr i'r afon. Ac ar yr ochr arall roedd y London Eye – oedd yn edrych fel olwyn ffair, ond ro'n i'n gwybod taw nid dyna oedd e go iawn. Wrth ochr yr olwyn, roedd llawer o goed ac wedyn llong o'r enw *Cutty Sark*, oedd yn edrych fel hen long môr-ladron â llawer o hwyliau, adeilad â tho gwastad oedd yn edrych fel castell bach o'r enw Tŷ'r Frenhines, ac wedyn adeilad mawr o'r enw'r Amgueddfa Forwrol Genedlaethol. A'r tu ôl i'r cyfan, yng nghanol clwt mawr o wyrddni, roedd llun o adeilad â chramen a thelesgop yn sbecian ohono, a'r label 'Arsyllfa Frenhinol Greenwich' arno.

'D-dyna ble mae angen i n-ni fynd,' meddai Travis gan bwyntio at y telesgop.

'Ie!' meddai Ben, gan achosi i Travis a fi neidio.

'Beth?' gofynnodd, gan edrych arnon ni fel pe bai e wedi bod yno erioed, a rhoi'i law ar ei wallt. Roedd hwnnw'n wlyb hefyd, ond oherwydd bod ei wallt mor fflwfflyd, doedd yr holl ddafnau bach o ddŵr ddim yn tasgu nac yn disgyn o gwbl. Roedden nhw'n aros yn yr unfan, fel swigod arbennig o sgleiniog oedd yn aros i gael eu byrstio. Roedd e'n gwisgo'i hwdi Newcastle tu chwith ymlaen eto, ond y tro hwn, yn hytrach na bwyta bisgedi allan o'r hwd, roedd e'n bwyta pecyn mawr o greision.

Gan edrych ar y map eto, ceisiais ddod o hyd i'r geiriau Pentref Waverley arno. Ond doeddwn i ddim yn gallu gweld yr un pentref arno o gwbl.

'Ble ydyn ni ar hwn?' gofynnais, gan roi'r map yn llaw Travis er mwyn iddo ddangos i fi.

Ond ysgwyd ei ben wnaeth Travis. 'D-dydyn ni ddim ar h-hwn. D-dim ond Llundain sydd arno.'

'Allwn ni gael gwell fap ar dy gyfrifiadur di?' gofynnais i Travis. 'Allai hwnna ddangos i ni sut i fynd o fan hyn at yr helwyr sêr?'

'G-gawn ni weld!' meddai Travis, gan fynd draw at y cyfrifiadur a chynnau'r peiriant. Safodd Ben a fi'r tu ôl i'w gadair ac aros, oherwydd roedden ni'n gwybod byddai'r ateb gan y cyfrifiadur. Mae gan gyfrifiaduron yr ateb i bopeth ac roedd beth bynnag roedden nhw'n ei ddweud yn wir bron bob tro. Dyna pam roedd yn rhaid i fi gyrraedd yr helwyr sêr cyn i'w cyfrifiaduron nhw ddewis enw newydd ar gyfer seren Mam Os na fydden i'n cyrraedd mewn pryd, byddai pawb yn credu'r cyfrifiaduron, ac nid fi.

'Ar beth y'ch chi'n edrych?' holodd Noah. Gan adael y papur newydd, ond gan ddal yn dynn yn nheganau Travis o hyd, daeth draw aton ni. Mae Noah'n dwlu ar gyfrifiaduron. Gartref, byddai e wastad yn mynd i drwbl am geisio chwarae ar gyfrifiadur Dad, er ei bod hi'n rheol aur ein bod ni byth i fod i gyffwrdd ynddo fe. Os bydden ni'n gwneud hynny, byddai switsh Dad yn troi ar unwaith. Ond weithiau, byddai Noah'n anghofio.

Agorodd Travis dudalen y mapiau a theipio enw'r pentref ble roedden ni ac wedyn Arsyllfa Frenhinol Greenwich mewn bocs oedd yn dweud 'Eich Cyrchfan'. Ar unwaith, ymddangosodd llinellau o wahanol liwiau ar draws y map. Roedd gan yr un cyntaf lun car uwch ei ben a 2 awr 34 mun wrth ei ochr. Roedd llun trên uwchben yr ail oedd yn dweud 1 awr 54 mun. Roedd gan y trydydd lun dyn priciau'n cerdded ac 'un diwrnod' wrth ei ochr. Ond ger yr un pwysicaf, yr un â beic bach uwch ei ben, roedd yn dweud 6 awr 30 mun. Syllais i arno'n syfrdan. Do'n i ddim erioed wedi bod ar daith feic chwe awr o'r blaen.

'Waw, mae'n cymryd diwrnod cyfan i gerdded yno!' meddai Ben. 'Mae hynny'n dwp o bell.'

'Ble y'n ni'n mynd?' gofynnodd Noah, gan edrych ar y map ac wedyn arna i.

Gan ysgwyd fy mhen arno i ddweud nad oedd e'n dod gyda fi, paratoais i rannu fy nghynllun gyda Ben a Travis.

'Dw i – dwi ddim yn mynd ar y trên – na'r bws – nac yn cerdded,' dywedais. 'Dwi'n mynd i fynd … ar y beic!'

'Beic?' Edrychodd Travis arna i.

Nodiais. 'Hynny yw – os gwnewch chi adael i fi fenthyca un o'ch beics chi?'

Edrychodd Ben a Travis ar ei gilydd am eiliad, ac wedyn arna i. Ac ar yr union un eiliad, gwenodd y ddau.

'Dyna wnaethon ni feddwl hefyd,' meddai Ben. 'Y byddai'n haws ar ein beics! A galli di fynd ag un Sophie. Bydd Mrs Iw yn fodlon i ni aros mas yn hwyr am ei bod hi'n Galan Gaeaf!'

'Ie,' meddai Travis. 'Ac os awn ni i gyd i wneud t-tric a t-thrît yn gynnar, g-gallwn ni achub y blaen cyn i Mrs Iw hyd yn oed wybod b-ble ydyn ni!'

'Ie! Falle fydd hi'n ein lladd ni pan ddaw hi i wybod ein bod ni yn Llundain, ond pan fyddwn ni'n dweud taw er mwyn dy fam di oedd e, bydd hi'n siŵr o ddeall,' meddai Ben, gan roi pwniad anogol ar fy mraich.

Edrychais ar Ben a Travis, gan deimlo syrpréis. Gyda holl gyffro dod o hyd i seren Mam, roeddwn i wedi anghofio ei bod hi'n Galan Gaeaf drannoeth.

'Aros! Beth os dywedwn ni wrth Mrs Iw ein bod ni'n mynd draw i dŷ Dan nos fory ar ôl tric a thrît?' gofynnodd Ben. 'Fel ei bod hi'n meddwl ein bod ni mas yn hwyrach?'

'A g-gallwn ni ddweud b-bod angen b-beics arnon ni i g-gyrraedd tŷ Dan!' ychwanegodd Travis.

'Ie,' gwenodd Ben. 'Gall e guddio'r gwir i ni! Felly y cyfan sydd angen yw map da. A thortshys!'

'Ni?' gofynnais, gan edrych arnyn nhw'n ddryslyd.

'Ie,' medddai Travis. 'Alli di ddim m-mynd dy hun! Ei di ar g-goll!'

'Neu bydd rhywun yn dy gipio di,' meddai Ben, gan stwffio llond llaw enfawr arall o greision i'w geg. 'Mae llwyth o herwgipwyr yn chwilio am blant ar eu beics yn y nos! Mae ar y newyddion drwy'r amser.'

'Nagyw ddim,' dywedais, gan wgu. Byddai Dad yn gwylio'r newyddion byth a hefyd i weld os roedd yr arian yn ei fanc yn saff, a doeddwn i erioed wedi clywed am neb yn cael eu cipio ar feic yng nghanol y nos.

'Niyah! Ble ni'n MYND?' gofynnodd Noah, gan dynnu ar fy mraich a chodi'i lais.

Roeddwn wedi cael gormod o syrpréis o glywed beth roedd Ben a Travis wedi'i ddweud i ateb Noah. Roedden nhw wedi llunio cynllun hefyd ... er taw seren Mam oedd hi, a fy ngwaith i oedd gwneud yn siŵr ei bod hi'n cael ei henwi ar ôl Mam. Nid nhw. Doedd fy nghynllun i ddim yn cynnwys Ben a Travis. Doedd fy nghynllun i ddim yn cynnwys neb arall o gwbl! Ddim hyd yn oed Noah – roedd e'n rhy fach beth bynnag.

'Does dim rhaid i chi ddod,' dywedais. 'Seren fy mam i yw hi.'

'A fi!' meddai Noah, gan ddechrau edrych yn grac.

'Ond gallwn ni helpu,' meddai Ben.

'Gallwn,' meddai Travis, wrth roi'i fys ar y sgrin a dilyn llinell y beics yr holl ffordd i lawr nes iddo stopio yn yr Arsyllfa Frenhinol. 'Chwe awr a h-hanner!' dywedodd. 'Ti ddim eisiau b-bod ar b-ben dy hun yr h-holl amser yna yn y t-tywyllwch!'

'Ble ti'n mynd am chwe awr a hanner, Aniyah?' gofynnodd Noah, gan dynnu'n galetach wrth fy mraich.

'Ie, dyna fydd noson hiiiiiiir,' meddai Ben gan stwffio llond llaw arall o greision i'w geg yn nerfus.

'M-mae'r g-gystadleuaeth yn g-gorffen am h-hanner nos fory.' Estynnodd Travis ei fysedd un ar y tro fel preniau gwyntyll yn agor. 'F-felly m-mae llai na dau ddeg dau o oriau g-gyda ni – os ydyn ni'n t-tynnu faint o amser sydd angen i g-gyrraedd. A h-hanner awr rhag ofn bydd angen b-brêc arnon ni...'

'Mae hynny'n llai na diwrnod.' Dechreuodd Ben grensian hyd yn oed yn fwy swnllyd ar ei greision. 'Pryd ddylen ni adael?'

'Fydd dim angen i chi adael!' dywedais, fy llais yn codi. 'Galla i wneud hyn ar fy mhen fy hun!'

Aeth Ben a Travis yn dawel wrth i lygaid y ddau fynd yn fwy crwn a llydan.

'Fy ngwaith i yw gwneud yn siŵr fod seren Mam yn cael yr enw cywir. Nid chi! Wnes i erioed ddweud 'mod i am i chi ddod!'

'O,' meddai Travis, gan gochi'n sydyn a syllu ar y llawr er mwyn i'w wallt guddio'i wyneb eto. 'S-sori,' dywedodd mewn llais bach, gan wneud i mi deimlo'n ddrwg ar unwaith.

'Roedden ni 'mond eisiau helpu,' meddai Ben gan godi'i ysgwyddau a'i wyneb yn llawn embaras. 'Ond wnawn ni ddim … os – os nad wyt ti am i ni.'

'Eisiau gweld seren Mam!' meddai Noah, gan syllu arnon ni fel pe bai e o'r diwedd wedi deall ein sgwrs 'Niyah, alla i fynd?' gofynnodd, gan edrych arna i a'i wyneb yn llawn dryswch.

Aros yn dawel wnes i, a syllu ar fy nwylo. Roedden nhw'n ddau ddwrn tyn a gallwn glywed fy nghalon yn curo ynddyn nhw. Ro'n i eisiau dweud wrth yr helwyr sêr am Mam ar fy mhen fy hun oherwydd mai fy mam i oedd hi, a doeddwn i ddim gyda hi pan wnaeth hi'n gadael ni. Efallai pe bawn i wedi bod yno, fyddai hi ddim wedi diflannu o gwbl. Ond pe bawn i'n gallu cael ei henw hi'n gywir a gwneud yn siŵr bod pawb yn y byd yn gwybod pwy oedd hi, yna byddwn i'n gallu'i gwneud hi'n falch. Fel roedd hi wedi gwneud i fi deimlo'n falch pan welais i ei llun hi yn y papur ...

Edrychais draw ar y papur yn gorwedd ar wely Travis wrth ochr y llyfr arbennig, ac yn sydyn roedd cywilydd arna i. Dim ond eisiau helpu roedd Ben a Travis, a fasai gen i ddim syniad sut i gyrraedd yr helwyr sêr na bod Mam yn enwog oni bai amdanyn nhw. Efallai nad o'n i i fod i helpu Mam ar fy mhen fy hun. Roedd angen tîm ar helwyr sêr bob amser i'w helpu i ddarganfod sêr newydd, felly efallai eu bod nhw i fod yn rhan o fy nhîm i hefyd ...

'Sori,' dywedais yn dawel. 'Gallwch chi ddod. A ti, Noah.'

Cydiodd Noah yn fy llaw a'i dal yn sownd cyn neidio oddi ar y gadair i chwarae â theganau Travis eto.

'Ti'n siŵr?' gofynnodd Ben, gan wgu cymaint nes ei bod hi'n edrych fel pe bai'i dalcen e'n styc.

Nodiais.

'Ar yr amod na fyddwch chi'n mynd i ormod o drwbl, a'i fod yn eich stopio rhag cael eich mabwysiadu.'

'Na!' dywedodd Ben. 'Bydd Mrs Iw'n colli'i thymer, ond wedyn bydd hi'n iawn pan fydd hi'n gweld taw ar gyfer dy fam di roedd hyn, ac nad y'n ni'n rhedeg i ffwrdd go iawn.'

'F-felly mae N-noah'n d-dod hefyd?' gofynnodd Travis, gan wgu 'F-fydd e ddim yn b-blino gormod?'

'Dwi ddim wedi blino!' meddai Noah, gan wthio Travis. Ro'n i'n gwybod byddai dod â Noah'n gwneud y cynllun yn fwy anodd, ond ro'n i'n gwybod hefyd na fasai Mam ddim eisiau i mi ei adael ar ôl ar antur oedd yn ymwneud â hi. Roedd hi wedi dweud mai fy ngwaith i oedd gofalu nad oedd byth ofn arno, ac ro'n i'n gwybod, tasai e'n deffro yng nghanol y nos ac yn gweld nad o'n i wrth ei ochr, y basai e'n fwy ofnus nag y gallwn i fyth ei ddychmygu.

'Peidiwch gofidio, galla i ofalu amdano fe,' addewais. 'Gall e reidio ar y beic gyda fi.'

'Ocê,' meddai Travis yn amheus. 'G-gallwn ni g-gymryd ein t-tro os b-byddi di'n b-blino.'

Gan droi yn ei gadair, edrychodd yn ôl ar sgrin y cyfrifiadur. 'M-mae angen i ni g-gyrraedd erbyn canol nos. M-mae hynny'n g-golygu g-gadael cyn ...' oedodd i gyfri ar ei fysedd. 'C-cyn hanner awr wedi p-pump yfory. Ac m-mae angen p-paratoi lot o b-bethau cyn hynny.'

'Ond sut ydyn ni'n mynd i adael erbyn hanner awr wedi pump?' gofynnais. 'Fydd Mrs Iwuchukwu'n gadael i ni fynd i wneud tric a thrît erbyn hynny?'

Ysgwyd ei ben wnaeth Ben. 'Dywedodd hi fod Travis a fi'n cael mynd am chwech. Wythnos diwethaf oedd hynny – cyn i ti ddod yma. Efallai allwn ni ofyn iddi hi allwn ni adael yn gynt. Ond rhaid i ni wneud yn siŵr ei bod hi'n gadael i chi'ch dau ddod gyda ni hefyd.'

'Pam?' gofynnais. 'Pam na fyddai hi'n gadael i ni fynd?'

Cododd Ben ei ysgwyddau wrth i Travis ddweud, 'Chi'n n-newydd. Falle fydd hi'n m-meddwl bo' chi ddim yn ei h-hoffi.'

'Ie, felly rhaid i chi ddechrau dweud heno eich bod chi wiiiiir eisiau mynd i wneud Tric a Thrît gyda ni!' meddai Ben.

Nodiais.

'Felly m-mae angen i ni g-gael ein b-beics a b-beic Sophie o'r sied …'

'A phethau i fwyta ar y daith,' ychwanegodd Ben. 'Y tro diwethaf redais i bant, es i 'nôl am fod eisiau bwyd arna i.'

'Ti wedi rhedeg i ffwrdd o'r blaen?' gofynnais gan syllu ar ben.

'Do! LLWYTH o weithiau,' meddai Ben. 'Ond ddim o fan hyn. O'r tŷ maeth cyn hyn. Doedden nhw ddim yn neis iawn i fi, felly wnes i redeg i ffwrdd. Dyna pam wnaethon nhw anfon fi fan hyn.'

Wyddwn i ddim beth i'w ddweud achos do'n i ddim yn gallu dychmygu neb *na* fyddai eisiau bod yn neis i Ben.

Nodiais er mwyn creu'r argraff fy mod i'n deall am fy mod innau wedi rhedeg i ffwrdd lawer o weithiau hefyd.

'A thortshys! M-mae angen argraffu'r m-map – aros!' Agorodd Travis ddrôr ac estyn llyfr ysgrifennu. Rhwygodd ddarn o bapur o'i ganol. ''D-dewch i ni ysgrifennu rhestr!' Wrth i Travis ddechrau ysgrifennu'r cynllun, cydiodd Noah mewn pen a dechrau tynnu lluniau o'r holl eiriau roedd e wedi'n clywed ni'n eu dweud ar ochr y darn papur.

'Beth wnawn ni alw'r cynllun?' gofynnodd Ben, gan edrych ar y rhestr yn falch ar ôl i Travis orffen.

Edrychodd Travis arna i wrth i Noah wneud un llun olaf ar gornel waelod y papur. Roedd ei dafod e mas, oedd yn golygu ei fod e'n canolbwyntio'n fawr, a phan oedd e wedi gorffen, roedden ni'n gallu gweld taw llun seren anniben oedd hi, ond gallai fod yn goeden Nadolig hefyd.

'Antur Gyfrinachol yr Helwyr Sêr,' dywedais, gan wrando ar fy ngeiriau i wneud yn siŵr eu bod nhw'n swnio'n iawn.

'Neu beth am "Antur *Ganol Nos* yr Helwyr Sêr?"' awgrymodd Ben, 'Achos rhaid i ni gyrraedd yr arsyllfa erbyn hanner nos.'

'B-beth am …?' Ysgrifennodd Travis rywbeth ar ben y rhestr a'i ddangos i ni, wnaeth i bob un ohonom nodio'n pennau. Roedd y cynllun yn berffaith nawr, felly arhosodd pawb yn dawel a darllen drwyddi unwaith eto:

Antur Gyfrinachol
Ganol Nos yr Helwyr Sêr

1. Argraffu'r map – heb i Mrs Iw weld!!! (Gwneud hyn pan fydd Mrs Iw'n paratoi brecwast!)
(Ben i gynnau'r peiriant argraffu yn swyddfa Mrs Iw ac aros i fi – Travis – wasgu'r botwm argraffu ar fy nghyfrifiadur!)
(Aniyah i aros tu fas i'r swyddfa a thrydar fel aderyn os daw rhywun.)
(Aniyah i ymarfer trydar fel aderyn heno!)

2. Gwneud i Mrs Iw adael i Aniyah a Noah ddod i wneud Tric a Thrît.

3. Dod o hyd i'r tortshys!
(Yn y sied, fwy na thebyg. Ond

gwneud yn siŵr fod batris ynddyn nhw.)

4. Cuddio bwyd amser brecwast, cinio a the i ni i'w fwyta yn ystod y nos

5. Gwisgo dillad twym o dan ein gwisgoedd Calan Gaeaf
(Ond ddim rhy dwym.)

6. Ben a fi i gael ein harian poced ar gyfer argyfwng

7. Nôl y tri beic o'r sied a dweud wrth Mrs Iw ein bod ni eisiau mynd i dŷ Dan wedyn

8. Esgus mynd i wneud tric a thrît ond peidio gwneud go iawn

9. Dilyn y map i gyrraedd yr arsyllfa

10. Stopio'r helwyr sêr rhag enwi seren mam Aniyah'n anghywir!

'Felly ...' meddai Ben, wrth i ni sefyll a nodio ar y cynllun. Roedd Noah, hyd yn oed, yn dawel a difrifol.

Ro'n i'n meddwl mai hwn oedd y cynllun mwyaf perffaith erioed. Ond roedd cwestiwn yn pwnio fy meddwl.

'Pam … ydych chi eich dau'n fy helpu gymaint?' gofynnais, gan wgu ar Ben a Travis. Fel arfer, dim ond ffrindiau gorau go iawn fyddai'n eich helpu i fynd ar daith beics mor bell nes y gallech chi fynd i drwbl amdani am byth, a dim ond newydd gwrdd roedden ni.

Cododd Ben ei ysgwyddau. 'Achos taw plant maeth ydyn ni, ac mae plant maeth yn ffrindiau waeth beth ddaw. Dyna'r gyfraith.'

'Ie,' meddai Travis yn dawel. Edrychodd arna i ac wedyn ar Noah a dweud, 'Ac am ein bod ni fel b-brodyr a chwiorydd nawr, ie?' Ar ôl syllu arna i am dair eiliad, gwenodd yn llydan.

Syllais yn ôl. Do'n i ddim erioed wedi meddwl gallai rhywun gael brawd neu chwaer doedden nhw ddim wedi tyfu i fyny gyda nhw, neu â rhieni gwahanol i'ch rhieni chi. Ond ro'n i'n hoffi'r syniad o gael mwy o frodyr. A bod mwy o frodyr gan Noah i ofalu amdano fe hefyd. Rhag ofn byddai rhywbeth byth yn digwydd i fi a bod rhaid i fi ddiflannu fel Mam.

'Hefyd, mae'n RHAID i ti helpu rhywun os ydyn nhw'n chwilio am eu mam,' meddai Ben. 'Hyd yn oed pan fyddan nhw, ti'n gwybod, ddim wir ar y Ddaear ddim mwy.'

'BLAAAAAAAAANT!' gwaeddodd Mrs Iwuchukwu lawr llawr. 'DEWCH I NÔL EICH SIOCLED POOOOOOOOETH!'

'Gwych!' meddai Ben wrth i Travis roi'r cynllun yn nrôr ei fwrdd yn gyflym a rhoi hwp iddo gau.

Rhedais yn ôl i fy stafell i a Noah a chuddio'r papur newydd a'r llyfr arbennig o dan y gwely bync. A chan deimlo'n fwy cyffrous nag erioed o'r blaen yn fy mywyd – hyd yn oed yn fwy na phan aeth Mam a Dad â Noah a fi i Disneyland adeg Nadolig y llynedd – dilynais Ben, Travis a Noah i lawr y grisiau, gan ddymuno byddai nos yfory yma'n barod.

Argraffu'r Map

Fore trannoeth, deffrais yn dal fy loced yn dynn ac yn teimlo mor hapus nes 'mod i'n methu cofio i ddechrau ble ro'n i eto. Ond ymhen rhai eiliadau, deffrôdd fy ymennydd a gwneud i fi eistedd i fyny mor sydyn nes i fi daro fy mhen ar do'r gwely bync. Roedd hi'n ddydd Sadwrn heddiw – ac roedd hi'n Galan Gaeaf. A dyma'r diwrnod roedd Antur Gyfrinachol Ganol Nos yr Helwyr Sêr yn mynd i ddigwydd! Erbyn yr adeg hon yfory, byddai'r helwyr sêr brenhinol yn gwybod beth oedd enw go iawn Mam, yn cau'r gystadleuaeth ac yn dweud wrth y byd beth oedd enw'i seren mewn gwirionedd. Efallai fyddai Dad yn clywed am y peth, hyd yn oed, ac yn gwybod beth roedd Noah a fi wedi'i wneud, ac yn dod i'n ffeindio ni hefyd!

Neidiais o'r gwely a rhedeg at y ffenest. Roedd yr haul wedi codi, ond roeddwn i'n gallu dweud ei bod hi'n dal yn gynnar iawn, achos roedd niwl gwyn uwchben y gwair, yn symud fel ysbrydion yn mynd am dro. Wyddwn i ddim am ba hyd fyddai'n rhaid i fi aros yn yr ystafell wely cyn i Mrs Iwuchukwu ddod i'n nôl ni, oherwydd hwn oedd ein dydd Sadwrn cyntaf ni yn ei thŷ hi. Gartref, byddai Mam wastad yn ein deffro ni hanner awr yn hwyrach ar ddyddiau'r penwythnos, felly efallai ei bod hi'r un peth fan hyn. Ond roedd gormod o gyffro yn fy mol i fynd yn ôl i gysgu, felly estynnais fy map sêr o boced fy mag, a'r papur newydd a'r llyfr arbennig allan o dan y gwely, a mynd i eistedd wrth y ffenest.

Er 'mod i wedi darllen popeth am Mam yn seren enwog wrth Noah cyn i Mrs Iwuchukwu ddod i ddiffodd y golau neithiwr, ro'n i eisiau darllen popeth eto ar fy mhen fy hun. Felly dyna wnes i. Tair gwaith i gyd. Ro'n i eisiau cofio pob un frawddeg – fel yr un oedd yn dweud bod Mam wedi 'peri i'r seryddwyr gorau yn y byd fethu deall' a 'thorri holl sylfeini ffiseg'. A'r un arall oedd yn dweud ei bod hi'n 'creu hanes â phob eiliad oedd yn mynd heibio'.

Ond nid y geiriau oedd y peth gorau am y papur. Y peth gorau oedd gallu cyffwrdd â'r llun, a gwybod ei fod yn real. Pan oedd Mam wedi gwneud i ni redeg i ffwrdd i guddio yn y gwesty-oedd-ddim-wir-yn-westy, roedd hi wedi anghofio pacio unrhyw luniau o gartref. Dim ond un llun ohona i a Noah a hi gyda'n gilydd oedd ganddi, ac roedd hwnnw yn ei phwrs. Ond wyddwn i ddim ble roedd e nawr, na chwaith a fyddwn i byth yn ei weld eto, felly'r papur newydd oedd yr unig lun oedd gen i o Mam bellach. Roedd y llong ofod oedd y tu mewn i mi'n dod yn fyw pan fyddwn i'n ei gyffwrdd, ac fe wnes i addo i fi fy hun y byddwn i'n cadw'r llun yn saff nes 'mod i wedi tyfu'n fawr a'i roi mewn ffrâm am byth. Fe wnaeth i fi feddwl tybed fyddai'r helwyr sêr brenhinol yn gadael i fi weld Mam fel seren yn yr awyr drwy'u telesgop nerthol dros ben – yn agos! Dywedais wrth fy ymennydd am gofio gofyn, oherwydd ro'n i'n siŵr y bydden nhw.

Ar ôl i fi edrych mor galed ag y gallwn i ar seren Mam, er mwyn i fy ymennydd beidio byth ag anghofio sut roedd hi'n edrych, plygais y papur eto a'i roi wrth fy ochr cyn agor y llyfr arbennig. Roedd yn rhaid i fi ddysgu cymaint ag y gallwn am yr arsyllfa, oherwydd pan fyddai'r helwyr sêr brenhinol yn cwrdd â fi, bydden nhw'n gwybod ei bod hi'n iawn gadael i fi ddefnyddio'r telesgop i weld Mam, ac na fyddwn i ddim yn ei dorri. Ond roedd y llyfr yn llawer mwy anodd ei ddarllen nag oeddwn i wedi meddwl. Doedd e ddim fel unrhyw un o'r llyfrau taith gawson ni yn Disneyland neu'r sŵ. Roedd yn debycach i werslyfr gwyddoniaeth yn yr ysgol ac roedd llawer o eiriau ynddo nad oeddwn i erioed wedi'u clywed o'r blaen fel 'octant' ac 'altazimuth' a 'zenith' – pob un yn swnio fel arfau y byddai uwcharwyr yn eu defnyddio i guro'u gelynion.

Trois y tudalennau nes dod at lun du a gwyn o lawer o fenywod yn codi llaw. Roedd yr ysgrifen wrth ochr yn llun yn dweud taw nid dim ond defnyddio'u cwmpawdau i fesur y sêr fyddai'r helwyr sêr brenhinol, ond cyfrifiaduron dynol hefyd! Doeddwn i erioed wedi clywed am gyfrifiaduron dynol o'r blaen, ac fe wnaeth i fi feddwl efallai taw Travis fyddai'n cyfrifiadur dynol ni, oherwydd roedd e fel pe bai e'n hoffi rhifau ac yn gwneud mathemateg gyda'i fysedd drwy'r amser. Ond wedyn roedd y llinell nesa'n dweud taw menywod oedd yr holl gyfrifiaduron dynol, felly wnes i ddyfalu taw fi fyddai'n gwneud – er 'mod i'n dal i ddrysu rhwng tabl saith ac wyth.

Gan gau'r llyfr, agorais fy map sêr. Roedd yn rhaid i fi ddweud wrth Mam i aros yn agos at un o'r cytserau oedd ger Noah a fi. Gan groesi fy mysedd a gwasgu fy llygaid ar gau, dywedais wrth Mam, mor uchel ag y gallwn yn fy mhen, fod angen iddi hi lanio'n rhywle'r tu fas i ffenest lofft Mrs Iwuchukwu – yr un yng nghefn y tŷ, nid y blaen. Wedyn dywedais wrth yr holl sêr eraill i ddweud wrthi pryd i stopio hefyd. Do'n i ddim yn siŵr a oedd sêr yn gallu siarad, neu os oedden nhw'n defnyddio iaith arwyddo arbennig oedd yn cynnwys fflachiadau a wincio. Ond ro'n i'n siŵr eu bod nhw'n gallu deall Saesneg. Roedd Dad wastad yn dweud bod pawb yn yr holl alaeth yn gwybod rhywfaint o Saesneg.

'Bore piau hi!' galwodd Mrs Iwuchukwu, wrth i ddrws yr ystafell wely agor. Neidiais ar fy nhraed yn sydyn a chuddio popeth y tu ôl i 'nghefn. Ro'n i wedi bod yn rhy brysur yn sgwrsio gyda sêr yn fy mhen i glywed unrhyw beth y tu fas.

'Aha! Ti wedi deffro, Aniyah! Dyna ferch dda,' gwenodd Mrs Iwuchukwu, wrth iddi ddechrau arogleuo'r awyr. Roedd ganddi bowdr arian, pefriog ar ei llygaid heddiw i fynd gyda'i ffrog lwyd, ac roedd ganddi glustdlysau mawr llwyd fel plu yn ei chlustiau. Ro'n i'n meddwl ei bod hi'n edrych fel parot llwyd ro'n i wedi'i weld yn Sw Llundain unwaith. Ond yn neisiach.

'Cer i ymolchi, plis,' dywedodd hi. 'Ac fe wna i edrych i weld ydi Noah wedi gadael anrheg i fi, ie?'

Nodiais wrth i Noah eistedd i fyny yn y gwely a rhwbio'i lygaid. Dyma ni! Roedd hi'n amser dechrau'r Antur Gyfrinachol Ganol Nos!

Ar ôl glanhau fy nannedd yn gynt nag erioed o'r blaen, gwisgais yn gyflym ac aros i Mrs Iwuchukwu fynd â Noah i gael cawod, fel byddai hi bob amser yn ei wneud ar ôl glanhau'r gwely. Ond yn hytrach na mynd lawr llawr i aros am frecwast fel arfer, sleifiais at ddrws Travis a churo gyda'r gnoc gyfrinachol roedd e wedi'i dysgu i fi neithiwr – dau guriad araf ac wedyn tri sydyn.

Agorodd Ben y drws a 'nhynnu i mewn.

'Barod?' gofynnodd, yn llawn cyffro. Roedd e'n gwisgo crys-T pêl-droed a'i enw arno a siorts du a sanau pen-glin coch, ac roedd Travis yn edrych fel pe bai e'n gwisgo pyjamas gwyn sgleiniog iawn – ond roedden nhw'n llawer gwell na hynny, achos nid pyjamas oedden nhw o gwbl, ond dillad karate.

Nodiais wrth i Travis gynnau'r cyfrifiadur. 'Ond alla i ddim gwneud sŵn aderyn,' dywedais. 'Fe wnes i 'ngorau drwy'r nos neithiwr, a'r cyfan y galla i ei wneud yw sŵn cwcw neu golomen.'

'Colomen?' gofynnodd Ben gan wgu.

Nodiais a gwneud sŵn 'Cwwwwww ... cwwwww ...!' i ddangos iddo.

'Mae hwnna'n swnio'n union fel cwcw,' meddai Ben. 'Ond yn fwy araf.'

'Dyw e ddim. Mae'n wahanol. Ond dyna pam bod sŵn cath yn well,' esboniais. A chan wneud sŵn 'miaaaaaaaw', dywedais, 'Gwell?'

'Ydi,' dywedodd Ben. 'Wnawn ni sŵn cath yn lle aderyn.'

'M-mae'n hir,' dywedodd Travis, gan ysgwyd ei ben a sgrolio i lawr sgrin y cyfrifiadur. Roedd e wedi agor map y beics ro'n ni wedi edrych arno ddoe, ac roedd e'n darllen y cyfarwyddiadau. 'M-mae'n s-saith tudalen!' dywedodd, wrth iddo ddod at y frawddeg olaf a dweud 'Eich c-cyrchfan – Arsyllfa Frenhinol G-greenwich'.

Syllodd pawb ohonom yn nerfus ar y sgrin.

Yn sydyn clywais wich y tu allan i'r drws a throis i weld. Roedd Ben a Travis wedi'i glywed hefyd, ond wnaeth y drws ddim agor ac aeth popeth yn dawel eto, felly trodd pawb yn ôl at y cyfrifiadur.

'F-felly Aniyah – g-gwna di'r s-sŵn cath i fi p-pan fydd Ben wedi rhoi'r argraffydd i f-fynd,' meddai Travis. 'A-ac wedyn rhaid i ti esgus g-gwneud rhywbeth, ond ddim g-go iawn.'.

'Hisssht!!' meddai Ben yn sydyn, gan godi'i ddwylo ac aros yn stond.

Aeth pawb yn dawel a chraffu i wrando. Roedd llawer o sŵn traed ar y grisiau, ac ymhen rhai eiliadau, gallem glywed sŵn y radio a Mrs Iwuchukwu'n dechrau casglu pethau o'r oergell, a Noah'n curo ar fwrdd y gegin.

'D-dewch!' meddai Travis wrth iddo gydio yn llygoden ei gyfrifiadur a rhoi'r arwydd dros lun yr argraffydd. 'M-mae hi yn y g-gegin yn b-barod!'

'Ti'n barod?' gofynnodd Ben, gan edrych arna i â'r olwg fwyaf ddifrifol a welais i ganddo erioed.

Nodiais, er bod fy nhu mewn yn neidio lan a lawr fel brogaod.

'Dere, 'te,' meddai Ben gan gyffwrdd yn ei wallt bob ochr, fel pe bai'n paratoi i fynd i sioe ffasiwn ac nid lawr llawr i gynnau argraffydd Mrs Iwuchukwu'n gyfrinachol.

Dilynais Ben allan o ystafell Travis a gwneud yr un peth â fe wrth iddo fynd ar flaenau'i draed ar hyd y coridor ac i lawr y grisiau gwichlyd. Safodd wrth ymyl drws y gegin, edrych dros ei ysgwydd arna i a rhoi'i fys at ei wefusau, gan daflu cip rownd y gornel. Roedd arna i ofn byddai Mrs Iwuchukwu'n gweld ei wallt cyn iddo fe weld unrhyw beth o gwbl, ond wedyn, fel dawnsiwr bale mewn siorts pêl-droed, llamodd heibio i ddrws y gegin a glanio'r ochr draw. Mi glywais ddŵr yn rhedeg i'r sinc, felly llyncais yn galed a llamu hefyd, ond glaniais ar droed Ben.

'Aaw!' sibrydodd Ben, gan rwbio bysedd ei draed.

'Sori!' sibrydais yn ôl.

Gan rolio'i lygaid, chwifiodd Ben ei law i ddweud wrtha i am fynd ymlaen, a chan ddefnyddio'i sanau i lithro ar hyd llawr pren y cyntedd, stopiodd y tu allan i ddrws swyddfa Mrs Iwuchukwu.

Cydiodd Ben yn nolen y drws a'i throi nes iddi glicio ar agor. 'Diolch byth nad yw Mrs Iw byth yn cloi'r drws,' sibrydodd. 'Dwi'n mynd i mewn – aros i glywed miaw gen i!' ychwanegodd, cyn diflannu fel cysgod drwy'r drws a'i gau ar ei ôl.

'ANIYAAAAAAH!' gwaeddodd Mrs Iwuchukwu o'r gegin, gan wneud i fi neidio. 'BENNNNNN! TRRRRRAAAVISSSSSS! SOPHIIIIIIIIIIIE! BRECWAST NAWR PLIS!'

O'r tu mewn i'r swyddfa clywais 'miaw! miaw!' a neidiais i wneud yr hyn oedd ei angen. Rhedais heibio i ddrws y gegin mor sydyn nes 'mod i'n gwybod na fyddai Mrs Iwuchukwu'n gallu 'ngweld i, sgrialu i waelod y grisiau a rhoi 'Miaaaaaaaaaaaw! Miaaaaaaaaaaaw!' swnllyd, yn y gobaith y gallai Travis fy nghlywed uwch sain cerddoriaeth y radio, ond na fyddai Mrs Iwuchukwu na Sophie'n fy nghlywed o gwbl. Wedyn es ar flaenau 'nhraed yn ôl heibio'r gegin. Yn ffodus roedd Mrs Iwuchukwu'n rhy brysur yn curo'r tostiwr i 'ngweld i.

Arhosais mor llonydd â cherflun yn y parc i rywbeth fynd o'i le. Ond roedd cerddoriaeth y radio'n dal i fynd, a gallwn glywed Mrs Iwuchukwu'n dweud wrth Noah i eistedd yn deidi. Doedd dim sŵn ar y grisiau, oedd yn golygu bod neb yno, a bod Sophie'n dal lan llofft.

Gan wasgu fy nghlust ar ddrws y swyddfa, daliais fy ngwynt a chroesi fy mysedd a chanolbwyntio'n ddifrifol. Plis gad i'r map argraffu! Plis gad i'r map argraffu! Plis gad i'r map argraffu!

Ar ôl rhai eiliadau, clywais beiriant yn dod yn fyw, ac wedyn Ben yn dweud 'Miaw!'.

Roedd yn gweithio! Roedd yr argraffydd yn argraffu! Nawr, y cyfan oedd rhaid i fi'i wneud oedd mynd i'r gegin a thynnu sylw Mrs Iwuchukwu nes i Ben a Travis orffen – yn union fel ein cynllun.

Safais yn stond a throi o gwmpas, yn barod i redeg i'r gegin. Ond yr eiliad honno, trawodd fy wyneb yn erbyn wal o secwins arian. Teithiodd fy llygaid i fyny a chyrraedd rhai Sophie. Roedd hi'n sefyll o 'mlaen i â gwên ar ei hwyneb a'i breichiau wedi croesi, fel pe bai hi wedi bod yn fy ngwylio'r holl amser. Ar unwaith, teimlais fel pe bai rhywbeth trwm wedi cwympo oddi ar silff yn fy mol a glanio wrth fy nhraed.

'Beth sy'n digwydd fan hyn, 'te?' gofynnodd hi, gan edrych dros fy ysgwydd fel pe bai ganddi lygaid pelydr-X i weld drwy'r drws. 'Dwyn rhywbeth, ydyn ni?'

Ysgwyd fy mhen wnes i ac agor fy ngheg, gan obeithio y gallai roi miaw o rybudd i Ben. Ond roedd fy llais wedi fy ngadael eto, ac roedd yn cuddio y tu ôl i nhonsils, a doedd dim byd o gwbl yn dod mas. Felly arhosais i Sophie wneud rhywbeth. Efallai ei bod hi am wthio heibio i fi a dal Ben a dwyn ein map o'r argraffydd a sbwylio popeth. Neu efallai fyddai hi'n galw Mrs Iwuchuku a dweud wrthi 'mod i'n lleidr a bod angen i'r heddlu ddod ar unwaith!

Ond wnaeth Sophie ddim un o'r pethau yna. Gwenodd a dweud, 'Paid â becso ... wna i ddim dweud!' a rhoi winc i fi.

Dyna'r winc gyntaf i fi ei chael gan Sophie, ac fe wnaeth i mi wenu'n ôl a theimlo pryder yr un pryd.

'Diolch?' dywedais, er nad oedd y llais ddaeth o 'ngheg yn swnio fel fy llais i o gwbl

Nodiodd Sophie. Ond wedyn, yr eiliad nesaf, diflannodd ei gwên, ac aeth ei gwefusau a'i llygaid mor gul â'i gilydd. Ac yn sydyn, dywedodd hi, 'Ddim os nad ydw i wir eisiau!' a chan droi ar ei sawdl, rhedodd i'r gegin gan weiddi, 'MAM, MAE ANIYAH'N TRIO DWYN O DY SWYDDFA! DWI NEWYDD EI GWELD HI!'

O'r tu ôl i ddrws y swyddfa gallwn glywed rhywbeth yn disgyn, ac o'r distiau lan llofft, gallwn glywed traed yn rhedeg, a'r tu mewn i fy nghlustiau gallwn glywed rhywun yn curo drwm. Ac ro'n i'n gwybod ar unwaith taw dyna synau Antur Gyfrinachol oedd wedi mynd yn llwyr o chwith.

Y Diwrnod Coll

Pan welais i Mrs Iwuchukwu a Sophie'n brysio o'r gegin, ro'n i'n gwybod ar unwaith beth oedd yn rhaid i mi'i wneud: tynnu eu sylw! Ro'n i wedi hen arfer â gwneud hyn gartref pan fyddwn i eisiau helpu cadw Dad draw oddi wrth Mam a Noah. Ond heb wybod sut orau i dynnu sylw Mrs Iwuchukwu, roedd yn rhaid i fi ddyfalu. Byddai wedi bod yn dda gallu esgus crio, ond do'n i ddim yn gallu. Yn hytrach, sefais yn stond ac aros, gan wrando wrth i Noah neidio i lawr o'i sedd wrth y bwrdd i gael golwg, ac i Travis frysio i lawr y grisiau.

'Aniyah? Beth sy'n digwydd fan hyn?' gofynnodd Mrs Iwuchukwu, wrth iddi ddod i sefyll o 'mlaen i a'i haeliau wedi'u codi. Doedd hi ddim yn edrych mor grac ag oedd hi pan gwympodd y bowlen o sbageti ar y llawr. Ond mi oedd hi'n edrych wedi drysu.

Gan orfodi fy ngheg i agor, dechreuais dynnu'i sylw.

'PLIS Mrs Iwuchukwu! FY MAI I YW HYN I GYD,' dywedais, mor uchel â phosib er mwyn i Ben fy nghlywed a gwneud i'r argraffydd stopio'n gynt. Doeddwn i ddim wedi'i glywed yn gwneud sŵn miaw eto, felly rhaid bod y map yn dal i argraffu!

'FY SYNIAD I OEDD Y CYFAN! WNES I ROI HER I BEN I WELD BETH OEDD TU ÔL I'R DRWS – A DYWEDODD BEN DYLWN I OFYN I CHI. OND WEDYN WNES I EI HERIO FE I FYND I MEWN GYNTAF A DYWEDODD E IAWN AC WEDYN FE WNAETH E. OND DYNA I GYD! DOEDDEN NI DDIM YN DWYN DIM BYD, DWI'N ADDO!'

Newidiodd gwg Mrs Iwuchukwu o fod yn un llinell i fod yn dair llinell sgwigli.

Ysgwyd ei phen wnaeth Sophie 'Na, Mam! Mae hi'n dweud celwydd!' dywedodd. Edrychais wrth iddi agor ei cheg eto, ond cyn iddi allu dweud dim byd arall, agorais fy ngheg innau'n gyntaf. Roedd yn rhaid i mi barhau i dynnu'u sylw am gyhyd â phosib, hyd yn oed os nad o'n i'n gwybod beth ro'n i ar fin ei ddweud.

'MAE'N WIR!' gwaeddais, gan deimlo fy mochau a blaen fy nhrwyn yn twymo. 'Doedden ni DDIM yn dwyn dim byd! DWI'N ADDO! FI WNAETH HERIO! A dywedodd Travis na ddylen i ddim, ond fe wnes i beth

129

bynnag. Fy mai i yw hyn a … gallwch chi roi cosb i fi os ydych chi eisiau …' Aeth fy llais yn dawelach nes diflannu i'r tawelwch.

'M-mae'n wir, Mrs Iw!' meddai Travis, a'i lygaid bron â neidio o'i ben.

Nodiodd Mrs Iwuchukwu, a dweud wrtha i am symud i'r ochr. Estynnodd am ddolen y drws. Dechreuodd swigen fawr, boeth ffrwydro yng nghefn fy llwnc. Ro'n i'n gwybod byddai Mrs Iwuchukwu'n darganfod yr argraffydd yn argraffu a Ben yn mewian a'r Antur Gyfrinachol yn deilchion … oedd yn golygu byddai Noah a fi'n cael ein cludo i ffwrdd gan yr heddlu ac ro'n i'n bendant yn mynd i chwydu dros y llawr.

Agorodd y drws a chamodd Mrs Iwuchukwu i mewn, wrth i fi a Sophie a Noah a Travis wthio i mewn y tu ôl iddi hi. Roedd fy llygaid yn teimlo fel pe baen nhw'n llawn curiadau calon wrth i fi'u gwasgu nhw ar gau ac ar agor yn sydyn yn yr ystafell oedd yn llawer mwy tywyll. Ar ôl dwy eiliad, ro'n i'n gallu gweld bleinds ar draws ffenest fawr a Ben yn eistedd yng nghadair swyddfa Mrs Iwuchukwu, gan chwyrlïo o gwmpas arni fel pe bai'n ceisio rhoi pendro i'w hun. Gynted gwelodd e ni, neidiodd i fyny fel pe bai e wedi cael syrpréis.

'Sori, Mrs Iw!' dywedodd, gan geisio sefyll yn stond.

'Hm!' meddai Mrs Iwuchukwu, gan gerdded i mewn ac edrych o gwmpas. Gwelais Travis yn taro cipolwg draw at beiriant argraffu mawr du oedd ar ben bloc tal o ddroriau metel. Edrychais innau arno hefyd – ond doedd e ddim ymlaen, a doedd dim papurau ar y silff fechan.

'Iawn,' meddai Mrs Iwuchukwu, gan gerdded draw at y droriau metel a thynnu arnyn nhw i sicrhau eu bod ar glo. 'Wel, does dim byd o'i le fan hyn ... nawr, pawb mas! Mae brecwast yn oeri ac rydyn ni'n hwyr yn barod! Ac, Aniyah?'

Stopiais ac aros i Mrs Iwuchukwu ddechrau gweiddi arna i. Ond yn llym, dywedodd hi, 'Y tro nesaf rwyt ti cisiau gweld unrhyw beth, y cyfan sydd angen i ti ei wneud yw gofyn, cariad. Dw i ddim yn cuddio dim byd, a dy dŷ di yw hwn hefyd. Iawn?'

Nodiais, er nad o'n o'n ei chredu. Doedd pobl heb ddim i'w guddio ddim yn cloi droriau. Ac roedd gan Mrs Iwuchukwu dri drôr wedi'u cloi.

'Ond MAM! Maen nhw'n dweud celwydd!' gwaeddodd Sophie, gan edrych draw ar Ben yn ddrwgdybus. 'Clywais i nhw'n dweud eu bod nhw'n mynd i ddwyn rhywbeth – fel ... her!'

'Ben, wyt ti wedi dwyn unrhyw beth o'r ystafell hon?' gofynnodd Mrs Iwuchukwu.

Ysgydwodd Ben ei ben a dangos ei ddwylo i bawb.

'Aniyah, oes yma unrhyw beth rwyt ti eisiau – neu am ei fenthyg – o'r ystafell hon?'

Ysgydwais innau fy mhen hefyd.

'Wel, dyna ni 'te. Sophie, rhaid dy fod ti wedi camglywed, ie? Dewch! Amser brecwast!' Rhoddodd Mrs Iwuchukwu ei llaw ar ysgwydd Noah, a chan dynnu'r llwy roedd e wedi bod yn ei sugno allan o'i geg, cydiodd yn ei law a'i arwain yn ôl i'r gegin.

Arhosais i Sophie adael hefyd. Ond wnaeth hi ddim symud modfedd. Arhosodd hi yn yr unfan a syllu arnon ni i gyd. Roedd yn edrychiad mor gryf nes iddo stopio fy anadl. Roedd fel petai hi'n ceisio hypnoteiddio pawb gyda'i llygaid – fel y neidr â'r llygaid troellog yn ffilm gartŵn *The Jungle Book* wnaethon ni ei gwylio gyda Mam un waith. Heblaw bod y neidr honno'n sili ac yn ddoniol, a doedd Sophie ddim yn sili na doniol.

Fe wnaethon ni aros iddi hi ddweud rhywbeth, ac ro'n i'n gallu gweld bod Ben a Travis yn dal eu hanadl hefyd.

Ymhen rhai eiliadau, pwyntiodd Sophie ei bys aton ni. 'Dwi ddim yn gwybod beth yn union sy'n digwydd gyda chi,' meddai, a'i sibrydiad yn hisian. 'Ond dwi'n mynd i ddarganfod y gwir ac wedyn gewch chi weld!' A chan droi ar ei sawdl, gadawodd yr ystafell.

'Brensiach y bananas!' meddai Ben, â gwen enfawr yn lledu dros ei wyneb, gan roi cyfle i fi a Travis anadlu eto. 'Peth da na ddaeth Mrs Iw draw i edrych yn fy nhrowsus!' A chan neidio ar ei draed, cododd Ben ei grys-T pêl-droed. Yno, yn sownd yn ei gefn a hanner ffordd i mewn i'w siorts, roedd tudalennau ein map!

'D-da iawn!' meddai Travis, gan roi pawen lawen i Ben a gwenu gymaint nes bod ei fresys yn pefrio.

'Gwych!' dywedais, gan wenu hefyd. Daliais fy nwy law allan a rhoi pawen lawen ddwbl i Ben – fel arferai Eddie a Kwan a fi ei wneud yn yr ysgol.

'Ie, dwi'n athrylith!' nodiodd Ben. 'Efallai taw dyna pam mae ngwallt i yr un mor fawr ag un Einstein!' Fe wna i guddio'r map yn fy ystafell ar ôl brecwast ... Hei! Wnest ti waith da'n tynnu sylw, Aniyah!' dywedodd, gan roi pwniad i 'mraich i. 'Fe ges i ddigon o amser i gael y map i mewn i fy siorts a diffodd y peiriant argraffu! Roeddet ti'n wych!'

'Ie,' meddai Travis, gan fy mhwnio fy mraich hefyd. Ond roedd ei bwniad e'n fwy o oglais.

'Dewch! Pwy sydd eisiau bwyd?' gofynnodd Ben. 'Fe allwn i fwyta tua phymtheg darn o dost yr eiliad hon! Mae gwaith uwch-asiant wastad yn codi chwant bwyd arna i!' A chan roi gwên lydan i ni, hanner rhedodd, hanner llithrodd ei ffordd i'r gegin.

Ar ôl brecwast, ro'n i'n meddwl byddai Mrs Iwuchukwu'n gadael i bawb fynd i'w hystafelloedd eto neu chwarae neu wylio'r teledu, achos dyna fyddai Mam yn gadael i ni ei wneud dros y penwythnos fel arfer. Ond brysiodd Mrs Iwuchukwu ni i'r car er mwyn i Sophie fynd i'w dosbarth drama ac esgus bod yn actores. Aeth Ben chwarae pêl-droed mor wael nes bod hyd yn oed y bechgyn ar ei dîm e'i hun yn bwio arno, a Travis i wneud karate mewn neuadd gyda chant o blant karate eraill a gwrando ar athro ag wyneb coch iawn yn gweiddi arno. Wedyn, roedd ymarfer y gerddorfa lle'r oedd Sophie'n canu'r ffidil a Ben yn canu'r soddgrwth a Travis yn eistedd a stwffio darnau o bapur i'w glustiau.

Pan oedd yr holl weithgareddau wedi gorffen a phawb wedi bwyta brechdanau yn y car, roedd rhaid mynd i siopa achos bod Mrs Iwuchukwu eisiau prynu losin Calan Gaeaf a thrugareddau ar gyfer gwisgoedd tric a thrît pawb. Dyna pryd wnaeth Noah i ddarn cyntaf ein cynllun weithio heb i ni orfod gwneud dim ymdrech o gwbl, oherwydd gynted aeth Mrs Iwuchukwu i brynu het gwrach i Sophie, dechreuodd e lefain a sgrechian ei fod e eisiau gwisg hefyd! Fe lefodd e gymaint nes i Mrs Iwuchukwu ildio a dweud gallen ni fynd mas i wneud tric a thrît gyda Travis a Ben hefyd – ar yr amod na fydden ni ddim yn eu gadael. Cododd Ben a Travis eu bodiau arna i a rhoi winc yr un, fel pe bawn i wedi achosi llefain Noah'n fwriadol. Wyddwn i ddim sut i ddweud wrthyn nhw nad o'n i wedi gwneud dim byd i Noah, felly mi godais fy mawd yn ôl a helpu Mrs Iwuchukwu i ddewis ein gwisgoedd.

Erbyn i ni orffen a chyrraedd adref o'r diwedd, roedd cloc y gegin yn dweud ei bod hi wedi troi pedwar o'r gloch. Gynted gwelais i'r amser, dechreuodd mwydyn bach droi yn fy mol. Roedd llai nag awr a hanner ar ôl cyn y byddai'n rhaid i ni adael – a'r cyfan oedd gennym oedd y map a'n gwisgoedd! Roedd cymaint ar ôl i'w wneud. Ond hyd yn oed ar ôl cyrraedd adre, roedd gan Mrs Iwuchukwu lwyth o bethau i'n cadw ni'n brysur. Yn gyntaf, roedd yn rhaid i Ben a Travis gael cawod am eu bod nhw'n drewi fel sanau, ac roedd yn rhaid i Noah a fi helpu i gadw'r siopa. Wedyn roedd angen i bawb helpu i wneud y te achos yn ôl Mrs Iwuchukwu, doedd neb yn mynd i fod yn bwyta sacheidiau o siwgr ar stumog wag tra'i bod hi'n gyfrifol amdanon ni.

Wrth i bawb helpu yn y gegin, ro'n i'n teimlo'r amser yn mynd yn gynt ac yn gynt. Roedd dal angen i Travis a Ben ofyn i Mrs Iwuchukwu a allen ni fenthyg y beics ... ac roedd angen i ni gasglu'r holl fwyd roedd Ben wedi llwyddo i gael Mrs Iwuchukwu i'w brynu'n ddiarwybod ar gyfer rhedeg i ffwrdd. A chael gafael yn y tortshys! Sut yn y byd allen ni adael mewn pryd?

Erbyn i Ben a Travis orffen cael eu cawod ac roedd te'n barod, ro'n i'n dechrau teimlo fel pe bai cefnfor cyfan yn symud y tu mewn i fi. Beth os oedd Hen Ŵr Amser yn dal yn grac gyda fi, ac yn gwneud i ni golli'r dydd yn fwriadol? Beth os na fyddai'r cynllun yn gweithio, ac y byddai seren Mam yn cael enw rhywun arall yn lle? Beth pe bawn i byth yn gallu rhoi pethau'n iawn? Ro'n i'n gallu clywed tician a thocian cloc y gegin yn mynd yn fwy a mwy swnllyd, fel pe bai'n ceisio fy rhybuddio fod amser yn diflannu.

O'r diwedd, a minnau'n dechrau meddwl nad oedd hi'n Galan Gaeaf go iawn, ac na fydden ni byth yn cael mynd mas, curodd Mrs Iwuchukwu ei dwylo a dweud 'Wwww! Gwell i chi estyn eich gwisgoedd! Dwi'n gallu'u clywed nhw'n dod yn barod!'

Yr eiliad nesaf, canodd cloch y drws ac roedd lleisiau tu fas yn galw 'Tric neu drîîîîît?'

Gan deimlo'r gwaed yn dechrau rasio'r tu mewn i fi fel afon allan o reolaeth, sefais ar fy nhraed.

Gwgodd Mrs Iwuchukwu arna i am eiliad cyn gwenu. 'A, 'sdim angen, Aniyah! Gorffen di dy de. Wna i ofalu amdanyn nhw.'

'Mae Candice a Roberta'n dod i 'nghasglu i am saith, Mam,' meddai Sophie, wrth i Mrs Iwuchukwu neidio o'i chadair. Cydiodd mewn powlen fawr o losin oddi ar gownter y gegin a rhedeg i'r cyntedd. 'Dwi ddim am fynd i unman gyda slejys fel chi!' ychwanegodd Sophie, gan syllu arnom ni gystal â dweud DWI'N-EICH-CASÁU-CHI-OLL wrth iddi adael yr ystafell.

Rhois gip ar y cloc tra bo Mrs Iwuchukwu allan o'r ystafell. Roedd hi'n 6:21pm ar ei ben. Roedd hi mor hwyr! A doedden ni ddim yn agos at fod yn barod eto!

'Aniyah!' sibrydodd Ben yr eiliad roedden ni ar ein pen ein hunain. 'RHAID i ti ddweud dy fod ti eisiau dod i dŷ Dan, iawn?'

Nodiais, wrth i Travis godi'i fawd arna i, tra bo Noah'n llyfu'i blât a nodio.

'A RHAID i ni gael Mrs Iw mas o'r gegin rywsut, er mwyn i fi gasglu'r bwyd,' meddai Ben, gan edrych draw at gypyrddau'r gegin fel pe baen nhw'n dal ein trîts ni'n wystlon.

'F-feddyliwn ni am r-rywbeth lan llofft,' meddai Travis.

'Mrs Iw! Allwn ni fynd â'n beics – a benthyg un Sophie ar gyfer Aniyah?' gofynnodd Ben gynted daeth Mrs Iwuchukwu yn ôl. Roedd y bowlen losin yn ei dwylo'n hanner gwag, oedd yn fy atgoffa i o Mam. Byddai hi wastad yn rhoi gormod o losin i bawb ar ddydd Calan Gaeaf hefyd.

'Pam fyddech chi eisiau'r beics, dwedwch?' gwgodd Mrs Iwuchukwu. 'Dwi ddim eisiau i chi fynd yn rhy bell heno! Nid a hithau'n dro cyntaf arnoch chi'n gofalu am Aniyah a Noah.'

'Ond dywedodd Dan gallen ni fynd draw i'w dŷ fe i wneud *swapsies* os oedden ni eisiau – dim ond tair munud i ffwrdd ar y beic yw e! A dywedodd e gallai Aniyah a Noah ddod hefyd!' erfyniodd Ben. 'Pliiiiiiiiis!'

Rholiodd Mrs Iwuchukwu ei llygaid ac edrych arna i a Noah fel pe bai hi rhwng dau feddwl beth i'w wneud. 'Hmmm …' meddai hi, 'Aniyah, Noah, hoffech chi fynd?'

Nodiais a dweud, 'Hoffwn, os gwelwch yn dda,' a gwaeddodd Noah 'Ie! Ie! Dwi eisiau mynd ar y beic!'

'Ti'n gweld?' meddai Ben, a dechrau siarad yn gynt. 'Achos os byddan nhw'n dod bydd gyda ni fwy o losin i'w cyfnewid a gall Aniyah wneud ffrindiau gyda Dan hefyd!'

Edrychais ar Mrs Iwuchukwu a nodio ac agor fy llygaid led y pen. Plis, plis, pliiiis Mrs Iwuchukwu, plis gadewch i ni gael y beics, sibrydais yn fy mhen ac ymbil gyda fy llygaid

'Hmmm,' meddai Mrs Iwuchukwu gan ysgwyd ei phen. 'Iawn. Gallwch chi fynd i dŷ Dan, ond gallwch chi GERDDED yno. Mae'r beics yn rhy fawr i Noah eistedd arnyn nhw, a dwi ddim eisiau dim damweiniau. Ond – gewch chi aros mas tan hanner awr wedi wyth, er mwyn i chi gael amser i gerdded yno ac yn ôl heb orfod brysio, iawn?'

Nodiodd Ben a Travis wrth i fi a Noah wylio i weld a fydden nhw'n rhoi cynnig arall arni. Ond wnaethon nhw ddim. Yn hytrach, neidiodd Ben ar ei draed a thaflu'i freichiau o gwmpas canol Mrs Iwuchukwu i roi cwtsh fawr iddi. 'Diolch Mrs Iw, ti yw'r GORAU!' meddai, gan wneud i Mrs Iwuchukwu ysgwyd ei phen eto. Gwyliais wrth iddi chwerthin ac yna'i gwtsho'n ôl, ac ro'n i'n gweld eisiau fy mam hyd yn oed yn fwy nag oeddwn i wedi dychmygu y gallwn.

'Bant â chi,' meddai hi, gan roi gwên i bob un ohonom wrth iddi dynnu Ben oddi arni. 'Ewch i baratoi cyn iddi fynd yn rhy hwyr!'

Neidiodd Travis, Noah a fi i lawr o'r bwrdd er mwyn gwisgo'n gwisgoedd. Wrth i fi gyrraedd drws y gegin, edrychais i fyny ar y cloc a gweld y bys mawr yn clicio i'w le uwchben y rhif chwech. Roedd hi'n hanner awr wedi chwech yn barod! Ond gorfodais fy hun i feddwl nad oedd hyn yn bwysig. Efallai fod amser wedi gwneud i ni golli'r diwrnod cyfan ac efallai fod Mrs Iwuchukwu wedi dweud na allen ni fynd â'r beics, ac efallai ein bod ni awr ar ei hôl hi gyda'r cynllun, ond doedd dim byd yn mynd i fy stopio rhag cyrraedd yr helwyr sêr a'u gorfodi i enwi seren Mam yn gywir. Hyd yn oed os oedd hynny'n golygu gorfodi pawb arall – hyd yn oed Noah – i aros ar ôl.

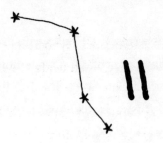

Y Teigr, y Wardrob
a'r Wrach

'Mae'n iawn os ydych chi ddim eisiau dod nawr,' dywedais, wrth i ni gyrraedd y coridor y tu fas i'n hystafelloedd. 'Gallwch chi ddangos y ffordd i fi am dipyn bach, wedyn fe af i ar fy mhen fy hun.'

'Am be ti'n mwydro?' gofynnodd Ben, gan wgu arna i wrth iddo roi un llaw ar ddolen drws ei ystafell.

'Wel, dywedodd Mrs Iwuchukwu ein bod ni ddim yn gallu cael y beics, cofio?' dywedais, gan feddwl tybed oedd e wedi anghofio'n barod. 'Ac mae'n rhy bell i ni gerdded, yn enwedig i Noah. Felly, mae'n well os af i ar fy mhen fy hun.'

Gwnaeth Ben sŵn tytian ac ysgwyd ei ben wrth i wg Travis fynd yn dywyllach.

'Paid bod yn dwp, Aniyah,' meddai Ben.

'Ie,' meddai Travis. 'N-ni'n d-dal i fynd â'r beics!'

'Ydyn ni?' gofynnais, wrth i Noah neidio yn ei unfan yn llawn cyffro.

'Ydyn, wrth gwrs ein bod ni! Beth ddywedodd Mrs Iw oedd ein bod ni ddim yn cael eu reidio nhw i dŷ Ben – felly wnawn ni ddim. Fe wnawn ni eu reidio nhw i Lundain yn lle i dŷ Ben! Gweld?' Llamodd aeliau Ben i fyny ac i lawr arna i wrth i Travis nodio. 'Yn dechnegol, dydyn ni ddim DDIM yn gwneud beth ddywedodd hi.'

'O,' dywedais, gan deimlo mor hapus yr eiliad honno nes 'mod i eisiau rhoi cwtsh i bawb. Ond yn lle hynny, wnes i nodio fy mhen a dwed, 'Iawn'.

'M-mae angen b-brysio i n-newid a mynd!' meddai Travis, gan godi'i fawd cyn llithro rownd drws ei ystafell wely.

Rhedais yn ôl i'n hystafell wely a gweld bod Mrs Iwuchukwu wedi gosod ein gwisgoedd Calan Gaeaf ar y gwely bync isaf yn barod i ni. Pan welodd Noah nhw, rhedodd draw a dechrau tynnu'i wisg dros ei ben. Mewn prin eiliad roedd wedi diflannu o dan gynfas hir gwyn a throi'n ysbryd – ond roedd wedi'i wisgo'r ffordd anghywir, â'r tyllau ar gyfer ei lygaid a'i wên fawr ar gefn ei ben! Stopiais e rhag rhedeg i mewn i ysgol y gwely bync, a rhoi plwc i'r cynfas i'w droi rownd er mwyn iddo allu gweld yn iawn.

'Niyah! Dwi'n ysbryd!' dywedodd e, a dechrau chwifio'i freichiau lan a lawr yn hapus a gwneud i'r cynfas hedfan o'i gwmpas. 'Nawr gall yr holl ysbrydion sy'n byw fan hyn fod ag ofn FI!'

'Gallan!' atebais, wrth i fi dynnu fy ngwisg streipiog oren a du dros fy nghorff a thynnu'r cwcwll blewog dros fy mhen. Roedd y gynffon streipiog yn siglo rhwng fy nghoesau wrth i fi gau sip y wisg teigr. Ro'n i eisiau bod yn llew, ond doedd dim gwisg llew yn y siop aeth Mrs Iwuchukwu â ni iddi. Does dim llawer o ots, sbo, oherwydd mae llewod a theigrod yn gathod mawr sy'n rhuo ac yn byw yn y jyngl, syn golygu eu bod nhw, o dan eu ffwr, yr un fath. Felly yn hytrach na bod yn Simba o *The Lion King*, ro'n i'n mynd i fod yn Frenhines y Teigrod yn hela sêr – oedd yr un mor cŵl.

Brysiais draw at y wardrob a rhuo arnaf fy hun yn y drych hir, wedyn estyn fy mag ysgol. Rhois fy llyfr tywys newydd yn y bag gyda fy map o'r sêr a'r papur newydd â llun seren Mam ynddo. Wedyn, gan feddwl am Noah, paciais bâr arall o drowsus rhag ofn byddai e'n gwlychu'i hun yng nghanol y nos.

'Noah, edrych,' dywedais, gan ddal beiro – roedd Mam wastad yn arfer rhoi un ychwanegol ym mhoced blaen fy mag ysgol. Ro'n i wedi anghofio ei fod yno, ac wrth i fi ei ddal, ces syniad yn sydyn. Camais i mewn i'r wardrob a gwthio ein dillad i'r ochr, ac ysgrifennu enw Mam ar y cefn mewn llythrennau mawr. Neidiodd Noah i mewn i'r wardrob y tu ôl i fi, gan chwerthin a gwneud mwy o synau ysbrydion.

'Dyma ti,' dywedais, gan roi'r beiro iddo. 'Gwna lun o Mam yn sydyn. Er mwyn i bawb ei chofio hi.' Pwyntiais i ddangos iddo ble i roi'r llun, ac mewn byr o dro, roedd Noah wedi gwneud llun priciau o Mam gyda gwallt cyrliog a gwên lydan. Pan oedd e wedi gorffen, cododd ei law ar y llun o dan ei gynfas ysbryd fel pe bai'r darlun yn un go iawn. Nodiais a meddwl tybed a fyddai fy syniad yn gweithio. Yn *The Lion King* mae Rafiki'r mwnci'n tynnu llun o Simba ar goeden gan ddefnyddio sudd ffrwyth ac mae e'n gwneud swynau i ddod o hyd iddo. Byddwn wedi hoffi gallu gwneud hynny i Mam, ond doedd dim bonyn coeden na ffrwythau hud gyda fi, a do'n i ddim yn gwybod yr un swyn. Dim ond wardrob a beiro ysgol a dymuniad oedd gen i.

'Dere,' dywedais, gan neidio allan o'r wardrob a diffodd y goleuadau. Stopiodd Noah wneud ei synau ysbryd a fy nilyn i ddrws Ben. Ar ôl un curiad, agorodd y drws, ond yn hytrach na gweld wyneb Ben yn gwenu arnom, roedd mwgwd du sgleiniog, oedd yn edrych fel pe bai ganddo fariau carchar yn lle trwyn a llygaid mawr fel pryfedyn yn syllu'n ôl arnon ni. Roedden ni'n dal yn gwybod taw Ben oedd e oherwydd bod ei wallt affro hollol grwn o gwmpas y mwgwd i gyd ac roedd e'n dal i wisgo'i siwmper Newcastle United tu chwith ymlaen o dan ei glogyn.

'Pwy wyt ti i fod?' holais.

O'r tu mewn i'r mwgwd, dywedodd ei lais, 'Gei di gliw!' Wedyn estynnodd ei law a rhoi swish i'w glogyn hir, du â'i law arall, a dweud mewn llais dwfn, 'I am your faaaaaather.'

Gwgais wrth i Noah ysgwyd ei ben ysbryd a dweud, 'Nagwyt ddim!'

'Chi'n gwybod! Darth Vader?' gofynnodd Ben, gyda'i lais arferol eto.

Codais fy ysgwyddau.

'O *Star Wars*?'

Codais fy ysgwyddau eto wrth i Ben godi'i fwgwd a rhoi gwg. 'Ti'n meddwl dweud bo' ti erioed wedi gwylio *Star Wars* – er bo' ti'n dwlu ar sêr?'

Ysgydwais fy mhen, ac edrychodd Ben arna i fel pe bawn i newydd roi'r newyddion tristaf erioed iddo.

'Paid becso. Wnawn ni newid hynny gynted down ni adref!' dywedodd, wrth i ddrws ystafell wely Travis agor a daeth e mas i'r coridor hefyd.

Edrychais ar Travis a cheisio peidio â chwerthin. Roedd e'n gwisgo siwt ysgerbwd oedd yn pefrio yn y tywyllwch fel siwt pyjamas undarn, ond roedd e mor dal a thenau nes ei bod yn edrych fel pe bai'r siwt yn belydr-X go iawn o'i esgyrn. Roedd ei gwcwll yn dangos sut gallai'i benglog edrych yn y cefn hefyd.

'Noah! Ti'n ysbryd c-cŵl!' dywedodd Travis, gan gyffwrdd â'i ben. Nodiodd pen ysbryd Noah a cheisiodd godi'i fodiau o dan y cynfas.

'Bois, arhoswch funud,' meddai Ben, gan ein galw i mewn i'w ystafell. 'Rhaid i fi bacio fy mag.'

Gan lusgo'n traed i mewn i'w ystafell, fe wyliodd y tri ohonom wrth iddo redeg draw at ei wely a syrthio ar ei bengliniau. Wrth iddo chwilio am rywbeth oedd wedi'i guddio o dan ei fatres, edrychodd Noah a fi'n ofalus o gwmpas yr ystafell. Roedd ystafell Ben yn gwbl wahanol i ystafell Travis – bron na allen ni fod mewn tŷ gwahanol. Roedd y waliau'n streipiau du a gwyn ac roedd dau forfil llwyd yn sefyll wrth ochr baner Newcastle United. Roedd yn teimlo fel pe baen ni wedi cael ein llyncu gan sebra ac yn sefyll yn ei fol. A thros ben y streipiau roedd posteri o wahanol chwaraewyr pêl-droed Newcastle United a chanwr â sanau sbarcli'n sefyll ar flaenau'i draed.

Ar hyd un wal, roedd gan Ben gwpwrdd llyfrau fel un Travis, ond roedd ei silffoedd e'n llawn cannoedd o CDau a llyfrau sticeri pêl-droed a phennau swigen bach o wahanol chwaraewyr pêl-droed oedd yn symud fel pe bai bys anweledig yn eu hwpo nhw drwy'r amser. Ac yn hytrach na chyfrifiadur ar ei ddesg, roedd gan Ben biano trydan a stereo bach, a set trenau tegan yn mynd o gwmpas y cyfan.

O weld y piano, rhedodd Noah ato a neidio ar gadair Ben. Dechreuodd bwnio'r allweddau du a gwyn, ond doedd dim trydan yn mynd i'r peiriant, felly doedd dim sŵn yn dod mas chwaith. Ond doedd dim ots gan Noah. Roedd hi'n ddoniol gweld ysbryd bach yn ceisio canu piano tawel.

'Aros!' meddai Ben, gan godi ar ei draed â golwg wedi drysu arno. 'Dwi ddim yn gallu dod o hyd iddo!'

'H-hyd i beth?' gofynnodd Travis.

'Y map wnes i argraffu ...' meddai Ben, gan edrych arnom a'i dalcen yn llawn crychau. 'Wnes i'i roi fan hyn bore 'ma – reit fan hyn,' ychwanegodd, gan bwyntio at ei fatres.

Brysiodd draw at ei wardrob, agor y drws yn sydyn ac edrych yn frysiog drwy fynydd o ddillad. Wedyn, rhedodd yn ôl at ei ddesg a chwilio drwy bob drôr, ond dim ond ei lyfrau ysgol oedd yno.

Ysgydwodd Travis ei ben, mynd draw at y gwely a chwilio o dan y gobennydd. 'M-mae angen y m-map,' dywedodd, gan ddechrau becso.

'Edrych am HWN, y lembos?'

Neidiodd pawb a stopiodd Noah gogio chwarae'r piano wrth i bawb ohonom droi i gyfeiriad y llais.

Gan ddal tudalennau'r map wrth iddi sefyll yn adwy'r drws roedd Sophie. Ond doedd hi ddim yn edrych fel Sophie ddim mwy. Roedd hi'n gwisgo wig borffor hir oedd yn estyn i lawr ei chefn, het gwrach borffor felfaréd a chlogyn o ddefnydd secwins porffor a du dros ffrog felfaréd ddu, hir. Roedd ei brychni haul wedi'i guddio dan drwch o golur ac roedd ei bochau a'i llygaid wedi'u gorchuddio â phowdr gwyn ac aur. Roedd hi'n gwisgo menig les heb fysedd ac roedd ganddi ewinedd hir porffor pigfain. Roedd hi'n cario pwrs siâp cath yn hytrach na chrochan, ond gwrach oedd hi 'run fath – y wrach fwyaf cŵl, fwyaf porffor, welais i erioed.

'Ti'n dal i guddio pethau dan dy fatres fel twpsyn, Ben,' meddai hi gan ysgwyd ei phen a thyt-tytian. 'Glywais i chi neithiwr yn cynllunio'ch Antur Gyfrinachol hurt i Lundain. Pe bai Mam yn clywed am hyn, byddai hi'n dweud wrth yr heddlu a'r Gwasanaethau Cymdeithasol cyn y gallet ti ddweud, "Ond M-m-mam!"'

Fflamiodd bochau Travis yn goch wrth i Sophie syllu arno'n filain. Gallwn deimlo fy llygaid yn mynd yn fwy wrth i fi sylweddoli beth oedd y sŵn y tu fas i ystafell Travis neithiwr – nid y llawr yn gwichian fel y byddai'n arfer, ond Sophie'n sbecian arnon ni.

147

'Rho di hwnna'n ôl!' dywedais, gan synnu nad oedd fy llais yn crynu. Gan gamu ymlaen, daliais fy llaw i estyn am y map. 'Fi biau hwnna! A Ben! A Travis!'

'A FI!' meddai Noah.

Cymerodd Sophie ddarn hir o'r gwallt porffor rhwng ei bysedd a dechrau'i droelli. 'Ie, wel, wnaethoch chi ddwyn y papur a'r inc o beiriant argraffu Mam, a'r eiliad y bydd Mam yn gweld hwn, bydd hi'n gwybod beth roeddech chi'n ei wneud yn ei swyddfa, a'ch bod chi wedi dweud celwydd wrthi hi!'

Edrychodd Ben a Travis ar ei gilydd wrth i Noah neidio i lawr o'r gadair, a chan anghofio bod neb yn gallu gweld ei wyneb, safodd gan hanner-cuddio y tu ôl i nghoesau i. Rhois fy mraich o'i gwmpas a cheisio peidio â theimlo'n euog. Doeddwn i ddim eisiau brifo Mrs Iwuchukwu drwy ddweud celwydd wrthi, erioed. Yr unig beth ro'n i eisiau oedd cyrraedd seren Mam mewn pryd.

'Ond fe allwn i ei roi'n ôl ...' meddai hi, gan godi ael ac edrych ar ei gwallt fel pe bai'n siarad â hwnnw yn hytrach na ni. 'Ac am wn i, gallwn i beidio â dweud wrth Mam am bopeth dwi wedi'i glywed ... ond byddai angen rhywbeth arna i am beidio â dweud. Rhywbeth MAWR.'

Edrychais draw at Ben a Travis a meddwl tybed beth oedden nhw'n mynd i'w wneud. Doedd gen i ddim byd y byddai Sophie eisiau – yr unig bethau roedd y fenyw yn y siwt ddu wedi gadael i fi ddod gyda fi o'r gwesty-oedd-ddim-wir-yn-westy oedd fy mag ysgol a bag bin du yn llawn dillad cuddio.

'Iawn ... beth wyt ti eisiau'n gyfnewid am y map a pheidio â chlepian?' gofynnodd Ben, yn araf, gan gamu ymlaen.

'Hmmm ... gawn ni weld ...'

Cerddodd Sophie i mewn i'r ystafell, a chan roi ewin borffor hir yn erbyn ei gên, edrychodd o gwmpas. Gallwn deimlo dwylo Noah'n dal yn dynnach yn fy nghoesau, fel pe bai arno ofn y bydden i'n ei roi e iddi hi.

'Nawr. Beth ydw i eisiau ... beth ydw i eisiau ...?'

Edrychodd Ben draw ar ei gasgliad o bêl-droedwyr pen swigen yn ofnus, a nesáu at ei silffoedd fel pe bai am eu gwarchod.

'Paid bod yn dwp,' meddai Sophie. 'Pwy fyddai eisiau unrhyw un o dy bethau hurt di ...?' Wedyn, gan wenu, trodd i edrych arna i.

'Dwi'n meddwl y caf i ... hwnna,' meddai, a phwyntio at fy mrest.

'Fy ... fy siwt teigr?' gofynnais. Gan deimlo dryswch, edrychais i lawr ar fy streipiau. Roedd Sophie'n llawer talach na fi, felly fyddai fy ngwisg ddim yn ei ffitio hi o gwbl.

'Nage, y dorth,' meddai Sophie. A chan bwyso ymlaen, rhoddodd ei bys ar y loced o gwmpas fy ngwddf.

'Hwnna!' dywedodd hi, 'Dwi eisiau hwnna!'

Cyn i fi allu stopio fy hun, ysgydwais fy mhen a chlywed fy hun yn dweud, 'Na!' a theimlo fy mysedd yn dal yn sownd yn y loced arian. Er bod dim byd ynddi, doeddwn i byth yn ei thynnu i ffwrdd. Dyna'r unig beth oedd gen i roedd Mam a Dad wedi'i brynu i fi gyda'i gilydd, ac ro'n i'n gwybod nad o'n i eisiau i neb arall ei chael na'i gwisgo heblaw amdana i.

'Os nad wyt ti'n ei rhoi hi i fi, dwi'n mynd i ddweud popeth wrth Mam am y pethau dwi wedi'u clywed. A fydd hi nid DIM OND yn eich riportio chi i'r gweithiwr achos a'r gwasanaethau plant, bydd hi'n galw'r heddlu a bydd hi'n dy wahanu di a Noah AM BYTH,' meddai Sophie, a'i hwyneb a'i cheg a'i dannedd a'i llygaid pefriog porffor yn nofio'n nes a nes at fy wyneb i, fel siarc oedd yn hela'n araf. 'Dyna maen nhw'n ei wneud i blant maeth twp sy'n rhedeg i ffwrdd – maen nhw'n eu gorfodi nhw i adael a chael eu gwahanu a byth â dod yn ôl. Gofyn i Ben. Fe ddylai e wybod!'

Edrychais draw ar Ben ac aros iddo wadu hyn. Ond aros yn dawel wnaeth e, gan edrych ar y llawr fel pe bai crac newydd ymddangos ynddo a'i fod e eisiau neidio i mewn iddo.

Aeth pawb yn dawel ac ro'n i'n gwybod bod ofn ar Noah am fod ei anadl yn mynd yn fwy swnllyd – fel awel oedd wedi mynd yn sownd rhwng cangau coeden ac yn methu dod o hyd i ffordd allan.

'Mae gen ti dair eiliad ...' rhybuddiodd Sophie. 'Neu dwi'n galw Mam. Un. Dau. Trrrrr –'

'NA!' gwaeddais. 'Paid! Dyma ti!' A chan orfodi fy mysedd i wrando arna i, gorfodais nhw i ddatod y gadwyn arian o gwmpas fy ngwddf.

Edrychodd Sophie ar y loced ro'n i'n ei hestyn iddi a chan gydio ynddi, gwenodd. Daliodd y map am eiliad fel petai hi'n mynd i ddal ei gafael ynddo, ac yna taflodd e aton ni, gan beri i'r tudalennau hedfan i bobman fel plu mawr gwastad gwyn yn cwympo i'r ddaear.

Gwyliais wrth iddi wisgo fy loced am ei gwddf. Ceisiais lyncu'r belen enfawr o dân oedd yn llosgi fy llwnc. 'Aaa, dyna welliant,' gwenodd, gan ysgwyd ei wig yn ôl i'w le. Yna, gan edrych arnon ni, gwenodd eto. 'Chi blant yn mynd i fod mewn cymaint o drwbl, a phan fyddwch chi, fydd Mam ddim yn moyn cadw dim un ohonoch chi! Ro'n i'n meddwl byddai angen i fi weithio'n llawer caletach i gael gwared arnoch chi – ond chi'n gwneud y gwaith i gyd ar fy rhan i! Diolch am hynny!'

A chan wenu arnon ni fel petaen ni newydd ddymuno pen-blwydd hapus iddi, trodd ar ei sawdl a rhoi clep i'r drws y tu ôl iddi. Heb fy loced, ro'n i'n teimlo fel pe bawn i newydd golli Mam a Dad unwaith eto.

Gynted roedd hi wedi mynd, dechreuodd Ben godi holl ddarnau'n map beics oddi ar y llawr a'u rhoi 'nôl yn eu trefn. Roedd ei wyneb wedi mynd mor dywyll â'i fwgwd Darth Vader, ac roedd ei lygaid yn dal i wrthod edrych i fy rhai i.

'S-sori Aniyah,' meddai Travis yn dawel, wrth iddo ddechrau helpu Ben. 'Wnawn ni g-gael y l-loced yn ôl i ti ...'

Codais fy ysgwyddau, gan esgus nad oedd y mwclis yn bwysig i fi. 'Mae'n iawn,' dywedais, gan ysu i fy mochau stopio llosgi. 'Mae'n fwy pwysig i ni fynd i Lundain. Ond ydych chi'n siŵr na fydd hi ddim yn clepian arnon ni?' gofynnais, gan deimlo ychydig yn sâl. Nawr, a ninnau'n gwybod bod Sophie'n gwybod popeth, doedd dim byd yn teimlo'n ddiogel mwyach.

Nodiodd Ben. 'All hi'n bendant ddim dweud dim nawr,' meddai e'n dawel. 'Mae dy loced di ganddi, a bydd hi'n gwybod y byddwn ni'n dweud wrth Mrs Iw amdani os yw hi'n cario clecs amdanon ni.'

'Ond d-dylen ni f-fynd yn glou ta beth,' meddai Travis. 'Rhag ofn! M-mae g-gen i'r c-cynllun yn fy mag,' meddai, gan bwyntio at y bag ymarfer corff ar ei wely.

'Ac mae'r map gen i nawr,' meddai Ben gan ei wthio i'w fag Newcastle United.

'Ond ... beth am y tortshys?' gofynnais, gan bwyntio at ein cynllun. 'Sut gallwn ni weld y map heb olau? A'r bwyd?'

'Dylai fod rhai gan Mrs Iw yn y sied,' meddai Ben. 'Gallwn ni eu cael nhw pan estynnwn ni'r beics. Wnawn ni boeni am y bwyd pan awn ni lawr.'

'B-bydd yn rhaid m-mynd rownd y c-cefn a d-dringo drosodd,' meddai Travis, a nodiodd Ben. Doeddwn i ddim yn deall beth roedden nhw'n ei feddwl, ond cyn i fi allu gofyn, dechreuodd Mrs Iwuchukwu weiddi arnon ni o lawr llawr.

'BLANT! YDYCH CHI EISIAU MYND I WNEUD TRIC A THRÎT AI PEIDIO? BRYSIWCH WIR! MAE HI WEDI SAITH O'R GLOCH!'

Ebychais a theimlo pwniad swnllyd yn fy mrest, fel pe bai rhywbeth anweledig wedi estyn cic i fi.

'Dewch, gawn ni fynd!' gwaeddais, gan redeg allan o'r ystafell ac i lawr y grisiau, heb hyd yn oed aros i'r lleill fy nal. Gallen ni gyrraedd mewn pryd o hyd – ond dim ond o fynd yn sydyn.

'DYNA chi!' Curodd Mrs Iwuchukwu ei dwylo wrth i ni frysio i'r gegin. 'O, on'd y'ch chi'n ddigon o ryfeddod!' A chan dynnu camera o'r tu ôl i'w chefn, dyma hi'n fflachio sbarc arian yn ein llygaid.

'O, mae gyda chi eich bagiau i ddal yr holl losin,' meddai hi, gan nodio'i phen wrth iddi gyffwrdd ym mag

Ben. 'Da iawn! Dwi wedi ffonio mam Dan a gadael neges i ddweud y byddwch chi draw erbyn tua wyth i gyfnewid. A'ch bod chi i adael erbyn ugain munud wedi wyth fan bellaf.'

'Yym, diolch Mrs Iw,' meddai Ben. 'Ymm ... Allwn ni fynd â rhyw bethau i'w bwyta gyda ni – ac ychydig o ddŵr?'

Nodiodd Travis, wnaeth beri i fi wneud yr un peth hefyd.

'Pam byddech chi eisiau bwyd, dwedwch? Byddwch chi'n cael miloedd o losin heno!' chwarddodd Mrs Iwuchukwu.

'O, ie!' meddai Ben, a'i fwgwd yn nodio i fyny ac i lawr.

'Ond mae dŵr yn syniad da. Golchi'r holl siwgr yna o'ch system!' Agorodd Mrs Iwuchukwu gwpwrdd ac estyn pedair potel i ni eu rhoi yn ein bagiau.

'Iawn,' meddai Mrs Iwuchukwu, wrth i'r pedwar ohonom anelu am ddrws y ffrynt. 'Mwynhewch – a PHEIDIWCH â bwyta cymaint o losin nes eich bod chi'n sâl! Noah! Wnest ti glywed?'

Nodiodd Noah o dan ei gynfas.

'Diolch,' chwifiodd Travis wrth arwain y gweddill ohonom allan i'r ardd ffrynt, oedd bellach yn llawn goleuadau pwmpen ar ffyn hir oedd wedi'u sodro yn y gwair. Do'n i ddim wedi'u gweld nhw o'r blaen, a dyfalais fod Mrs Iwuchukwu wedi'u rhoi nhw yno pan oedden ni'n gwisgo.

'Ie, diolch Mrs Iw!' meddai Ben,

'Diolch Mrs Iwuchukwu,' dywedais, wrth i Mrs Iwuchukwu wenu a chyffwrdd â 'nghefn i'n garedig. Gwenais yn ôl arni, gan deimlo'n euog. Ar ôl heno, bydd hi siŵr o fod yn rhy grac i wenu arna i byth eto.

Wrth i ni fynd drwy'r ardd a'r glwyd bren, aeth grŵp o wrachod, wedyn mymi Eifftaidd a sombi ar ras heibio i ni ar eu ffordd at ddrws Mrs Iwuchukwu.

'Y ffordd yma!' sibrydodd Ben, ac arwyddo arnon ni i'w ddilyn. Yn lle mynd ar hyd y ffordd oedd bellach yn llawn plant a rhieni a phapurau losin gwag yn nofio ar yr awel, aethon ni rownd y gornel i lôn fach gul oedd rhwng tŷ Mrs Iwuchukwu a'r tŷ drws nesaf. Ar ôl pasio rhes hir o finiau sbwriel, arhoson ni tu fas i glwyd las.

Rhoddodd Ben hwp iddi, ond roedd wedi cloi. 'Travis?' sibrydodd. Tynnodd ei fwgwd a'i estyn ata i i'w ddal.

Daliais y mwgwd a gwylio Travis yn plygu a phlethu'i fysedd i wneud stepen â'i ddwylo. Yn hollol lyfn, fel pe bai hyn yn rhywbeth roedden nhw'n ei wneud bob dydd, rhoddodd Ben ei droed ar ddwylo Travis a chael ei godi dros y wal fel pe bai e'n teithio mewn lifft. Ar amrantiad, roedd wedi diflannu i'r ochr draw. Eiliadau'n ddiweddarach, clywson ni glic a gwich, ac agorodd y glwyd fawr las.

'Hisssssht!' sibrydodd Ben, wrth chwifio'i fraich i'n galw ni i mewn 'Edrychwch! Mae Mrs Iw yn y gegin!'

Roedd golau melyn llachar y gegin yn pefrio allan arnon ni o ochr arall yr ardd, a chysgod rhywun i'w weld drwy'r llenni blodeuog.

'Beth nawr?' gofynnais, gan fynd ar flaenau nhraed ar ôl Travis.

'Nawr rhaid i ni aros i Mrs Iw adael y gegin,' sibrydodd Travis.

'Ac wedyn tric a thrîtio?' gofynnodd Noah, ei lais yn uwch nag y dylai fod.

'Shhhh!' rhybuddiais, gan roi fy llaw dros ble ro'n i'n dyfalu roedd ei geg, 'Ie! Ond yn gynta, rhaid i ni nôl y beics er mwyn i ni fynd i weld seren Mam! Iawn?'

Gan nodio, lapiodd Noah ei freichiau ysbryd o gwmpas coesau Travis, a mynd yn dawel. O rywle yn awyr y nos, clywsom dwit-tw-hw tylluan, wrth i ni wylio ffenest y gegin ac aros i'r goleuadau ddiffodd.

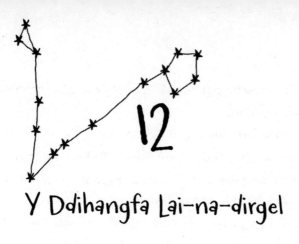

12

Y Ddihangfa Lai-na-dirgel

Roedd aros yn y tywyllwch, y tu ôl i lwyn, wedi gwisgo fel teigr, gan sefyll wrth ochr ysbryd bach oedd wedi diflasu, ysgerbwd oedd yn pefrio yn y tywyllwch a Darth Vader, yn teimlo'n rhyfedd. Roedd yn teimlo hyd yn oed yn fwy rhyfedd na'r tro yna roedd Dad wedi dod â chlown adre i Noah fel anrheg pen-blwydd syrpréis. Nid clown tegan – na, clown dynol go iawn, oedd wedi mynd ati i wneud anifeiliaid o falŵns am awr cyn diflannu eto. Roedd Dad yn hoffi rhoi syrpreisys i ni drwy'r amser, a syrpréis y clown oedd yr un mwyaf doniol, mwyaf rhyfedd roddodd e i ni erioed. Ond pe bai e'n gallu gweld Noah a fi nawr, byddai e'n bendant yn meddwl bod hyn yn fwy rhyfedd fyth!

'Brain a brenhinoedd, brysia Mrs Iw!' sibrydodd Ben, a golau'r gegin yn dal i dywynnu. 'Pam mae hi'n cymryd mor hir, dwedwch?'

'Niyah, dwi'n *bored*!' sibrydodd Noah. 'Dwi eisiau mynd i hel trîts!'

'Shhh, Noah, cyn bo hir! Iawn? Dwi'n addo!'

Rhoddodd ysbryd Noah ochenaid fach a phwyso'n ôl yn erbyn coes Travis.

'Edrychwch!' meddai Ben yn llawn cyffro.

Roedd y golau yn ffenest y gegin wedi diffodd.

Daliodd pawb ohonom ein hanadl i weld a fyddai Mrs Iwuchukwu'n dod yn ôl eto. Ond wnaeth hi ddim.

'Lan fan 'na,' meddai Ben, gan bwyntio at ffenest yn uwch yn y tŷ. Roedd wedi bod yn dywyll hyd yn hyn, ond nawr roedd golau wedi cynnau yno. 'Mae hi wedi mynd i'w hystafell!'

'Iawn!' meddai Travis. 'D-dyma ni!'

Gan gropian draw i sied yr ardd, fe arhoson ni wrth i Travis dynnu dolen y clo mawr arian draw ac agor y drws. I ddechrau, y cyfan ro'n i'n gallu'i weld oedd tywyllwch dudew, ond yn araf bach, dechreuodd fy llygaid ddeall y siapiau roedden nhw'n eu gweld, a gallwn ddirnad un beic mawr a thri beic llai'n gorwedd ar eu hochrau fel pe bai rhywun wedi'u rhoi i gysgu.

'C-camwch yn ôl!' sibrydodd Travis, wrth iddo chwifio arnon ni i fynd mas o'r sied. 'B-bydd yn h-haws os g-gwna i eu tynnu nhw m-mas fy hun ...'

Camodd y gweddill ohonon ni 'nôl i'r ardd wrth i Travis godi'r beiciau llai fesul un a'u rholio tuag aton ni. Ymhen eiliadau, roedd gan Ben feic streipiog du a gwyn yn ei ddwylo, ac roedd gen i un glas llachar.

Gan dynnu helmed ddu sgleiniog oddi ar y dolenni, gwisgodd Ben hi ar ei ben a chymerais i helmed las Sophie a'i gwisgo.

'Aros!' sibrydodd Ben, wrth iddo fy ngwylio'n tynhau'r strapiau ar helmed Sophie. 'Beth am Noah? Does dim helmed gyda ni iddo fe!'

'Beth am un Mrs Iwuchukwu?' gofynnais, gan bwyntio i berfeddion y sied.

'Does ganddi ddim un,' meddai Ben gan ysgwyd ei ben. 'Anghofiodd hi fe'n rhywle llynedd, a dyw hi ddim wedi prynu un newydd!'

'B-be sy?' gofynnodd Travis, wrth iddo gau drws y sied a rholio'i feic mawr coch draw atom ni.

'Does dim helmed gyda ni i Noah,' sibrydais, gan deimlo fel chwaer fawr wael am beidio â meddwl am hyn o'r blaen.

'O,' meddai Travis, wrth i ni edrych i lawr ar Noah. Syllodd ysbryd Noah yn ôl arnon ni, a'i lygaid llydan yn blincio drwy'r tyllau llipa o'u cwmpas.

'Wn i!' meddai Travis. 'Arhoswch!' A chan gicio coes fetel ei feic er mwyn iddo sefyll, rhedodd i gefn y tŷ.

'Ble ti'n mynd?' sibrydodd Ben â gwg ar ei wyneb.

Ond roedd Travis wedi cyrraedd drws y gegin yn barod a llithro i'r tywyllwch y tu mewn.

Am rai eiliadau, roedd popeth yn teimlo fel breuddwyd ryfedd. O ganol tywyllwch y nos, dechreuodd aderyn grawcian, wrth i'r lleuad ddiflannu y tu ôl i gwmwl mawr, gan blymio'r ardd i dwll du a gwneud i Noah hyd yn oed dawelu. Pefriai mwgwd Ben â lliw rhyfedd rhwng porffor a du yng ngolau'r lleuad, tra bo cynfas ysbryd Noah'n edrych fel gwydraid o laeth.

'Dere,' rhoddodd Ben bwn i mi, gan wthio'i fwgwd ar ben ei wallt. 'Gawn ni roi Noah'n barod tra bo' ni'n aros.'

Nodiais, gan ddringo ar gefn sedd beic Sophie wrth i Ben godi Noah i'r bariau o 'mlaen i.

'Aaw! Mae'n brifo!' cwynodd Noah, wrth iddo eistedd yn sigledig ar y bariau metel hir.

'Dyw hwnna ddim yn mynd i weithio!' sibrydais. 'Mae'r siâp anghywir!' Gartref, roedd gan fy meic i fariau gyrru isel oedd yn gwneud siâp triongl, a gallai Noah eistedd ar hwnnw pryd bynnag roedd e eisiau cael reid gyda fi. Ond doedd beic Sophie ddim wedi ei adeiladu ar gyfer rhannu.

'Beth ydyn ni'n mynd i wneud?' gofynnais, gan deimlo panic yn codi.

'Dal sownd!' sibrydodd Ben gan roi Noah'n ôl ar y ddaear eto. Aeth yn sydyn ar flaenau'i draed yn ôl i'r sied a diflannu y tu mewn eto. Ar ôl eiliad neu ddwy, daeth allan gan wthio beic llawer yn fwy.

'Galli di ddefnyddio beic Mrs Iw! A gall Noah fynd fan hyn,' sibrydodd Ben, gan bwyntio at fasged wellt fawr yn sownd ar gwt y beic. Dwn i ddim pam na feddylion ni am hyn o'r blaen!'

'Ia-hŵ!' gwaeddodd Noah, wnaeth achosi i Ben a fi ddweud 'Shhhhhhh!'

'Ond ...' Edrychais draw o feic Sophie at feic Mrs Iwuchukwu.

'Dere!' meddai Ben, yn daer, gan ddarllen fy meddwl. 'Does dim dewis! Ond dy fod ti'n gallu mynd arno fe! A dyw e ddim fel pe baen ni'n ei ddwyn e! Benthyca, dyna i gyd!'

Gan addo i Mrs Iwuchukwu yn fy mhen y byddwn i'n gofalu'n arbennig o dda am ei beic, symudais y sedd mor isel ag y byddai'n fodlon mynd. Roedd yn feic mwy o faint, ac yn drymach nag un Sophie, ac roedd yn rhaid i fi wneud i nghoesau ymestyn lawer mwy i gyrraedd y pedalau, ond ro'n i'n gallu gwneud – fwy neu lai – gan ddefnyddio blaenau fy nhraed. Lapiais gynffon y teigr o gwmpas fy mraich a chodi fy mawd ar Ben wrth iddo roi Noah yn y fasged, a'i goesau'n hongian dros y cefn. Roedd hyn yn golygu bod Noah'n edrych y ffordd anghywir, a fyddai e ddim yn gallu gweld beth roeddwn i'n ei wneud, ond mae'n bosib y byddai hynny'n fwy o hwyl iddo beth bynnag.

'Ydy hynny'n iawn, Noah?' sibrydais, gan edrych i lawr arno dros fy ysgwydd.

Nodiodd cynfas ysbryd Noah, a giglo.

'Cŵl!' meddai Ben, wrth iddo fynd â beic Sophie'n ôl i'r sied yn gyflym. Roedd e newydd glicio'r clo yn ôl i'w le pan, yn sydyn, roedd crash mwyaf brawychus, byddarol yn atseinio o gwmpas ein clustiau.

Edrychodd y tri ohonom yn ôl at y tŷ. Roedd sain sosbenni metel yn clindarddach ar y llawr fel rhes ddiddiwedd o ddominos enfawr yn taranu o'r gegin, gan wneud i ni neidio â phob CLANG! Bron ar unwaith, roedd golau ymlaen yn y ffenest drws nesaf i ystafell Mrs Iwuchukwu, gan daflu cylch o olau gwyn ar y sied wrth ein hochru – fel pe bai wedi'i ddal yng ngolau tortsh plismon. Arhoson ni, heb anadlu, ac ymhen eiliad, tasgodd drws y gegin ar agor a daeth Travis gan redeg allan aton ni fel y gwynt, gan gario rhywbeth oedd yn edrych fel potyn sgleiniog arian tyllog dan ei fraich, pedwar bag tric a thrît gorlawn yn un llaw a rhywbeth bach a sgwâr a golau yn y llaw arall.

'Rheeeeeeedwch!' dywedodd siâp ei geg yn wyllt, wrth i olau melyn arall gynnau lan llofft yn y tŷ.

'Syr Wynff Ap Concord y Bananas!' galwodd Ben, wrth iddo redeg at glwyd yr ardd, gan geisio gwthio'i feic e a beic Travis. Ond cyn iddo gymryd tri cham, roedd Travis wedi sgrialu heibio i ni, gan daflu'r bagiau trîts at Ben, wedi cydio yn ei feic a thaflu'r glwyd ar agor.

'Noah! Eistedda'n llonydd a dal yn sownd!' sibrydais, wrth i fi wthio pedalau beic Mrs Iwuchukwu i lawr mor galed ag y gallwn i.

Ro'n i'n gallu clywed beic Ben yn siffrwd heibio i fi a Travis yn anadlu'n gyflym wrth iddo ddal y glwyd ar agor. Ond waeth pa mor galed ro'n i'n gwthio, doeddwn i ddim yn gallu gwneud i'r beic symud – roedd fel pe bai'n gwybod fy mod i'n ceisio'i ddwyn, ac roedd e'n atal yr olwynion rhag troi!

'Y b-brêcs!' meddai Travis yn daer. 'G-gollynga'r b-brêcs!'

Syllais i lawr ar fy nwylo, ac yn sydyn teimlais fy ymennydd yn clicio. Wrth gwrs! Y brêcs! Roedd fy mysedd wedi mynd i banic ac ro'n nhw'n gwasgu'r brêcs! Ar unwaith, llaciais i nhw a theimlo'r beic yn plymio ymlaen wrth i'r pedalau ryddhau.

'Dere!' gwasgodd Ben, gan dynnu'i fwgwd i lawr wrth i oleuni dywynnu drwy ffenest y gegin. Gan sylweddoli ein bod o fewn eiliadau o gael ein dal, teimlais egni'n rhuthro drwy fy nhraed, ac wrth sefyll ar feic Mrs Iwuchukwu, gwthiais y pedalau mor galed ac mor gyflym ag y gallwn. Mewn llai na dau guriad calon, ro'n i drwy glwyd yr ardd gan deimlo gwich yr olwynion o dan fy nghorff wrth iddyn nhw lanio ar yr heol.

'Dyma ti!' gwaeddodd Travis wrth iddo bwyso drosodd a phlannu colandr wyneb i waered ar ben Noah cyn rhuthro o'n blaenau

'Helmed y gofod!' gwaeddodd Noah, wrth i dyllau metel y colandr ddisgyn dros ei lygaid.

'Ie, ti'n iawn!' atebais, gan droi ein beic oddi wrth sŵn rhywun yn nofio drwy fôr o sosbenni ac yn galw 'STOP! LLLAAAAAAAADRON!'

Gan daranu ar ôl cysgodion Ben a Travis, oedd nawr yn prysur ddiflannu, canais fy nghloch i adael iddyn nhw wybod 'mod i'r tu ôl iddyn nhw, a chan edrych yn ôl ar Noah, rhybuddiais, 'Dal di'n sownd, Noah! Rydyn ni'n mynd i'r gofod!'

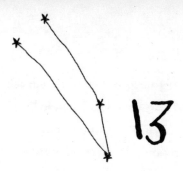

13

Yr Heol Hir i Lôn Rheswm

Gan daranu i lawr yr heol, y pedalau dan fy nhraed yn mynd yn gynt ac yn gynt, dilynais Ben a Travis wrth iddyn nhw fynd igam ogam drwy'r holl bobl oedd yn gwneud tric a thrît ar hyd stryd Mrs Iwuchukwu.

'Hei!'

'Gofalus!'

'Edrych, Dadi! Teigr ar gefn beic!'

'Wow! Arafwch!'

'Plant hurt!' galwodd lleisiau gwahanol wrth i ni ganu ein clychau a mynd ar garlam heibio i wrachod a dewiniaid a bwystfilod Frankenstein, ac o leiaf ddeuddeg Dracwla bach yn cario bagiau'n orlawn o losin. Roedd bron pob tŷ ar y stryd wedi'i orchuddio â goleuadau bach siâp ystlumod a phwmpenni â chanhwyllau plastig ynddyn nhw, ac eirch oedd yn tasgu ar agor bob tro roedd rhywun yn pasio. Roedd y cyfan yn edrych fel cymaint o sbort, ac roedd yn gwneud i mi deimlo byddai'n braf cael Mam gyda ni, ac yn lle gorfod mynd i Lundain i weld yr helwyr sêr brenhinol i ddweud wrthyn nhw amdani hi, gallai Noah a fi fod wedi mynd mas i wneud tric a thrît gyda hi un tro arall. Byddai wedi bod yn braf teimlo'i llaw yn dal ein dwylo ni wrth i ni groesi strydoedd a churo ar ddrysau, a chlywed ei llais yn dweud wrthon ni am gadw cymaint fyth o losin ag y gallen ni ar gyfer mynd i'r ysgol. Roedd y dymuniad mor gryf nes bod fy llwnc yn brifo a fy llygaid yn llenwi â dŵr, felly gwthiais y teimlad i ffwrdd, a cheisio peidio edrych ar yr holl famau a thadau o'n cwmpas yn hapus ac yn gwenu gyda'u teuluoedd.

Dilynodd Travis fi, ond ymhen eiliadau, roedd wedi mynd i'r blaen, gan wibio i lawr y stryd o 'mlaen i. 'Brysiwch!' meddai, fel pe bai rhywun yn cwrso ar ein holau ni. Ar ddiwedd yr heol, arafodd, canu'i gloch i wneud yn siŵr fod pawb yn gwybod beth roedd e'n ei wneud, troi'r gornel a diflannu. Dilynodd Ben a diflannu ar amrantiad hefyd, a throis yn galed ar eu sodlau.

'Noah! Wyt ti'n iawn?' gofynnais, gan geisio gwrando am ei ateb uwch sŵn curiad fy nghalon. Nawr 'mod i wedi dwyn beic Mrs Iwuchukwu yn ogystal â rhedeg i ffwrdd, ac annog Noah, Travis a Ben i redeg i ffwrdd hefyd, roedd yn teimlo fel pe bai fy nghalon arferol wedi cael cwmni tair calon arall.

'Ydwwwwwww!' gwaeddodd Noah, wrth i'r beic daro dros y cerrig oedd yn creu arwyneb fel cefn pysgodyn ar y stryd. 'Mae hyn yn hwwwwyl!' galwodd.

Gan wasgu fy llygaid ar agor ac ar gau'n galed er mwyn cadw golwg ar gysgodion Ben a Travis, gwthiais yn galed ar y pedalau a'u copïo nhw wrth iddyn nhw lithro i'r chwith ac i'r dde o gwmpas corneli troellog. Roedd y ffordd yn mynd yn fwy a mwy cul, a'r coed a'r llwyni ar y ddwy ochr fel pe baen nhw'n pwyso'n nes ac yn nes – fel pe baen nhw eisiau gweld beth roedden ni'n ei wneud. Chwythai awel y nos o gwmpas eu pennau a'u breichiau a'r miloedd o ddail, gan foddi sŵn olwynion ein beic gyda sŵn siffrwd oedd yn codi a disgyn fel tonnau cefnfor mawr, ac ar yr un pryd roedd y lleuad yn rhedeg ar ein hôl rhwng cymylau mawr llwyd.

Gwthiais ymlaen, gan geisio teimlo mor hapus ag o'n i'n meddwl bydden i unwaith roedden ni ar ein ffordd i Lundain go iawn. Ond roedd hi'n anodd teimlo'n hapus pan oedd fy ymennydd yn gwrthod gwneud dim ond amcangyfrif sawl aelod o'r heddlu a gweithiwr achos a ditectif mewn siwtiau du roedd Mrs Iwuchukwu'n mynd i anfon ar ein hôl. Roedden nhw ar eu ffordd yn barod, siŵr o fod. Dechreuais feddwl tybed beth fyddai'n digwydd pan fydden nhw'n ein dal ni. Ro'n i'n ofni, hyd yn oed pe bawn i'n esbonio popeth wrth bawb, a dweud wrthyn nhw 'mod i wedi gorfodi Ben a Travis i fy helpu, y byddai Noah a fi'n dal i gael ein symud i ble bynnag mae plant maeth drwg yn cael eu hanfon, a bydden ni'n cael ein gwahanu am byth. Felly roedd hynny'n golygu, unwaith byddwn i wedi rhoi enw Mam ar ei seren hi, y byddai'n rhaid i Noah a fi redeg i ffwrdd go iawn, a cheisio dod o hyd i Dad er mwyn iddo fe'n helpu ni. Doeddwn i ddim eisiau gadael Ben a Travis – ddim â nhw eisiau bod yn frodyr i fi, a nhw'n ceisio fy helpu gyda seren Mam, ond byddai'n well iddyn nhw pe bawn i'n gadael. Doeddwn i byth eisiau gwneud dim fyddai'n eu hatal nhw rhag cael eu mabwysiadu.

Wrth i oleuadau'r strydoedd fynd yn llai a llai, a'r tai a'r coed ddiflannu hefyd, arafodd Travis. Defnyddiodd ei gloch i'n rhybuddio i beidio â'i golli, ac wedyn trodd rownd y gornel dynnaf eto. Gan sgrialu rownd iddi, yn sydyn roedden ni ar ffordd fach gul oedd ond yn ddigon llydan ar gyfer un car, a digon o le agored ar y ddwy ochr. Dechreuais feddwl tybed sut roedd Travis yn gwybod y ffordd i fynd, oherwydd doedd dim arwydd ar yr heol, a doedd e ddim wedi aros i edrych ar y map beics unwaith.

Dechreuodd fy nghoesau deimlo'n fwy stiff wrth i'r heol ddechrau mynd am i fyny, ac ro'n i'n gallu gweld Ben a Travis yn arafu hefyd. Roedd rhes hir o lwyni fel milwyr pigog yn sefyll ar ddwy ochr y ffordd, gan ein helpu i dorri drwy gefnfor dudew i gaeau sych oedd yn cysgu yn y tywyllwch. Fwyaf pell roedden ni'n pedlo, mwyaf uchel roedd y llwyni, nes yn y diwedd roedden nhw mor dal fel ein bod ni ond yn gallu gweld yr awyr uwchben.

'Hei! Beth ... am ... ganu ... cân!' meddai Ben, gan anadlu'n drwm wrth iddo wthio'i goesau ymlaen.

Roedd yr heol hyd yn oed yn fwy serth nawr, ac yn y tywyllwch, edrychai fel pe bai'n troi'n fynydd.

'Bydd yn ... gwneud i'r ... amser ... fynd yn ... gynt!'

'Iawn!' gwaeddodd Travis gan ganu'i gloch. 'Ond daliwch i fynd!'

Gan ddweud wrth fy nghoesau am ddal ati, nodiais, gan geisio meddwl am gân y byddai pawb yn ei nabod.

'Noah – dewis di!' galwodd Travis. Ro'n i'n gallu teimlo Noah'n symud yn y fasged wrth iddo geisio troi i'n gweld ni.

'Bydd yn ofalus, Noah!' rhybuddiais, wrth i'r beic simsanu. Do'n i ddim yn gallu gweld wyneb Noah, ond fe stopiodd e symud. Ac yna, yn sydyn, fel pe bai e wedi bod yn casglu pob gronyn o egni er mwyn gweiddi'r geiriau nesaf, sgrechiodd 'A-WIMBA-WOMBAAAAAA!' i berfeddion awyr y nos.

'A-wimba-beth?' gofynnodd Ben, ei feic e'n simsanu hefyd.

Gwenais. Hon oedd 'cân hapus' Noah – yr un y byddai'n ei chanu i Mam a Dad yn y gegin pan oedd e'n gwybod bod pawb yn teimlo'n hapus.

'Ti'n gwybod! O *The Lion King* ...' esboniais, gan ddod ysgwydd yn ysgwydd â Ben. A chan deimlo'n falch ei bod hi'n dywyll a'i fod e'n ffaelu gweld mor goch roedd fy wyneb, dechreuais ganu'r gân nerth esgyrn fy mhen.

'O ie!' meddai Ben, ei wyneb yn tywynnu ger fy un i. 'Dwi'n nabod ... honna!'

Ymhell o'n blaenau, canodd Travis 'A weeeeeeee-zabimba-imba-waaaaaaai!' Roedd clywed hyn yn gwneud Noah mor hapus nes iddo hanner neidio allan o'r fasged gan weiddi 'A-WIMBA-WOMBA-WIMBA-WOBMA-WIMBA-WOMBA!' yn ôl.

Yn sydyn llamodd beic Travis i'r awyr a glanio'n stond, gan droi'n beryglus i'r chwith. 'GOFALWCH! BRIIIIIIIGAU!' gwaeddodd.

'BRIIIIIIIIGAU!' atseiniodd Ben, wrth iddo droi i'r chwith ac i'r dde ac yn ôl eto.

Gwnes innau'n union yr un peth, er mwyn i olwynion fy meic osgoi canghennau hir oedd yn gorwedd ar ganol y ffordd. Canais fy nghloch i ddweud diolch wrth Travis – rhaid ei fod e'n gwybod na fyddwn i byth wedi osgoi cwympo, a Noah yn y fasged y tu ôl i fi, tasen ni wedi'u taro.

O'n blaenau, canodd Travis ei gloch yn ôl i ddweud 'Croeso', ac aeth pawb ohonom yn dawel er mwyn gallu canolbwyntio'n well ar y ffordd o'n blaen.

Aethon ni yn ein blaenau'n dawel wrth i'r perthi o'n cwmpas fynd yn llai eto, a'r coed a'r caeau'n ailymddangos. Ac wrth i'r munudau fynd heibio, roedd fy nghoesau'n teimlo'n drymach a thrymach, fy anadl yn mynd yn fwy a mwy swnllyd, a'r heol yn dod yn fwy a mwy anodd reidio arni. Rhedodd dafn mawr o chwys i lawr ochr fy wyneb a thoddi i mewn i strap helmed Sophie. O! na fyddai'r ddaear yn llethr am i lawr yr holl ffordd i Lundain er mwyn i ni gyrraedd yno'n gynt, yn hytrach na llethr am i fyny fel nawr. Doedd map y cyfrifiadur ddim wedi sôn dim am heolydd oedd yn llawn lympiau a bryniau a mynyddoedd bach a brigau fel nadredd, a sut gallai'r holl bethau hynny wneud i'n taith fod hyd yn oed yn hirach cyn i ni gyrraedd!

Wrth i fi estyn fy mysedd i ganu cloch y beic a gofyn allen ni stopio i gael diod o ddŵr, oedais. Roedd yr heol wedi dechrau crynu dan fy olwynion yn sydyn, ac roeddwn i'n gallu clywed rhu peiriant y tu ôl i fi. Eiliad yn ddiweddarach, daeth dau belydryn enfawr o olau rownd y tro a fflachio'u rhybudd ar y perthi o 'nghwmpas.

'CAAAAAAAAAAR!' sgrechiais, gan droi'r beic ar ei ben i'r llwyn wrth i'r car daranu heibio. Teimlais filiwn o frigau miniog yn rhwygo fy wyneb a fy nwylo wrth i'r beic fownsio yn erbyn clustog o ddail a gwthio Noah a fi'n ôl tua'r heol fel pe bai'n grac gyda ni am darfu arno. Ro'n i'n gallu teimlo basged Noah'n dod yn rhydd, ac ro'n i'n gwybod yn union beth fyddai'n digwydd nesaf. Gan lamu oddi ar sedd y beic, gwyliais wrth i fy mysedd a fy nwylo estyn yn ôl i gydio yn Noah a'r cynfas gwyn oedd fel hwyliau llong o'i gwmpas, a'i dynnu ata i. Wrth iddo lanio ar fy mhen gyda phlop mawr trwm a griddfan, pwniodd yr heol fy nghefn, gan gicio pob tamaid o anadl allan o fy ysgyfaint. Gorweddodd y ddau ohonon ni yno'n dawel wrth i fi geisio fy ngorau i anadlu'n iawn eto. O rywle ymhellach i lawr yr heol, clywais sgrech, bwmp, sŵn olwynion yn crafu ac 'Aaaaaaaa!' swnllyd, wedyn bîp cas.

'BÎÎÎÎÎÎÎP DY HUN!' clywais Ben yn gweiddi.

Gan wthio fy hunan a Noah yn ôl ar ein traed, edrychais o gwmpas yn sydyn. Roedd y car wedi diflannu'n ôl i'r tywyllwch fel pe bai erioed wedi bod yno, ac roedd Travis a Ben yn ceisio rhyddhau'u hunain o'r berth. Doedden nhw ddim wedi cwympo fel Noah a fi.

'Pawb yn iawn?' gofynnodd Ben, gan redeg aton ni.

'Aniyah?' gofynnodd Travis, ei lais yn llawn gofid.

Ond wnes i ddim ateb oherwydd, hyd yn oed yn y tywyllwch, roeddwn i'n gallu gweld bod cynfas ysbryd Noah wedi rhwygo a bod ei wefus isaf yn crynu a'i fod e'n sychu'i lygaid. Roedd sgriffiad coch hir ar ei foch ble roedd un o frigau miniog y llwyn wedi'i grafu drwy un o dyllau'r colandr.

'Brifo, Noah?' gofynnais, gan geisio dod yn agos at ei wyneb er mwyn i fi weld yn well.

Nodiodd e. Ro'n i'n gallu gweld ei fod e'n ceisio bod yn ddewr achos doedd e ddim yn sgrechian llefain fel y byddai fel arfer.

Gan lyfu un o 'mhawennau teigr, defnyddiais ef i sychu'r sgriffiad fel byddai Mam yn ei wneud pryd bynnag roedd Noah'n disgyn yn y parc. Roedd hi wastad yn llyfu pethau ac yn rhoi sychad i ni pan fydden ni'n brifo.

'Eeeewwww!' gwaeddodd Noah, gan wthio fy llaw i ffwrdd a sychu fy mhoer, fel byddai'n arfer ei wneud gyda Mam. Am ryw reswm, roedd hynny'n gwneud i fi deimlo'n hapus ac yn drist ar yr un pryd.

'Hei, chi ddim yn meddwl taw'r heddlu neu rywun o'r gwasanaethau oedd hwnna, ydych chi?' gofynnodd Ben, gan edrych ar y ffordd o'n blaenau. Ond roedd popeth yn hollol dywyll a gwag eto.

'Na, b-bydden nhw wedi s-stopio,' dywedodd Travis, gan wgu arna i. 'Aniyah, ti'n siŵr bo ti'n iawn?'

'Ydw,' dywedais yn ysgafn, gan ddweud celwydd. Ro'n i'n gallu teimlo poen yn saethu drwy fy mhigwrn chwith a phinnau bach ar hyd fy mochau a fy ngên, ond doeddwn i ddim eisiau dweud dim rhag ofn y byddai hynny'n golygu troi'n ôl.

'Ond ... dy wyneb di,' meddai Ben, gan bwyntio ato. 'A dy ...' Pwyntiodd i lawr at fy nwylo.

Rhoddodd Noah'r gorau i rwbio'i lygaid ac edrych i fyny ar fy wyneb hefyd.

'Beth?' gofynnais, gan godi fy nwylo. Ro'n i'n gallu gweld bod llawer o sgriffiadau bach coch drostyn nhw – fel pe bai cath grac anweledig wedi ymosod arna i gyda'i chrafangau. Gan godi fy mysedd at fy wyneb, cyffyrddais yn ofalus â fy mochau. Roedd un ochr yn llawn crafiadau. A fy ngên hefyd.

'Dyw e ddim yn brifo,' addewais, gan deimlo'n ddiolchgar nad oedd yn olau dydd a bod neb yn gallu gweld y crafiadau. 'Galla i olchi fy wyneb wedyn.' Gan anwybyddu'r boen ofnadwy yn fy mhigwrn, codais y beic a dringo ar ei gefn.

'Dewch! Rhaid i ni ddal ati!' dywedais, gan geisio gorfodi fy llais i swnio'n normal. Roedd yn rhaid i ni ddal i fynd – allen ni ddim â rhoi'r gorau iddi nawr. 'Allwch chi godi Noah'n ôl i'r fasged?' gofynnais, gan geisio stopio fy llygaid rhag llenwi â dŵr. 'A pha mor bell ydyn ni o Lundain?' Gwthiais y beic oddi ar y berth, gan edrych y tu ôl i fi i wneud yn siŵr fod yr heol yn wag.

'Ffordd b-bell o hyd,' meddai Travis, wrth iddo ddiogelu'r fasged a chodi Noah'n ôl i mewn iddi. 'Rydyn ni b-bron yn Rhydychen. Ond m-mae h-hi b-bron yn naw o'r g-gloch.'

'Ras i Lundain, 'te!' gwaeddais, gan wthio'r pedalau mor galed ag yr oedd fy mhigwrn yn fodlon i mi wneud, a cheisio stopio fy wyneb rhag dangos y boen.

Rhedodd Travis a Ben draw at eu beics ac mewn chwinciad roedden nhw o 'mlaen i eto. Ro'n i'n gallu gweld rhywbeth yn pefrio'n las a llwyd ar flaen beic Travis, a meddyliais tybed beth oedd e. Yn y tywyllwch, roedd yn edrych fel ffôn, ond ro'n i'n gwybod nad oedd ffôn ganddo, felly rhaid taw rhywbeth arall oedd e. Dywedais wrth fy ymennydd am gofio gofyn iddo beth oedd e y tro nesaf bydden ni'n stopio.

Wrth i ni ddal ati i seiclo, ro'n i'n gallu teimlo'r boen yn fy mhigwrn yn mynd yn waeth, a helmed Sophie ar fy mhen yn mynd yn fwy gludiog, a'r briwiau ar fy nwylo a fy wyneb yn brathu mwy. Roedd Ben a Travis wedi bod yn canu a siarad cyn hyn, ond nawr roedden nhw'n dawel, a theimlai fel pe baen nhw'n bell i ffwrdd, fel pe baen nhw'n seiclo mewn byd arall oedd dim ond yn edrych yr un peth. Meddyliais mor braf fyddai gweld arwyddion ffordd i ddweud ble roedden ni, a pha mor bell oedd angen i ni fynd, a faint o fryniau oedd ar ôl i seiclo drostyn nhw, ond doedd dim byd. Dim ond y llinellau di-ben-draw o lwyni pigog, oedd yn gwneud i'r heol edrych hyd yn oed yn fwy tywyll a bygythiol.

Canodd cloch beic Travis eto wrth iddo droi i'r dde, i mewn i lôn fach arall heb ddim enw arni hi. Wrth i ni droi, roedd sŵn rymblan mawr trwy'r awyr, ac fel pe bai llen ddu'n cael ei thynnu dros ein pennau, diflannodd golau'r sêr a'r lleuad ar unwaith. Eiliad wedyn, disgynnodd dafn mawr o ddŵr oer ar flaen fy nhrwyn.

'BRENSIACH Y BLODAU A'R BRESYCH!' gwaeddodd Ben, gan godi'i gwcwll. 'MAE'N BWRW GLAW! TRAVIS! MAE'N BWRW GLAW!'

'DWI'N GWYBOD!' gwaeddodd Travis yn ôl, wrth iddo seiclo hyd yn oed yn gynt. 'D-DILYNWCH FI!'

Gan ddweud wrth fy nghoesau fod yn rhaid iddyn nhw weithio'n galetach nag erioed o'r blaen yn eu bywydau, a chan weiddi ar Noah i ddal yn sownd, plygais fy mhen a gwthio ymlaen. O'r awyr, fel pe bai cawr wedi agor ei ddrws ffrynt a thaflu llond pwced ar ôl pwced o ddŵr allan, dechreuodd llifeiriant o law arllwys i lawr.

Wrth i'n dillad ni fynd yn fwy gwlyb a thrwm, roedd hi'n fwy a mwy anodd gyrru'r beics. Newidiodd yr heol, oedd wedi bod yn sych a chlir, yn nant ddu lithrig, ac roedd dafnau'r glaw yn cuddio golau beics Ben a Travis o fy mlaen. Roedd yn rhaid brwydro yn erbyn y gwynt rhewllyd oedd wedi dechrau chwythu, ein hwynebau a'n bysedd yn teimlo hyd yn oed yn fwy oer a marw. Roedd fy mhigwrn yn sgrechian mewn poen, a'r beic yn dechrau disgyn ymhell y tu ôl, a doedd fy llygaid ddim yn gallu gweld Ben na Travis nawr, ond pan ro'n i ar fin meddwl na fyddwn i ddim yn gallu gwthio'r pedalau i lawr un waith eto, galwodd Travis 'FAN HYN!' a chan ganu'i gloch mor swnllyd ag y gallai, trodd i'r dde.

Yr eiliad ar ôl troi, aeth y ffordd yn lletach a llyfnach. Roedd arwydd mawr yn dweud 'CROESO I DDINAS RHYDYCHEN' o'n blaenau. Hwylion ni fel y gwynt heibio iddo, a chyn bo hir roedd golau stryd a siopau ar gau'n taflu golau o'u harwyddion, a bws yn y pellter ar ochr arall y ffordd gyda goleuadau oren a choch yn wincian.

Gan ganu'i gloch yn swnllyd, neidiodd Travis oddi ar ei feic, a chan redeg wrth ei ochr, anelodd am adeilad mawr gyda grisiau'n arwain i fyny ato a llawer o bileri. Wrth ei ochr, roedd lôn gul ag un polyn lamp yn taflu golau, gydag arwydd glas a gwyn yn dweud Lôn Rheswm.

'Lan fan hyn!' gorchmynnodd Travis, gan bwyntio at y teils sych y tu ôl i'r pileri, o flaen drws mawr pren.

Gan osod ein beics blinedig i bwyso yn erbyn wal, rhedon ni lan y grisiau a sefyll yn un twr, gan grynu wrth i'r glaw daranu i'r llawr.

'Pa mor hir ddylen ni aros?' gofynnodd Ben, gan rwbio'i ddwylo a chwythu arnyn nhw.

Cododd Travis ei ysgwyddau. 'T-tan iddi stopio b-bwrw.'

Nodiodd Ben wrth i Noah gydio'n sownd yn fy nghoes a gwneud sŵn fel ci bach oedd eisiau mynd adref.

'Ond ... fe allai hynny fod am oriau,' dywedais, gan obeithio 'mod i'n anghywir ac y byddai'r glaw'n dod i ben ar unwaith.

'G-gallai,' dywedodd Travis yn dawel, wrth i fflach arian swnllyd oleuo'r awyr. Camodd yn ôl ac eistedd yn erbyn y drws pren. 'Ond allwn ni ddim r-reidio yn hwn. Rhaid i ni aros.'

Edrychais ar y glaw'n dyrnu'r heol a'r dafnau mawr o law'n sblasio o 'mlaen i. Ro'n i'n gwybod nad oedden ni'n debygol o gyrraedd yr helwyr sêr brenhinol a'u cyfrifiaduron mewn pryd nawr. Hyd yn oed pe bai'r glaw'n stopio a'r holl sêr yn gwenu eto i'n tywys ni, roedd fy mhigwrn yn dal i deimlo fel pe bai wedi torri, ac roedd amser yn mynd yn rhy gyflym. Roedd ein Hantur Gyfrinachol wedi methu, ac roeddwn i wedi methu seren Mam. A doedd dim byd y gallwn i ei wneud am y peth.

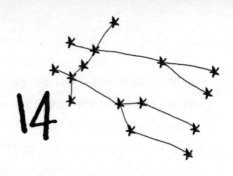

14

Noson y
Pedair Chwedl

'Bobol bach! Yw'r glaw yma'n mynd i stopio fyth?' holodd Ben, wrth gydio mewn llond llaw arall o losin o'i fag trîts. Cynigiodd rai i fi, ond ysgwyd fy mhen wnes i. Roedd fy llwnc wedi cau eto a doedd e ddim yn gadael i fi fwyta dim. Dim hyd yn oed losin poteli cola sur.

Doedd gan neb ohonon ni ateb i gwestiwn Ben, felly wnaethon ni gyd eistedd a syllu. Dechreuodd pen Noah rolio'n araf i lawr fy mraich wrth iddo chwyrnu'n dawel. Gan wthio'i ben yn ôl i fyny, tynnais ei helmed ofod oddi ar ei ben a gwneud fy ysgwydd yn fwy cadarn er mwyn iddo beidio â disgyn eto. Edrychais i lawr ar ei drowsus. Roedd y gwaelodion yn wlyb oherwydd y glaw, ond roedd ei wisg ysbryd wedi gorchuddio'r rhan fwyaf ohono, ac roedd ei drowsus yn dal yn sych yn y canol. Da iawn, oherwydd roedd hynny'n golygu ei fod e ddim wedi gwlychu'i hun eto.

'Felly, beth wnawn ni nawr?' gofynnodd Ben, ar ei drydydd llond dwrn o losin. Roedd Travis yn gorffwyso'i en ar ei bengliniau, a syllu yn ei flaen, yn rhy flinedig i ateb.

Agorais fy ngheg. Ond roedd fy llwnc caeedig yn fy atal rhag dweud y geiriau, 'Rhaid i ni gadw i fynd.'

Gan dynnu rhywbeth bach du o boced ei got, daliodd Travis ef o'n blaenau. Llywiwr lloeren Mrs Iwuchukwu. Felly dyna sut roedd Travis yn gwybod y ffordd a pham nad oedd angen iddo edrych ar ein map ...

'Alla i ddim coelio dy fod ti wedi mynd â hwnna,' gwenodd Ben, gan ysgwyd ei ben. 'Mae Mrs Iw yn mynd i chwyrlïo'i chwaden pan welith hi ei fod e wedi mynd.'

Cododd Travis ei ysgwyddau. 'Wel, welais i'r p-peth yn g-gwefru yn y g-gegin, a m-meddwl, allai helpu. Ta beth, d-dim ond ei f-fenthyg ydw i.' Gwasgodd y botwm 'ON' a daeth llun cartŵn o ddyn moel ag aeliau mawr a gwên lydan ar y sgrin a'r geiriau 'Dynamo Dan – Ar Hyd y Daith' yn fflachio uwch ei ben. Ar ôl eiliad neu ddwy, diflannodd e, a daeth llinell las lydan i'r golwg, a llawer o linellau bach llwyd o'i chwmpas. Yn y canol roedd saeth wen oedd yn edrych fel awyren bapur yn pwyntio at ble roedden ni. Wrth ei ochr roedd y geiriau, 'Ysgolion yr Arholiadau'.

Edrychais dros fy ysgwydd at y drws enfawr y tu ôl i ni. Wyddwn i ddim bod y fath beth ag ysgolion ble rydych chi ond yn sefyll arholiadau! Gwnes nodyn i atgoffa fy hun i beidio byth â mynd i un o'r rheiny.

Pwyntiodd Travis at y rhifau ar waelod sgrin Dynamo Dan. Hedfanodd fy nghalon fel roced pan welais ei fod yn dweud '1.38 HRS' ar un ochr, a '51 MILES' ar yr ochr arall, ond suddodd eto pan ddywedodd Travis, 'D-dyna'r amser m-mewn car. Ar y beics, mae dros ddwbl hynny.'

Nodiodd Ben wrth i fi syllu ar y sgrin fach bitw.

'S-sori Aniyah,' meddai Travis. 'D-dwi ddim yn m-meddwl wnawn ni g-gyrraedd mewn p-pryd ...'

Nodiais a chnoi fy nhafod mewn tymer. Efallai fydden i wedi cyrraedd yr helwyr sêr mewn pryd petawn i wedi gadael ddoe pan o'n i'n gwybod beth oedd rhaid i fi ei wneud, a heb adael i neb ddod gyda fi!

'Mae Mrs Iw yn mynd i'n lladd ni,' meddai Ben gan dynnu losin careiau mefus â'i ddannedd. 'Ond os yw hi,' ychwanegodd, 'dwi'n mynd i'w hatgoffa hi ei bod hi'n arfer rhedeg i ffwrdd drwy'r amser pan oedd hi'n un ohonon ni.'

Edrychais draw ar Ben, gan deimlo sioc a dryswch. Roedd y sioc yn ddigon i ddod â fy llais yn ôl, a chlywais fy hun yn gofyn, 'Be ti'n feddwl? Oedd hi'n blentyn maeth hefyd?'

'Oedd! Ac roedd hi'n ddrwg iawn,' meddai Ben, gan blygu ymlaen i 'ngweld i'n well. 'Roedd hi'n arfer rhedeg i ffwrdd drwy'r amser, achos roedd hi'n casáu pawb – ac wedyn fe gafodd hi fam faeth hyfryd dros ben a phenderfynodd hi bryd hynny taw dyna roedd hi'n mynd i fod pan fyddai hi'n fawr. Dyna pam mae hi mor arbennig o garedig aton ni.'

'Ond – sut ddaeth hi'n blentyn maeth?' gofynnais, gan feddwl tybed pam oedd hi erioed wedi dweud wrth Noah a fi ei bod hi wedi arfer bod fel ni.

'Aeth ei mam hi'n rhy sâl i ofalu amdani hi, a doedd neb arall eisiau hi,' dywedodd Ben. 'Gafodd hi ei rhoi i ffwrdd, a dod yn blentyn maeth. Wedyn fuodd ei mam hi farw a cheisiodd hi gael ei mabwysiadu, ond doedd hi ddim yn gallu erbyn hynny achos roedd hi'n rhy hen, felly roedd hi'n rhedeg i ffwrdd drwy'r adeg.'

'Rhy hen?' gofynnais, gan wgu.

'Ie,' meddai Ben. 'Dim ond plant maeth ifanc sy'n cael eu mabwysiadu. Os wyt ti'n fabi, ti'n sicr o gael dy fabwysiadu. Ond pan fyddi di'n hŷn ac yn dod yn dy arddegau, does neb dy eisiau di achos mae gen ti hormôns a phlorod a stwff yn dod allan ohonot ti, a ti'n mynd yn rhy dal. Dyna pam mae Travis a fi'n trio gwneud i Mrs Iw ein mabwysiadu ni. Rydyn ni'n tyfu'n rhy hen a rhy dal, felly dyma ein cyfle olaf ni, sbo.'

Edrychais at Travis. Agorodd ei lygaid a nodio'i ben ataf, fel pe bai bod yn dal yn rhywbeth yr hoffai ef ei newid.

'Roedd Mrs Iw eisiau cael ei phlant ei hun yn ogystal â'r plant maeth,' dywedodd Ben eto, gan stwffio losin mefus arall i'w geg. 'Ar ôl priodi Mr Iwuchukwu.' Gan lyncu'n galed eto, meddai, 'Ond doedd Mr Iwuchukwu a hi'n methu cael plant, ti'n gweld, ac wedyn gafodd Mr Iw ganser a marw, felly aeth hi'n fam faeth.'

'O,' sibrydais; wyddwn i ddim beth arall i'w ddweud. Nawr ro'n i'n deall pam bod Mrs Iwuchukwu'n gwenu gymaint, a byth yn rhoi stŵr i Noah am wlychu'r gwely na sgrechian a llefain. Ro'n i'n gofidio hyd yn oed yn fwy nawr nag o'r blaen hefyd – achos beth os nad oedd Mrs Iwuchukwu'n coelio mai fy syniad i yn unig oedd rhedeg i ffwrdd i Lundain a'i bod hi'n penderfynu dylai Travis a Ben fod yn blant maeth am byth? Beth os oeddwn i wedi peryglu eu cyfle olaf i gael eu mabwysiadu drwy adael iddyn nhw ddod gyda fi i ddarganfod seren Mam? Dechreuodd lwmpyn mawr iawn a real iawn dyfu yng nghefn fy llwnc.

'Ond d-does dim angen i t-ti a Noah b-boeni,' meddai Travis. 'M-mae Noah'n fach, ac mae p-pobl yn hoffi cael b-brawd a chwaer gyda'i g-gilydd.'

'Pam dyw Mrs Iwuchukwu ddim wedi'ch mabwysiadu chi eto?' gofynnais, 'Chi'ch dau'n llawer neisach na Sophie! Fe ddylai hi fod wedi eich mabwysiadu chi, nid Sophie!'

Ysgwyd ei ben wnaeth Travis, a dywedodd Ben, 'Na, mae Sophie wedi bod gyda Mrs Iw ers oedd hi'n chwech oed! Dim ond llynedd daeth Travis a fi – Travis yn gyntaf, a finne ryw bythefnos ar ei ôl e. Dyw hwnna ddim yn ddigon o amser iddi benderfynu a yw hi eisiau ein mabwysiadu ni am byth eto.'

'Ie,' cytunodd Travis, gan edrych ar ei bengliniau eto.

Roedd pawb yn dawel am funud, wedyn gofynnais y cwestiwn ro'n i wedi bod eisiau'i ofyn ers y noson gyntaf honnno yn nhŷ Mrs Iwuchukwu. 'Ond felly, pam ydych chi eich dau'n blant maeth? Wnaeth eich mam a'ch tad chi ddiflannu hefyd?' gofynnais.

Edrychodd Ben a Travis ar ei gilydd mewn tawelwch, fel pe bai'r naill yn gofyn i'r llall a ddylen nhw ddweud. Rhaid bod y ddau wedi ateb ie, achos edrychodd Ben yn ôl arna i a dweud, 'Dwi'n blentyn maeth achos bod Mam a Dad methu gofalu amdana i a fy chwaer ddim mwy.'

'O!' dywedais, gan nodio. Fe orfodais fy wyneb i aros yr un peth, er bod fy ngheg eisiau disgyn ar agor ac roedd fy llygaid eisiau syllu arno fe hyd yn oed yn fyw. Roedd gan Ben chwaer! A mam a thad hefyd!

Edrychodd Ben i lawr, a siarad i mewn i'w gwcwll fel tasai hwnnw wedi gofyn y cwestiwn iddo, nid fi. 'Roedd Dad yn arfer bod yn ddyn gwneud delifris,' aeth yn ei flaen. 'Roedd ganddo fe'i fan ei hun a phopeth. A phan fyddai e'n hapus, byddai e'n mynd â ni i weld y gemau pêl-droed. Fe roddodd hwn i fi,' dywedodd, gan gyffwrdd â'i hwdi. 'Am ein bod ni'n cefnogi Newcastle United. Roedd e'n dod o fan 'na.'

Nodiais. Roedd gen i hoff siwmper hefyd. Roedd Mam a Dad wedi'i phrynu i fi o Disneyland. Un *Lion King* a lluniau o lewod arni oedd hi – rhai go iawn, nid rhai cartŵn – a gliter aur yn eu llygaid. Pe bai honno gen i o hyd, byddwn i'n ei gwisgo drwy'r amser hefyd.

'Ond wedyn, pan gollodd e'i swydd, a'r busnes yn cau, aeth Dad yn drist iawn,' aeth Ben yn ei flaen. Sniffiodd, fel pe bai'i drwyn yn llawn. 'A dyna pryd ddechreuodd e fynd i'r dafarn yn aml. A phan fyddai e'n dod adre, byddai e'n gweiddi arnon ni i gyd ac yn brifo Mam … Wedyn un diwrnod, dywedodd Mam wrtho am fynd a pheidio dod yn ôl byth, ac fe wnaeth e frifo pob un ohonon ni gymaint nes i fi a fy chwaer gael ein cludo i ffwrdd a'n rhoi mewn llwyth o dai maeth gwahanol gyda llawer o rieni maeth gwahanol. Doedden ni ddim yn hoffi'r rhan fwyaf ohonyn nhw, felly roedden ni'n rhedeg i ffwrdd drwy'r amser. Ond pan ddaethon ni at Mrs Iw, roeddwn i'n hoffi bod yno, felly wnes i aros ...'

'A dy chwaer?' gofynnais, gan obeithio nad oedd hi'n byw'n rhy bell o dŷ Mrs Iwuchukwu.

'Doedd hi ddim yn hoffi byw mewn cartrefi maeth,' atebodd Ben, gan sniffian yn fwy swnllyd fyth. 'Felly rhedodd hi i ffwrdd eto. Ond mae hi'n ddeunaw oed nawr, felly mae hi'n cael byw ar ei phen ei hun. Symudodd hi i Gymru a ... wel, dyw hi ddim yn hoffi fy ngweld i, achos mae'n codi atgofion drwg. Dyna'r stori i gyd.' Doedd Ben heb godi'i ben o'i siwmper unwaith.

'O,' dywedais eto, gan feddwl tybed ble roedd mam go iawn Ben nawr, ac oedd hi'n iawn? Ond roeddwn i'n synhwyro nad oedd e eisiau i fi ofyn mwy o gwestiynau, felly wnes i ddim.

Edrychodd llygaid Travis dros ben Noah ata i wrth i fi aros iddo ddweud rhywbeth. Agorodd ei geg, ac wedyn gan edrych draw at Ben, dywedodd, 'B-ben, d-dwed di.'

Rhoddodd Ben nòd fach a dweud, 'Fe fuodd mam Travis farw pan oedd e'n saith – roedd hi'n sâl ac roedd e gyda hi ar ei ben ei hun pan ddigwyddodd e. Roedd ei dad e wedi gadael pan oedd e'n dal yn fabi, felly wnaeth y bobl gofal wneud iddo fyw gyda'i fodryb am dipyn bach. Ond doedd hi ddim yn neis wrtho fe, felly un diwrnod gafodd e ei gymryd oddi wrthi hi a'i roi mewn cartrefi maeth, a dyna ble mae e wedi bod byth ers hynny.' Gorffennodd Ben drwy godi'i ysgwyddau, fel pe bai'r hyn roedd e'n ei ddweud yn ddigon normal.

Edrychais i fyny ar Travis, ond doeddwn i ddim yn gallu gweld ei lygaid nawr. Roedd ei wallt wedi disgyn dros ei wyneb, ac roedd e'n edrych ar ei bengliniau ac yn fflicio rhywbeth anweledig oddi arnyn nhw gyda'i fysedd. Nawr ro'n i'n gwybod pam roedd Travis wedi gofyn sut sŵn oedd clywed calon Mam yn gadael ei chorff a throi'n seren.

'Dyw e ddim yn hoffi siarad am y peth,' meddai Ben. 'Achos mae'r meddygon yn dweud taw dyna pam mae e'n atal dweud. Ei fodryb achosodd e.'

Gwgais, gan feddwl tybed sut gallai rhywun roi atal dweud i rywun arall. Roedd Noah'n arfer atal ambell waith, ond dim ond pan fyddai gormod o ofn arno ddweud wrth Mam a Dad ei fod e wedi bod yn ddrwg a thorri rhywbeth. Ac wedyn byddai e'n mynd yn ôl i siarad yn normal.

'Wnaeth ei *fodryb* roi atal iddo?' gofynnais.

Nodiodd Ben. 'Do ... ti'n gwybod ... drwy godi gormod o ofn arno fe i gael ei eiriau mas. Weithiau pan fydd Sophie'n arbennig o gas, bydd hi'n gwneud ei atal e'n waeth.'

Rhoddodd Travis sniff swnllyd, fel roedd Ben wedi gwneud.

'Pam mae Sophie mor gas i bawb?' gofynnais, gan feddwl am fy mowlen sbageti a'r ffordd roedd hi'n syllu i ddweud dwi'n-dy-gasáu-di a fy loced. Pan feddyliais amdani'n achosi i atal dweud Travis fynd yn waeth, cododd fwy o gasineb fyth ati ynof i. Doeddwn i ddim erioed wedi cwrdd â neb mor gas â hi.

'Achos m-mae arni hi ofn b-byddwn ni'n cael ein m-mabwysiadu hefyd,' meddai Travis yn dawel.

Nodiodd Ben. 'Roedd hi fel ni unwaith – plentyn maeth. Ond wedyn roedd Mrs Iw yn ei charu hi, ac wedi'i mabwysiadu hi, a dyw Sophie ddim eisiau iddi hi garu na mabwysiadu neb arall. Am wn i bod ofn arni y bydd Mrs Iw'n eu caru nhw'n fwy na hi, neu'n gofalu mwy amdanyn nhw. Mae hi'n ceisio gwneud i bawb adael drwy fod yn gas iddyn nhw, er ei bod hi'n gwybod sut deimlad yw peidio cael teulu dy hun. Fe fuodd ei thad hi farw pan oedd hi'n fach a doedd ei mam hi ddim eisiau hi, felly rhoddodd hi Sophie i ffwrdd. Aeth hi i ryw gartrefi maeth eraill a chael rhieni maeth eraill hefyd, ond wedyn cymerodd Mrs Iw hi pan oedd hi'n chwech, a wnaeth hi ddim gadael wedyn. Roedd hi'n lwcus *dros ben*.'

'Oedd,' dywedodd Travis, a gwthio'i wallt yn ôl o'r diwedd er mwyn i ni allu gweld ei wyneb eto. Roedd ei lygaid yn arbennig o sgleiniog.

Arhosais yno, gan eistedd yn dawel a meddwl am bopeth roeddwn i wedi'i glywed. Doeddwn i ddim erioed wedi clywed am famau'n rhoi'u plant i ffwrdd o'r blaen, na phobl yn trin pobl eraill mor ofnadwy nes rhoi atal dweud i chi, na thadau oedd yn brifo mamau gymaint nes bod pawb yn gorfod chwalu. Roedd y cyfan yn swnio mor ych-a-fi ac annheg.

Gan roi fy mhen ar ben Noah, meddyliais tybed ble roedd Dad, a pham nad oedd e wedi dod i chwilio amdanon ni eto. Roedd e wastad yn dweud taw 'dyn teulu' oedd e, felly roeddwn i'n gwybod na fyddai e'n hapus nad ydyn ni'n deulu nawr. Yn y gwesty-oedd-ddim-wir-yn-westy, roedd Mam wedi dweud bod angen i ni aros i guddio oddi wrth Dad am amser maith. Ond nawr ei bod hi wedi mynd, ro'n i'n siŵr nad oedd hynny'n wir, a gynted byddai e'n dod o hyd i ni, bydden i'n gofyn iddo helpu Ben a Travis i gael eu mabwysiadu'n sydyn er mwyn iddyn nhw beidio gorfod becso mwyach.

Daeth fy meddyliau i ben yn sydyn pan stopiodd bws mawr coch o'n blaenau, gan dasgu dŵr glaw ar hyd y grisiau, a gwneud i ni godi ein coesau'n dynn yn erbyn ein cyrff. Roedd llawer o olau'n dod o'r bws ac roedd llawer o bobl ynddo, rhai'n cysgu â'u pennau'n gwasgu yn erbyn y ffenestri. Gwichiodd y drysau dwbl ar agor a daeth rhywun oedd yn cuddio'u pen o dan eu cot allan a rhedeg i lawr Lôn Rheswm.

Wrth i'r bws gau'i ddrysau a dechrau gyrru i ffwrdd, eisteddodd Travis i fyny'n stond. 'Edrychwch!' mynnodd, gan bwyntio'n llawn cyffro at gefn y bws.

Pwysais ymlaen a darllen y llythrennau gwyn enfawr oedd wedi'u hysgrifennu ar gam ar hyd cefn y bws cyn iddyn nhw ddiflannu. Dyma roedden nhw'n ei ddweud:

'Dyna'r ateb!' galwodd Ben, gan roi pwniad i Travis ar ei fraich. 'Wnawn ni ddal y bws i Lundain!'

Eisteddais i fyny gan deimlo cymaint o gyffro nes i mi anghofio am eiliad am ben Noah, a theimlais e'n rholio'r tu ôl i mi. Cydiais ynddo a rhoi ei ben yn ôl ar fy ysgwydd eto.

'Allen ni?' gofynnais. Pe baen ni'n dal y bws ar unwaith, efallai gallen ni gyrraedd Llundain cyn hanner nos! 'Oes digon o arian gyda ni i brynu tocynnau?'

Nodiodd Travis. 'Oes, d-dylen ni fod yn iawn! Mae B-ben a fi wedi dod â'n harian i g-gyd g-gyda ni. Ond bydd angen i ni aros tan y b-bore, pan fydd mwy o b-bobl a f-fydd y g-gyrwyr ddim yn g-galw'r heddlu!'

'Ie,' cytunodd Ben, gan ysgwyd ei fag a gwneud i'r arian oedd ynddo fe dincial. 'A bydd y bws yn llawer mwy diogel na mynd ar y beic – yn enwedig os yw Mrs Iw wedi ffonio'r heddlu a'n bod ni'n droseddwyr maen nhw'n chwilio amdanyn nhw erbyn hyn! Hefyd, chawn ni ddim o'n bwrw drosodd gan unrhyw geir hurt wedyn,' ychwanegodd.

'Ond … mae'r gystadleuaeth yn cau heno. Bydd hi'n rhy hwyr yn y bore,' atgoffais i nhw. 'Fydd yr helwyr sêr ddim yno ar ôl iddi oleuo – dim ond pan fydd y sêr allan yn y nos maen nhw'n gweithio. Ac os nad ydyn nhw yno, fydd neb yn gallu dweud wrthyn nhw am seren Mam. Mae'n well os awn ni nawr!'

Ysgydwodd Travis ei ben. 'Mae hi'n rhy h-hwyr i ni gael un nawr. Fydd neb ein hoedran ni m-mas mor h-hwyr â hyn – h-hyd yn oed ar noson C-calan Gaeaf! Ond os awn ni yn y b-bore,' meddai Travis, gan gyffroi, 'g-gallwn ni g-gyrraedd erbyn y p-parti g-gala! Cofio? Bydd y c-cyfrifiaduron yn d-dewis enw am hanner n-nos ond fydd n-neb yn g-gwybod beth yw'r enw tan y p-parti yfory!'

Edrychais i lawr ar Noah a meddwl yn galed. Roedd Ben a Travis yn iawn. Roedd y wefan yn dweud na fyddai enw seren Mam yn cael ei gyhoeddi tan y gala ... oedd yn golygu bod gyda ni ddiwrnod cyfan i gyrraedd yr helwyr sêr a gwneud yn siŵr eu bod nhw'n defnyddio enw go iawn Mam ar gyfer ei seren hi, nid rhyw enw ffug roedd y cyfrifiaduron wedi'i ddewis. Ro'n i'n gwybod na fyddai Mam eisiau'r enw anghywir, ond ro'n i hefyd yn gwybod na fyddai ots ganddi aros ychydig bach yn hirach er mwyn i fi wneud popeth yn iawn. Roedd cyfle i ni o hyd – cyn belled na fyddai Mrs Iwuchukwu a'r heddlu'n ein dal ni!

'Iawn,' dywedais, gan geisio stopio fy hun rhag rhedeg ar ôl y bws – hyd yn oed yn y glaw. 'Fe awn ni'r eiliad bydd hi'n fore.'

'G-gawn ni ychydig o g-gwsg g-gyntaf,' meddai Travis, gan dynnu cwcwll ei wisg ysgerbwd dros ei ben.

Nodiodd Ben gan sibrwd, 'Mae Mrs Iw yn bendant yn mynd i'n lladd ni ...' Tynnodd ei glogyn o gwmpas ei gorff a rhoi'i fwgwd Darth Vader dros ei wyneb i'w gysgodi rhag y glaw.

Wrth fy ochr, rhoddodd Noah ochenaid arall a rholio'i ben draw ar fraich Travis.

Ro'n i eisiau cysgu hefyd, achos roedd fy llygaid yn teimlo fel fy mhigwrn – wedi chwyddo ac yn boenus ac yn rhyfedd. Ond bob tro ro'n i'n cau fy llygaid, ro'n i'n meddwl am y straeon am Mrs Iwuchukwu a Ben a Travis a Sophie, a meddwl tybed faint o blant maeth a rhieni maeth a chartrefi maeth oedd yn y byd, a pham nad o'n i erioed wedi clywed amdanyn nhw o'r blaen, cyn i fi orfod dod yn un a byw mewn un. Felly cadwais fy llygaid ar agor ac edrych ar y glaw yn tasgu ar y grisiau o 'mlaen i. Yn raddol, fel pe bai rhywun yn gwthio gwlân cotwm i fy nghlustiau, aeth sŵn y glaw yn bellach a phellach i ffwrdd. Daeth fy amrannau'n rhy drwm i'w dal ar agor, a heb i fi wybod pryd, ildiais, a theimlo fy hun yn cael fy sugno i dwll mawr du cwsg.

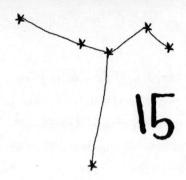

Eitemau Anarferol ac Amheus

'OI! BETH Y'CH CHI BLANT YN GWNEUD FAN HYN?'

Rhwygodd fy llygaid ar agor a syllu ar y dyn dieithr oedd yn edrych i lawr arna i. Roedd e'n gwisgo trowsus melyn llachar a siaced yr un lliw â pheniau uwcholeuo Dad, ac roedd e'n syllu arna i drwy farf mawr gwyn ac aeliau hyd yn oed yn fwy, ac yn dal brwsh mawr pren fel ffon gerdded.

Ceisiais agor a chau fy llygaid er mwyn deffro fy ymennydd, achos doeddwn i ddim yn gwybod ble roeddwn i, neu a oeddwn i'n dal i gysgu. Wrth i fi godi ar fy eistedd, gwelais helmed ofod Noah'n rholio oddi ar fy mhengliniau a chlindarddach i lawr i'r llawr teils. Yn sydyn, ro'n i'n cofio! Roedden ni yn Rhydychen – ac roedd yn rhaid i ni ddal y bws a chyrraedd Llundain cyn y gala heno!

'WEDES I, BETH Y'CH CHI BLANT YN GWNEUD FAN HYN? Mae Calan Gaeaf DROSODD! A beth? Beth mae'r un bach 'ma'n gwneud fan hyn? DWEDWCH?'

Gan neidio ar ei draed, cydiodd Travis yn ei fag yn sydyn a rhoi cic i Ben â'i droed i'w ddeffro.

'S-sori, syr,' dywedodd, wrth i fi ysgwyd Noah i'w ddeffro. 'Aethon ni ar g-goll ar y ffordd adre ar ôl gwneud t-tric a thrît! Ro'n ni'n ymweld ...'

' ... â – Mam-gu!' meddai Ben o'r tu ôl i'w fwgwd Darth Vader.

Gan dynnu Noah ar ei draed, nodiais innau hefyd. Ond nawr bod Noah ar ddihun, roedd e'n dechrau llefain. Roedd e'n rhy flinedig i wybod beth oedd yn digwydd, ac roedd e eisiau Mam.

'Paid becso, Noah, ni'n mynd i dŷ Mam-gu nawr!' dywedais, gan gydio'n dynn yn ei law a fy mag a sefyll ar fy nhraed. Roedd fy mhigwrn yn teimlo hyd yn oed yn fwy chwyddedig a phoenus na neithiwr erbyn hyn. Gan geisio anwybyddu'r boen, herciais i lawr y grisiau cyn gynted â gallwn i.

Gwyliodd y dyn ni â gwg wrth i ni gydio yn ein beics a brysio i lawr yr heol. Wyddwn i ddim a oedden ni'n mynd y ffordd gywir, hyd yn oed, ond doedd dim ots. Roedd rhaid i ni fynd i rywle ble na fyddai'r dyn yn gallu ein gweld ni. Edrychais dros fy ysgwydd a'i weld e'n ein gwylio ni, gan ysgwyd ei ben. Codais fy llaw arno a cheisio gwenu. Syllodd arna i a'i wyneb yn plygu'n llu o rychau, cyn mynd yn ôl yn y diwedd at ei waith o frwsio'r teils lle buon ni'n cysgu.

Dechreuodd Noah grio a dal yn sownd yn fy nghoes, gan wneud cerdded yn galetach fyth.

'Noah, shhhh! Cofia'n bod ni ar ein ffordd i helpu rhoi'r enw cywir ar seren Mam – cofia! Rydyn ni ar antur!'

'Dere,' meddai Travis, wrth iddo godi Noah a'i roi i eistedd ar sedd uchel ei feic. 'Dal yn sownd yn y beic, Noah!' gorchmynnodd.

Ar unwaith, stopiodd Noah lefain a chydio yn ffrâm y beic, a golwg wedi cyffroi ar ei wyneb.

'Eisiau peth, Noah?' gofynnodd Ben, gan dynnu pecyn o greision o'i hwdi. Sychodd Noah ei ddagrau a chydio mewn llond llaw â gwên. Gan eu gwthio i'w geg, dechreuodd hymian, oedd yn arwydd ei fod yn hapus.

'B-ble g-gest ti nhw?' gofynnodd Travis â gwg.

'Dwn i ddim,' meddai Ben. 'Dod o hyd iddyn nhw yng ngwaelod y bag. Dwi wedi bwyta popeth oedd yn y cwdyn trîts. Unrhyw un eisiau rhannu'u –

'Aros! Aniyah! Be sy'n bod ar dy d-droed?' gofynnodd Travis, gan orfodi pawb i stopio.

'Dim byd!' Celwydd oedd hynny, a gwnes fy ngorau i roi fy nhroed yn fflat ar y llawr. Ond roedd yn brifo gormod a bu'n rhaid i fi fynd yn ôl ar flaenau fy nhraed ar unwaith.

'Wow!' meddai Ben, gan blygu i edrych, 'Aniyah! Mae'n edrych fel tasai eirinen wedi tyfu arnat ti!'

Edrychais i lawr a throi fy nghoes er mwyn gweld fy mhigwrn yn well. Roedd Ben yn iawn. Roedd wedi chwyddo fel pêl ddyfrllyd hyll ofnadwy ar ôl i fi gysgu, a throi'n rhyw liw porffor-las rhyfedd. Roedd yn edrych fel eirinen go iawn.

'Ti 'di b-brifo,' meddai Travis, gan wgu. 'Rhaid i ni fynd i'r ysbyty!'

'NA!' gwaeddais – er nad o'n i wedi bwriadu gweiddi o gwbl. 'Plis! Dwi'n iawn! Dwi dim ond eisiau ...' Ond wyddwn i ddim beth ro'n i eisiau i wneud i'r boen ddiflannu. Felly dywedais, 'Dwi 'mond eisiau cerdded arno fel hyn!' Rholiais fy meic heibio i Travis gan gerdded ar flaen bodiau'r droed oedd yn brifo, a cherdded yn y ffordd arferol ar y llall.

'Ti'n gweld? Dyw e ddim yn brifo gymaint â hynny! Mae'n edrych yn waeth nag yw e, wir!'

'Ti'n siŵr?' gofynnodd Ben, a golwg ddim yn siŵr o gwbl ar ei wyneb.

'Addo,' dywedais, gan obeithio fod fy ngwên yn edrych fel gwên go iawn. 'Dewch – plis! Gawn ni fynd?'

Nodiodd Ben a Travis a fy nilyn i lawr yr heol. Ar ôl munud o hanner mynd ar flaenau fy nhraed a hanner cerdded heibio i siopau a chaffis oedd ar gau, stopiais. Roedden ni wedi dod i groesffordd oedd yn mynd i bedwar cyfeiriad. O'n blaenau, roedd eglwys fach a'r cloc arni'n dangos ei bod hi bron yn chwarter i wyth, oedd yn golygu bod gyda ni ychydig dros un awr ar ddeg i gyrraedd Llundain, dod o hyd i'r helwyr sêr a rhoi stop ar y gystadleuaeth.

'Travis, ydyn ni'n mynd y ffordd gywir?'

'O!' meddai Travis gan estyn am y llywiwr lloeren yn ei boced, ac yna stopio ac edrych i fyny. 'Ydyn! Ni'n m-mynd y ffordd iawn!' Uwch ein pennau roedd polyn hir du â llawer o arwyddion saeth gwyn yn pwyntio i sawl cyfeiriad. Roedd un yn pwyntio'n syth ymlaen oedd yn dweud 'Gorsaf Fysiau 500 llath'.

Tra oedden ni'n rholio'n beiciau heibio i ragor o siopau a bwytai, roedden ni'n gallu dechrau clywed hymian a chwyrnu injans a phobl a cheir. Roedd y strydoedd gwag yn dechrau llenwi, ac agosaf i gyd roedden ni'n mynd at yr orsaf fysiau, mwyaf o bobl roedden ni'n eu gweld.

'Pam mae pawb yn syllu?' sibrydodd Ben wrth i ni gyrraedd sgwâr fawr lle roedd llawer o bobl yn gosod eu stondinau.

Edrychais o gwmpas. Roedd Ben yn iawn – ble bynnag roedden ni'n cerdded, roedd oedolion yn syllu arnon ni â gwg a'u llygaid yn pefrio.

Codais fy ysgwyddau, ond wedyn gwelais fenyw'n cario bocs llawn llyfrau'n stopio'n stond i syllu ar Ben a Travis.

Wrth gwrs!

'Ein gwisgoedd ni!' sibrydais, gan sylweddoli mor rhyfedd fyddai gweld teigr, ysgerbwd, Darth Vader ac ysbryd bach a cholandr ar ei ben yn cerdded ar hyd y strydoedd nawr fod Calan Gaeaf wedi gorffen.

'O, ie!' meddai Ben, gan dynnu'i fwgwd Darth Vader a'i wthio i'w fag.

Edrychodd Travis a fi ar ein gilydd yn llawn pryder, oherwydd doedd dim dillad gwahanol gyda ni i newid iddyn nhw.

'Na!' gwaeddodd Noah, gan wthio fy llaw i ffwrdd pan geisiais dynnu'r colandr oddi ar ei ben a thynnu'i wisg ysbryd i ffwrdd.

'Edrych, mae toiledau draw fan 'na,' meddai Ben, gan bwyntio at arwydd metel. 'Dwi angen mynd! Beth am i ni gyd fynd, ac ymolchi hefyd?' Nodiais, wrth i Ben a Travis roi'u beics i bwyso yn erbyn wal a brysio i mewn.

'Fi eisiau mynd hefyd!' cwynodd Noah, gan wthio fy llaw oddi ar ei fraich.

'Noah, na! Alli di ddim! Toiledau'r bechgyn mawr yw'r rheina!'

'Dim ots! Eisiau MYND!' Gan dorri'n rhydd o 'ngafael, rhedodd Noah i mewn i doiledau'r dynion hefyd. Dyna'r tro cyntaf roedd e wedi fy ngadael o'i wirfodd a gwneud rhywbeth ar ei ben ei hun ers i Mam adael. Roeddwn i'n teimlo'n ofidus, ond ro'n i hefyd yn falch fod ganddo ddau frawd mawr i'w helpu.

Ar ôl rhai munudau'n gwylio drws y toiled a cheisio esgus nad o'n i'n gwneud, daeth Travis a Ben allan a Noah'n sgipio wrth eu hochr. Roedd e'n dal i wisgo'i helmed ofod, ond doedd e ddim yn gwisgo'r cynfas ysbryd nawr, ac roedd ôl siocled ar hyd ei wyneb.

'Diolch,' dywedais wrth i Travis roi cynfas ysbryd Noah i mi ei roi yn fy mag. 'Dwi angen mynd hefyd,' dywedais. Nodiodd Travis a dal fy meic tra 'mod i'n mynd i mewn i olchi fy wyneb a fy nwylo. Cefais ofn pan edrychais yn y drych i ddechrau oherwydd roeddwn i wedi anghofio am y sgriffiadau dros fy wyneb a fy nwylo. Roedden nhw wedi sychu dros nos, gan wneud i fi edrych fel teigr oedd wedi bod yn ymladd. Golchais fy wyneb a sychu fy mhigwrn â dŵr oer oherwydd roedd yn teimlo ar dân. Roedd yr eirinen yn lliw hyd yn oed yn fwy tywyll nawr, ond doeddwn i ddim am i Ben a Travis fy stopio am ei fod yno, felly tynnais fy nghoesau teigr i lawr yn is i'w guddio.

Gan deimlo'n fwy effro, es yn ôl at Travis a Ben a gwthion ni ein beics i'r orsaf fysiau.

'Waw,' dywedais, gan edrych ar y rhes o fysys sgleiniog coch ac oren a gwyrdd a phorffor yn sefyll mewn rhes hir dwt, fel awyrennau mewn maes awyr.

'Yr un c-coch yna ni eisiau,' meddai Travis, gan bwyntio at fws deulawr mawr Tiwb Rhydychen. Roedd y geiriau 'Llundain Gorsaf Victoria' yn fflachio'n oren ar y ffenest flaen, wnaeth wneud i 'nghalon i deimlo fel fflachio hefyd.

'Sut ydyn ni'n mynd i fynd ar y bws?' gofynnodd Ben, gan edrych o'i gwmpas yn nerfus. 'Oes wir gyda ni ddigon o arian ar gyfer tocynnau i bawb?'

Nodiodd Travis 'Mae g-gen i ddau ddeg t-tri o bunnoedd. Ac os yw'r t-tocynnau'n wyth bunt yr un, m-mae angen ...' Lledodd Travis ei fysedd fel gwyntyll eto. Ond cyn iddo ddweud dim, gwaeddais i 'Tri deg dwy o bunnoedd!' Doeddwn i ddim yn gyfrifiadur dynol eto – roeddwn i wedi cyfri faint fyddai angen arnon ni neithiwr pan welais i arwydd y bws. Ond roedd wyneb Travis yn edrych fel pe bawn i wedi creu argraff arno fe.

'Ie, t-tri deg dau o bunnoedd. Faint sy g-gen ti?' gofynnodd, gan edrych ar Ben.

'Saith bunt dau ddeg tri,' meddai Ben.

'Beth?' gofynnodd Travis, a'i wyneb mewn sioc. 'Rhoddodd Mrs Iw ddegpunt i ti ddydd Mercher! Ro'n i'n meddwl ei fod e gen ti o hyd!'

'Brynes i sticeri a chael rholyn sglods,' gwgodd Ben. 'Do'n i ddim i fod i wybod byddai angen arian am hyn, oeddwn i? Ac mae gan Mrs Iw fy ngherdyn cynilo i!'

Ysgydwodd Travis ei ben wrth i hen ddyn a hen fenyw gerdded heibio'n dal dwylo. Roedden nhw'n edrych fel dau bengwin hapus, a gwenodd y ddau arnon ni wrth iddyn nhw basio. Roedd hi'n wên fawr i ddechrau, ond pan welson nhw fy wyneb i, a'r mwd ar fy nghynffon, trodd eu gwên yn wg.

'Dewch, meddai Travis, a'i lygaid yn dilyn yr hen bâr oedd erbyn hyn yn edrych yn ôl arnon ni ac yn sibrwd ar ei gilydd. 'B-brysiwch!'

Gan fynd draw at ben pella'r llinell hir o fysiau, fe welson ni biler mawr y tu ôl i'r un roedden ni angen ei ddal. Fe bwyson ni ein beics a'n helmedau yn ei erbyn a gwylio popeth oedd yn digwydd o'n blaenau. Doedd Noah a fi erioed wedi bod i orsaf fysiau o'r blaen – roedden ni wedi bod ar fws adeg tripiau ysgol, ond fel arfer byddai Dad a Mam yn gyrru ni i bobman yn y car. Roedd hyn yn gyffrous, yn teimlo fel bod mewn maes awyr – ond doedd dim clwydi na beltiau symud cesys ac roedd popeth yn yr awyr agored. Roedd gyrwyr y bysys yn edrych ychydig fel peilotiaid, achos roedd gan bawb grys gwyn a siaced yr un lliw â'r bws roedd e'n ei yrru – ond roedden nhw hefyd yn gweiddi lot fawr ac yn helpu pobl i symud eu cesys, a fydd peilotiaid byth yn gwneud hynny.

'Os oes dim digon o arian gyda ni i gael tocynnau, sut ydyn ni'n mynd i fynd ar y bws?' gofynnais, gan obeithio y byddai Ben yn gwybod yr ateb am ei fod e wedi rhedeg i ffwrdd gymaint o weithiau o'r blaen. Ond codi'i ysgwyddau wnaeth e.

'Dwi ddim erioed wedi rhedeg i ffwrdd ar fws,' meddai e. 'Es i ar drên unwaith ond ...'

Gwenodd Travis. 'Ond g-gafodd e ormod o ofn a m-mynd i ffwrdd ar ôl d-dwy orsaf!'

'Ie, wcl, oedd e'n frawychus!' meddai Ben, gan edrych arna i fel pe bai e am i fi ei gredu. 'Dim ond wyth oeddwn i! AC ro'n i ar ben fy hun!'

Nodiais, oherwydd ro'n i'n gwybod y byddwn i wedi bod yn ofnus hefyd. Roedd ceisio rhedeg i ffwrdd am byth yn llawer mwy brawychus na cheisio rhedeg i ffwrdd am noson yn unig.

Gwyliais yrwyr y bysys ychydig mwy, gan geisio meddwl beth i'w wneud. Ac yna, yn araf, dechreuodd fy ymennydd weld patrwm. Roedd y gyrrwr o'n blaenau'n ei wneud e, ac roedd gyrrwr y bws gwyrdd wrth ein hochr ni'n ei wneud e, a gyrrwr y bws porffor draw ar y dde ...

Roedden nhw i gyd yn dilyn yr un patrwm! Yn sydyn, roedd gen i'r ateb i nghwestiwn fy hun am sut y gallen ni fynd ar fws heb ddim arian!

Rhois bwn i freichiau Travis a Ben i weld oedden nhw wedi sylwi ar y patrwm hefyd, ond y cyfan wnaethon nhw oedd edrych arna i â gwg, a dweud 'Oi!'

'Edrychwch,' dywedais, gan dynnu ar lawes cot Travis. 'Edrychwch beth mae'r gyrrwr yn ei wneud!'

'Pa yrrwr?' gofynnodd Ben a Travis gyda'i gilydd, wrth i Noah bwyso ymlaen a gwthio'i helmed ofod yn ôl er mwyn iddo fe weld hefyd.

'Hwnna,' dywedais, gan bwyntio'n syth at y bws Tiwb Rhydychen roedd angen i ni fynd arno. 'Gweld? Ar ôl iddo gael tocyn pawb, mae e'n gofyn i bawb sydd â ches mawr fynd i sefyll draw fan 'na, ac mae e'n gadael i unrhyw un heb ddim ces fynd ar y bws!'

'Ie, a?' holodd Ben.

'Edrychwch.' Fe arhoson ni nes i'r gyrrwr orffen cymryd tocyn pawb, a gwylio wrth iddo gerdded i ochr y bws ble roedd pobl â chesys mawr iawn yn aros. Un ar ôl y llall, edrychodd ar eu tocynnau eto, a rhoi'r cesys i mewn o dan y bws.

'Gweld?' gofynnais, gan deimlo cymaint o gyffro nes bod fy nghoesau'n crynu. Roeddwn i'n falch fod breichiau Noah wedi'u lapio'n dynn o gwmpas un ohonyn nhw.

'Na!' meddai Ben.

Rholiais fy llygaid. 'Edrych!' dywedais, gan bwyntio'n ôl at y bws. 'Edrych ar y drysau! Maen nhw AR AGOR!' Doeddwn i ddim yn gallu aros eiliad yn rhagor iddyn nhw ddyfalu'r ateb. 'Mae e wedi gadael y drysau *ar agor* wrth iddo fynd i edrych ar docynnau'r bobl â chesys. Sy'n golygu ...'

'G-gallwn ni fynd i m-mewn drwy'r drws blaen!' gorffennodd Travis.

Nodiais wrth i Noah dynnu fy llawes a rhwbio'i lygaid. Roedd e'n dechrau blino eto.

'Ddim yn hir nawr, Noah, dwi'n addo,' dywedais, gan roi cwtsh fach iddo. Nodiodd Noah, ac wedyn neidio wrth i yrrwr y bws o'n blaenau gau drws y cesys â chlep fawr, ac ar ôl dringo i sedd y gyrrwr, galwodd y bobl â'r cesys mawr i mewn i'r bws. Wedyn, gan grynu a rhuo, chwythodd y bws gwmwl mawr o fwg du i'n hwynebau a symud i ffwrdd.

'DYNA oedd cnec fawr!' meddai Noah yn hapus.

'Ie, a byddwn ni'n gallu clywed rhai mwy fyth os wyt ti'n addo peidio llefain, ac yn gwrando ar bopeth dwi'n ei ddweud, iawn?' dywedais, gan wneud i Noah nodio'i ben mor gyflym nes ei fod yn edrych fel un o deganau pen swigen Ben.

'Edrychwch! Mae'r un nesaf yma'n barod!' meddai Ben, wrth i fws coch llachar Tiwb Rhydychen arall ganu'i gorn a fflachio'i olau a gyrru am yn ôl i mewn i'r lle gwag ble roedd y bws arall newydd adael ohono.

'Arhoswch ...' meddai Travis, gan wgu ar rywbeth dros ei ysgwydd. 'B-beth wnawn ni â'r b-beics?'

'Hy?' gofynnodd Ben, a golwg o banic yn ei lygaid. Wedyn, gan weld yr ateb yn llygaid Travis, rhoddodd ochenaid. 'O, na! Allwn ni ddim mo'u gadael nhw fan hyn! Fyddan nhw'n cael eu dwyn – eu bydd yr heddlu'n mynd â nhw!'

Edrychon ni ar ein beics fel pe baen nhw'n anifeiliaid anwes doedden ni ddim eisiau'u gadael.

'Rhaid i ni,' meddai Travis yn dawel.

Ar ôl eiliad neu ddwy, ysgydwodd Ben ei ben a rhoi ei law'n dyner ar sedd ei feic. 'Dwi mor flin, Niwci.' Gan edrych arna i a Travis, dywedodd wedyn, 'Os byddwn ni byth yn cyrraedd adre, dwi'n mynd i *ofyn* am gael mynd i'r carchar. Achos mae Mrs Iw yn BENDANT yn mynd i'n lladd ni nawr.'

Rhoddodd Travis ei law ar sedd ei feic e hefyd, ac wedyn helpodd e Ben i bwyso'i feic yn ei erbyn, ac wedyn beic Mrs Iwuchukwu. Roedd yn teimlo'n ofnadwy, ond doedd dim ots pa mor anodd ro'n i'n ceisio meddwl am ffordd arall, ro'n i'n gwybod ei bod hi'n amhosib mynd ar y bws gyda'r beics, a doedden ni ddim yn gallu eu defnyddio i seiclo i Lundain oherwydd fy mhigwrn i. Fe wnes i addo, pan fydden ni'n dod 'nôl, y byddwn i'n cynilo fy arian am weddill fy mywyd er mwyn prynu'r beic gorau yn y byd i gyd i Ben ac i Travis. A beic â basged hyd yn oed yn fwy ar gyfer Mrs Iwuchukwu.

'Noah, rhaid i ti aros gyda fi a bod yn chwim iawn, er mwyn i ni gyrraedd Mam, iawn?' sibrydais, wrth i ni aros ger y piler, yn barod i redeg ar y bws pan fyddai cefn y gyrrwr wedi'i droi. Cydiais yn dynn yn llaw Noah wrth i grŵp newydd o bobl sefyll mewn rhes yn barod i fynd ar ein bws ni.

'Iawn!' meddai Noah, gan wthio'i frest allan a rhoi'i wyneb yn barod – oedd yn golygu'i wasgu mor galed nes ei fod e'n edrych fel lemwn heb sudd. Gan dynnu'i helmed ofod yn dynnach am ei ben, arhosodd.

Fe wnaethon ni wylio beth oedd yn teimlo fel miliwn o bobl yn dechrau gwasgu i fyny at ddrysau blaen y bws, wrth i rai ohonyn nhw ddod yn ôl allan fel pysgod wedi'u gwrthod i sefyll ger pwllyn o gesys.

'Barod?' sibrydodd Travis, wrth iddo sefyll yn fwy stond, ac yn edrych fel pe bai'n tyfu'n dalach hefyd.

Llyncodd Ben ei boer a nodio'i ben.

O'r diwedd, daeth y gyrrwr allan o'r bws a mynd at y drws ochr. Gan ei agor drwy wthio botwm a sŵn gwichian, dechreuodd gymryd cesys oddi wrth grŵp o bobl oedd wedi creu torf o'i chwmpas ar unwaith.

Arhosais i Travis neu Ben ddweud 'Ewch!' ond wnaethon nhw ddim symud. Ac wedyn, cyn i fi gael amser i ofyn pam, hyd yn oed, roedd y gyrrwr yn cau'r drysau ac ar ei ffordd yn ôl i'w sedd.

'Yr un nesaf! addawodd Ben, wrth i ni wylio'r bws yn tynnu allan, ac aros am un arall i ddod i lenwi'i le. Ond wnaethon ni ddim symud ar gyfer hwnnw chwaith – na'r un ar ôl hwnnw – achos bob tro, roedd y gyrrwr yn edrych yn fwy, ac yn fwy brawychus, ac roedd ein coesau'n teimlo fel pe baen nhw byth yn mynd i fod yn ddigon cyflym.

'Y tro hwn!' addawodd ben eto, wrth i'r pedwerydd bws aros o'n blaenau. Fe wnaeth y pedwar ohonon ni wylio wrth i'r gyrrwr unwaith eto gymryd tocyn pawb ac wedyn droi at y cesys.

'Nawr!' sibrydais, oherwydd roeddwn i'n gwybod bod Travis a Ben yn dal i aros, ac ro'n i'n ofni bydden nhw'n aros yn rhy hir! Gan dorri'n rhydd o'r piler, hanner rhedais, hanner neidio mor gyflym ag y gallwn i lawr ochr wag y bws a draw i'r ffenest fawr yn y blaen. Gan stopio wrth y plât rhifau mawr melyn, estynnais fy llaw i stopio Noah hefyd, a rhoi pip rownd y gornel. Roedd y gyrrwr yn dal i fod yn brysur gyda'r cesys, a doedd e ddim yn gallu ein gweld ni o gwbl!

'Glou!' sibrydais, wrth i fi wasgu fy nghefn yn erbyn

wyneb y bws, a chan droi'r gornel, tynnais Noah i fyny'r grisiau. Roedden ni i mewn!

Ar unwaith, trodd dau bâr o lygaid o seddau blaen y bws i edrych ar Noah a fi, ond wedyn edrychon nhw i ffwrdd eto. Gan ruthro heibio iddyn nhw, es at y grisiau, a chan gydio'n sownd yn fy nghynffon teigr, neidiais i fyny bob gris nes i ni gyrraedd y llawr uchaf. Ro'n i eisiau edrych y tu ôl i fi i wneud yn siŵr fod Ben a Travis yno hefyd, ond roedd gormod o ofn ar fy nghorff i adael i fi arafu.

Gwelais dair rhes o seddi yn y cefn oedd yn edrych yn wag, a brysiais atyn nhw. Gan dynnu Noah i eistedd ar sedd ger y ffenest, gwisgais ei wregys amdano a dweud ein bod ni'n chwarae cuddio eto, fel roedden ni wedi gyda Mam. 'Felly rhaid i ti gadw dy ben i lawr, iawn?' dywedais. 'Fel hyn!' Eisteddais innau i lawr hefyd, a dangos iddo sut i gadw'i ben i lawr, fel pe bai e'n cysgu.

Chwiliais am Ben a Travis er mwyn i fi allu codi llaw arnyn nhw i ddangos iddyn nhw ble roedden ni. Ond yn gyntaf, daeth dyn i fyny, ac wedyn menyw, ac wedyn tri dyn arall, ac wedyn merch a'i mam-gu, ac wedyn ... neb.

Yn sydyn, clywais sŵn bang – roedd drws ochr y bws yn cael ei gau!

Gwyliais y grisiau eto, a chroesi fy mysedd a bysedd fy nhraed. Ond doedd dim golwg o Ben na Travis o hyd!

Wedyn, fel bwystfil oedd wedi bod yn rhochian, ond oedd nawr yn deffro, crynodd y bws o dan ein seddau, a dod yn fyw. Gallwn ei deimlo'n symud yn ôl, a theimlais fy mol yn chwyrlïo fel corwynt ar yr un pryd. Oedd Ben a Travis ar fin cael eu bwrw i lawr? Oedden nhw'n dal i guddio y tu ôl i'r piler? Beth os oedden nhw wedi cael eu dal a'u harestio gan heddlu'r orsaf yr eiliad roedden nhw ar fin camu ar y bws?

Atseiniodd sŵn clician ym mhobman, wrth i lais menyw ddod dros yr uchelseinydd: 'Foneddigion a boneddigesau, croeso i fws Tiwb Rhydychen am ugain munud wedi naw, yn galw ym mhob gorsaf hyd at Victoria Llundain. Gwnewch yn siŵr fod eich bagiau wedi'u cadw'n ddiogel yn y cyfleusterau storio addas a rhowch wybod i'r gyrrwr am unrhyw eitemau anarferol neu amheus.'

Edrychodd Noah i fyny ata i, ei helmed ofod yn crynu cyn gymaint â'r bws. Ro'n i'n gwybod ei fod e'n ofnus ac eisiau gwybod ble roedd Ben a Travis hefyd, ond rhois fy mys yn erbyn fy ngwefus a'i rybuddio i aros yn dawel, oherwydd ni oedd yr eitemau anarferol ac amheus nawr.

Llamodd y bws ymlaen, gan wneud i fi gydio'n dynn yn y sedd ac yn llaw Noah. Roedden ni ar ein ffordd i Lundain o'r diwedd ... ond heb Travis na Ben. Ac er bod gen i Noah'n gwmni o hyd, doeddwn i erioed wedi teimlo cymaint o ofn o'r blaen, na mor unig chwaith.

16

Newyddion!

Gynted roedd y bws wedi gadael yr orsaf, edrychais o gwmpas i gael syniad beth i'w wneud. Ro'n i eisiau rhedeg at y ffenest gefn i weld allwn i weld Travis a Ben yn rhywle, ond roedd dau ddyn yn eistedd yno nawr ac ro'n i'n ddigon amheus ac anarferol yr olwg eisoes, a minnau mewn gwisg teigr ac yn eistedd wrth ochr bachgen â cholandr ar ei ben. Roedd y fam-gu a'r ferch fach yn eistedd yn y seddi o 'mlaen i a Noah, ac ro'n i'n siŵr eu bod nhw wedi edrych arnon ni'n ddrwgdybus cyn iddyn nhw eistedd. Efallai eu bod nhw'n gwybod nad oedd tocynnau gyda ni ac mai troseddwyr ar ffo oedden ni.

Wrth i'r bws symud yn gynt ac yn gynt, a'r heolydd y tu fas i'r ffenest fynd yn fwy ac yn lletach, ceisiais feddwl beth oedd orau i'w wneud. Ond po fwyaf ro'n i'n meddwl, mwyaf gwag roedd fy ymennydd yn mynd – fel pe bai rhywun wedi diffodd y trydan a'r plwg, a doedd e ddim yn gweithio mwyach.

'Niyah, dwi eisiau bwyd,' cwynodd Noah, wrth iddo dynnu ar fy mraich. 'Ble mae Ben? Oes mwy o greision gydag e?'

'Mae Ben yn mynd i gwrdd â ni yn Llundain,' dywedais yn gelwyddog, am na wyddwn i ddim beth arall i'w ddweud.

'Ond dwi eisiau bwyd NAWR!' meddai Noah gan swnian, a'i wyneb yn dechrau troi'n goch.

'Hisssht!'

'NA!' llefodd Noah a'i wefusau'n crynu, 'Ble – hic! – Ben? Dwi – hic! – eisiau Ben!'

'Dyma ti!' meddai llais o'r sedd o'n blaen ni. Yn sydyn, gwthiodd braich drwy'r bwlch rhwng y ddwy sedd gan ddal pecyn glas sgleiniog o'n blaenau. 'Gei di'r rhain os wyt ti eisiau!'

Ar unwaith, aeth Noah'n dawel, ac er ei fod yn dal i igian, syllodd ar y pecyn pretsels siocled. Yna, cipiodd nhw ac aros i fi ddweud ei fod e'n cael eu bwyta nhw.

'Diolch,' sibrydais, gan bwyso'n nes at y bwlch. Gallwn weld llygad llwyd-wyrdd llawn bywyd yn edrych yn ôl arna i.

'Croeso,' meddai'r llygad cyn diflannu, a phelen o wallt melyn sgleiniog yn bownsio'n ôl i'w lle yn y sedd o 'mlaen i.

'Dyna ferch dda,' clywais lais yn sibrwd o'r gadair wrth ei hochr. Roedd yn swnio'n union fel y sibrydion byddai Mam yn eu rhannu gyda fi pan fyddwn i'n gwneud rhywbeth oedd yn ei phlesio hi, ac ro'n i eisiau llamu o fy sedd ac edrych ar y person oedd wedi dweud y geiriau. Ond wnes i ddim, achos ro'n i'n gwybod yn iawn nad Mam oedd hi.

Dywedais i wrth Noah gallai e fwyta'r pretsels a cheisio meddwl unwaith eto. Roedd fy mol yn cwyno am ei fod wedi arogleuo'r siocled, ond ro'n i'n gwybod na fydden i'n gallu bwyta eto nes i fi ddarganfod beth oedd wedi digwydd i Ben a Travis. Dylen i fod wedi edrych y tu ôl i fi i weld a oedden nhw'n ein dilyn! A ddylen i ddim fod wedi mynd ar y bws hebddyn nhw! Fy mai i oedd hi ein bod ni wedi ein gwahanu – a nawr, doedd gen i ddim syniad sut i ddatrys y broblem na beth fyddai Noah a fi'n ei wneud pan fydden ni'n cyrraedd Llundain. Doedd gen i ddim map na llywiwr lloeren, nac unrhyw fwyd nac arian. Ond doedd y pethau hynny ddim fel pe baen nhw'n cyfri hanner cymaint â pheidio â chael Ben a Travis gyda fi. Roedden nhw wedi fy helpu mewn ffyrdd nad oedd neb arall erioed wedi fy helpu o'r blaen, er eu bod nhw'n gwybod y gallen nhw fynd i drwbl mawr am wneud. Doedd hi ddim yn teimlo'n iawn i fynd at yr helwyr sêr brenhinol hebddyn nhw. Caeais fy llygaid a gwneud dymuniad i seren Mam: plis, plis ac os gwelwch yn dda, helpa fi i ddod o hyd iddyn nhw eto.

'Yr orsaf nesaf yw Parcio a Theithio Thornhill. Pob teithiwr ar gyfer Parcio a Theithio Thornhill, disgynnwch yma,' meddai llais menyw yn uchel wrth i'r bws droi'n sydyn i'r chwith i ganol maes parcio mawr.

Meddyliais tybed a ddylen ni fynd allan i aros am Ben a Travis yn y maes parcio, oherwydd efallai fydden nhw wedi dal y bws nesaf ac yn disgwyl i ni aros amdanyn nhw. Ond beth os nad oedden nhw wedi dal y bws nesaf? Pa mor hir ddylen ni aros? A beth petai Noah a fi'n methu mynd yn ôl ar y bws? Do'n i ddim yn meddwl byddai'r un tric o osgoi'r casglu tocynnau'n gweithio eilwaith.

Ro'n i'n dal i feddwl tybed beth i'w wneud pan ddechreuodd y bws symud eto, gan wneud i Noah wasgu'i drwyn yn erbyn y gwydr a gweiddi, 'Hwrê!'

Wrth i'r bws yrru ar wib ar hyd traffordd fawr, tawelodd Noah ac o'r diwedd, aeth i gysgu. Ro'n i'n falch achos ro'n i'n gallu meddwl yn well heb orfod gofidio amdano. Tynnais yr helmed ofod oddi ar ei ben, a throi at y llyfr arbennig am Greenwich ac edrych ar y map yn y cefn. O! na fydden i wedi trefnu cwrdd â nhw yn rhywle ...

A dyna pryd cofiais i! Roedden nhw'n gwybod bod rhaid i fi gyrraedd y parti gala cyn saith o'r gloch i wneud yn siŵr bod yr helwyr sêr yn cyhoeddi'r enw iawn ar seren Mam. Felly ro'n i'n gwybod bydden nhw'n ceisio cyrraedd yno hefyd. Efallai fydden nhw hyd yn oed yn cyrraedd yn gynt na ni, achos roedd ganddyn nhw Dynamo Dan i ddangos y ffordd, a doedd gen i ddim byd!

Gan deimlo lawer yn well, rhois y llyfr yn ôl yn fy mag a gwylio'r heol a'r ceir yn fflachio heibio. Ond ymhen ychydig, dechreuodd y bws arafu nes iddo ddod i stop.

'O, grêt!' clywais lais yn mwmial y tu ôl i fi. 'Tagfa arall! Tybed faint fydd hon yn gymryd?'

Symudodd y bws ddim am amser maith, neu felly roedd yn teimlo.

Caeais fy llygaid yn dynn a dweud wrth y traffig am ddiflannu am byth os gwelwch yn dda, er mwyn i ni gyrraedd Llundain yn sydyn. Doedd gen i ddim syniad o hyd sut i gyrraedd yr Arsyllfa Frenhinol o fan 'na, na ble fyddai'r helwyr sêr, yn union ... ac roedd cymaint i'w ddweud wrthyn nhw ... ac ... ac ...

'Niyah ... Niyah! Deffra! Deffra!'

Agorais fy llygaid a'u rhwbio'n galed. Roedd Noah'n tynnu fy mraich, ac roedd pawb ar y bws yn codi ac yn ymgasglu fel haid o wenyn ar ben y grisiau. Y tu allan i'r ffenest roedd arwydd glas a gwyn enfawr yn dweud 'Gorsaf Fysiau Victoria'.

'O! Diolch, Noah!' dywedais, gan agor ei wregys e a fi yn sydyn.

'Est ti i gysgu!' dywedodd Noah, gan ysgwyd ei ben fel pe bai ei wedi fy nal yn gwneud rhywbeth drwg.

Nodiais, a cheisio dyfalu pa mor hir ro'n i wedi bod yn cysgu, a faint o'r gloch oedd hi. Gan stwffio'r helmed ofod i mewn i fy mag, cydiais yn dynn yn llaw Noah a mynd i aros y tu ôl i bawb oedd yn ceisio mynd i lawr y grisiau. Roedd y boen yn fy mhigwrn yn teimlo'n waeth fyth erbyn hyn. Ond doedd dim ots nawr. Roedden ni yn Llundain a doedd yr helwyr sêr ddim yn rhy bell i ffwrdd, a byddai Ben a Travis yn dod o hyd i ni – ro'n i'n gwybod bydden nhw!

'Dere, Noah, dere glou!' dywedais, gan gydio yn ei law wrth i ni gyrraedd y gris olaf. Doedd y gyrrwr ddim yn ei sedd a doedd neb i'w weld yn unman ar y llawr gwaelod. Roedd y bws yn hollol wag. 'Rhaid i ni fynd nawr!'

'Psssst! Aniyah!'

Edrychais o 'nghwmpas am y llais oedd yn galw fy enw. Roedd fel pe bai'n dod o lawr y bws yn y cefn. Ond roedd pob sedd yn wag. Oeddwn i wedi dychmygu'r peth?

Yn sydyn, cododd dau ben i fyny drwy'r môr o seddi. Gwenodd un arna i – ond roedd cwcwll yn gorchuddio'r llall, oedd yn edrych fel triongl du rhyfedd.

'Ffiw! Roedden ni'n meddwl dy fod ti wedi gadael!' meddai Ben, gan dynnu'r cwcwll i lawr a rhoi gwên lydan.

'Ie!' meddai Travis, gan ddringo dros Ben er mwyn mynd allan o'i flaen.

Ro'n i mor hapus nes bod gen i ddim syniad beth arall i'w wneud ond rhedeg i lawr yr ale gul, gan anwybyddu'r boen yn fy mhigwrn, a neidio ar ben Travis a Ben er mwyn rhoi'r cwtsh mwyaf ro'n i erioed wedi'i roi i ddau berson ar yr un pryd o'r blaen!

'Aaaww!' meddai Ben.

'Ym ... yym ...' baglodd Travis.

'HWRÊÊÊÊÊ!' gwaeddodd Noah. 'CREISION!'

'Sut wnaethoch chi ...? Ro'n i'n meddwl ...! Ble ...?' Ro'n i eisiau gofyn pob un cwestiwn yr un pryd, ond roedd gormod ohonynt.

'G-gewch chi'r hanes wedyn!' meddai Travis, wrth i fi sefyll yn ôl a gollwng fy ngafael ynddo. Roedd e'n cochi gymaint nes ei fod e bron mor goch â seddi'r bws. 'Well i ni fynd c-cyn i'r g-gyrrwr ddod 'nôl!'

'Ie,' meddai Ben, a'i wên mor llydan nes dangos pob un o'i ddannedd. 'Dwi ddim yn gallu teimlo fy nghoesau! Roedd y traffig yn ofnadwy.'

'Iawn,' nodiais cyn troi a brysio i lawr ale'r bws. Wrth glywed sŵn traed Ben a Travis a Noah y tu ôl i mi, gwasgais fy llygaid ar gau am eiliad fach ac anfon y diolch mwyaf gallai fy nghalon ei roi at Mam. Ro'n i'n gwybod bod ei seren hi wedi fy nghlywed yn gwneud y dymuniad pan o'n i'n eistedd yn y sedd lan llofft, a taw dyna oedd wedi gwneud iddo ddod yn wir, a taw hi oedd yn gwneud i fi deimlo'n fwy pefriog a chyffrous nag erioed o'r blaen – fel pe bai pob tamaid o fy nhu mewn wedi ei lenwi â'r botel fwyaf erioed o ddiod swigod!

Neidiais oddi ar y bws a throi i helpu Noah i ddod i lawr hefyd.

'HEI!' gwaeddodd llais o'r tu ôl i fi. 'O ble ddaethoch chi i gyd?'

Edrychais dros fy ysgwydd a gweld gyrrwr y bws yn syllu arna i'n gegagored a'i ddwylo i fyny am ei fod ar fin cau drws cist y cesys.

'B-brysiwch!' meddai Travis, wrth iddo neidio oddi ar y bws a rhoi gwthiad ymlaen i fi.

'BANANAS A BILIDOWCARS! RHEEEEEDWCH!' gwaeddodd Ben, wrth iddo neidio o'n blaenau a rhedeg at ddrws yr orsaf fysiau.

'STOP!' gwaeddodd gyrrwr y bws. 'STOPIWCH NHW!'

Ar unwaith, trodd pawb i edrych arnon ni wrth i ni ffoi nerth ein traed oddi wrth y gyrrwr. Do'n i ddim yn gallu rhedeg yn iawn, ac ro'n i'n arafu – roedd y boen yn fy mhigwrn yn ormod – ond ro'n i'n gallu clywed esgidiau'r gyrrwr yn dod yn nes ac yn nes!

'Aniyah! Neidia!' gwaeddodd Travis, gan fy nghodi ar ei gefn i roi reid i fi.

'Syniad da!' meddai Ben, gan wneud yr un peth gyda Noah, a chan redeg yn gynt nag o'r blaen, gwthion nhw drwy ddrysau gwydr yr orsaf ac i ganol torf o filiwn o bobl.

Aeth bang-bang-bang esgidiau gyrrwr y bws yn dawelach, ond wrth i fi edrych dros fy ysgwydd, gwelais e'n stopio ac yn tynnu radio o'i boced a siarad i mewn iddo.

'CER YN GYNT!' gwaeddais ar Travis. 'Mae e'n galw'r heddlu!'

'FFORDD HYN!' gwaeddodd Ben, wrth i'r oedolion o'n cwmpas dyt-tytian a dweud 'Oi!' o dan eu hanadl.

Ar ôl rhedeg ar draws yr orsaf i gyd a heibio i gannoedd o bobl, fe ddaethon ni at ddwy set o risiau symudol ac arwydd oedd yn dweud 'Platfform 17-21 a'r Ganolfan Siopa'. Wrth i ni symud yn uwch ac yn uwch, roedd modd gweld mwy a mwy o'r orsaf, ac edrychon ni o'n cwmpas ym mhobman am y gyrrwr ac unrhyw swyddogion heddlu. Ond doedden nhw ddim i'w gweld yn unman.

'Ffiw!' meddai Ben, gan ddefnyddio'i gwcwll i sychu rhywfaint o'r chwys oddi ar ei wyneb. 'Roedd honna'n ddihangfa agos!'

'Oedd!' dywedais. 'Diolch am fy nghario i, Travis!'

Ond doedd Travis ddim yn edrych arna i na Ben na Noah. Roedd wedi troi ei ben i'r cyfeiriad arall ac roedd yn syllu ar rywbeth ar ben y grisiau symudol, â'i geg led y pen ar agor.

Gan godi'i fys, pwyntiodd a dweud, 'O na ...'

Trodd Ben a fi wrth i'r grisiau symudol ddod i ben, a neidiodd y ddau ohonom i ffwrdd.

'Menyn a mwclis,' sibrydodd Ben, wrth i Noah lithro i lawr ei gefn i'r llawr.

Uwch ein pennau, yn hongian o nenfwd cyntedd hir yn llawn siopau a bwytai byrgyrs a stondinau gwerthu losin, roedd un o'r sgriniau teledu mwyaf welais i erioed. Ac ar y sgrin roedd lluniau enfawr o bedwar o blant oedd yn edrych yn union fel fi, Noah, Travis a Ben – ond heb y gwallt anniben, y staeniau siocled na'r sgriffiadau. Uwch ein hwynebau, mewn llythrennau coch enfawr, sgleiniog, roedd y geiriau:

NEWYDDION: APÊL AM BLANT COLL

Credir bod y plant ar ffo yn chwilio am ddyn a amheuir o lofruddio

Neidiodd Noah yn ei unfan, a chan bwyntio'i fys at yr wynebau ar y sgrin, gwaeddodd, 'Niyah! Ni'n enwog!'

Ond atebais i ddim. Ro'n i eisiau gwybod ystyr y newyddion. 'Pam bydden ni'n rhedeg i ffwrdd i ddod o hyd i rywun sy'n llofrudd?' gofynnais gan wgu.

Edrychodd Travis a Ben ar ei gilydd am eiliad. Dim ond am eiliad, ond ro'n i'n gallu dweud ar amrantiad eu bod nhw'n trafod â'u llygaid. Wyddwn i ddim am beth, ond ro'n i'n gallu gweld bod beth bynnag oedd e wedi peri i'r ddau ohonyn nhw gochi. Ar ôl i'r eiliad fynd heibio, trodd Ben ata i a chan chwerthin am ddim rheswm, dywedodd, 'Pwy a ŵyr? Mae newyddiadurwyr yn wallgo! Dere! Well i ni symud!'

Edrychais i ar y sgrin am eiliad arall, wedyn dilynais Ben a Travis a Noah wrth iddyn nhw frysio heibio i resi di-ben-draw o siopau, gan daflu cipolwg ar ei gilydd wrth fynd. Ro'n i'n methu'n lân â deall tybed pwy oedd y llofrudd a pham byddai newyddiadurwyr yn meddwl bydden ni eisiau dod o hyd iddo. Ac yn fwy na dim, pam bod Ben a Travis wedi dechrau ymddwyn yn hynod amheus ac anarferol mwyaf sydyn.

Uwchben ac o dan Llundain

'Niyah! Dwi eisiau bwyd eto,' meddai Noah, wrth iddo gerdded wrth ein hochr a cheisio gweld drwy dyllau ei helmed ffug. Roedd Ben wedi ailwisgo'i fwgwd Darth Vader tra bo Travis a fi wedi tynnu cwcwll ein dillad mor bell dros ein hwynebau ag y bydden nhw'n fodlon mynd. Roedd pobl yn dal i syllu arnon ni wrth i ni gerdded heibio iddyn nhw, ond roedd y rhan fwyaf ohonyn nhw'n gwenu wedyn – ro'n i'n gallu gweld eu bod nhw'n meddwl ein bod ni'n dal i wneud tric a thrît. Ym mhen pellaf y rhes o siopau roedd pâr o ddrysau gwydr, a thrwyddyn nhw gallen i weld heol brysur yn llawn pobl a cheir a lorïau a heulwen. Er ei bod hi'n teimlo fel pe bai fy mhigwrn ar fin disgyn i ffwrdd, ro'n i'n methu aros i gyrraedd tu fas. Ro'n i'n dechrau teimlo'n benysgafn ac yn sâl, ac ro'n i'n gwybod byddai awyr iach yn gwneud i fi deimlo'n well. Roedd Mam yn arfer dweud bod awyr iach yn wyrthiol, a byddai hi wastad yn agor y ffenestri pan oedd Noah neu fi'n chwydu er mwyn i ni anadlu'r gwyrthiau.

'Niyaaaaah!' cwynodd Noah, wrth i ni ddod i stop ger y drysau.

'Hisht, Noah,' dywedais, gan wylio Travis wrth iddo estyn yn gyflym am Dynamo Dan a cheisio'i gael i weithio. Ond waeth pa mor galed roedd e'n gwasgu'r botwm, roedd y sgrin yn aros yn wag. Tapiodd y teclyn yn erbyn ei goes a rhoi cynnig arall arni.

'O, na! Mae'r b-batri wedi d-darfod!' meddai e, gan edrych ar y peiriant fel petai wedi ei fradychu.

'Paid â becso,' dywedais, gan estyn am lyfr yr Arsyllfa Frenhinol o fy mag. Agorais dudalen y map yn y cefn a'i estyn at Travis a Ben. 'Y cyfan sydd angen yw gofyn i rywun ddweud wrthon ni sut i fynd i fan hyn. Neu fan hyn,' dywedais, gan bwyntio at long fawr y môr-ladron ac wedyn at bencadlys yr helwyr sêr.

'Fydd bwyd i gael fan 'na?' gofynnodd Noah, gan bwyntio at y llong hefyd, wrth i fol rhywun arall wneud sŵn rhuo.

Aeth wyneb Ben yn goch iawn, a sibrydodd e, 'Sori!'

'Arhoswch fan hyn,' meddai Travis, a rhedeg i gyfeiriad y siopau. Ymhen ychydig, a Ben a fi'n dechrau gofidio, daeth e'n ôl gan gario bag mawr gwyn â phedwar *croissant* poeth ynddo.

'O, bachan! Ti yw'r gorau!' llefodd Ben, wrth iddo estyn ar frys am un o'r *croissants* a stwffio hanner ohono i'w geg. 'Mae'n ansb-aradig-aethus!'

Rhoddodd Noah wich hapus. Nawr ein bod ni'n agosáu at yr helwr sêr brenhinol, ro'n i'n teimlo digon o awch bwyd i allu bwyta hefyd.

'Hei, edrychwch!' meddai Ben gan sychu'i geg a phwyntio at ddyn oedd yn cerdded allan o siop anrhegion twristiaid. Roedd e'n gwisgo siwt gwyrdd tywyll a het oedd yn gwneud iddo edrych fel casglwr tocynnau ar drên, a bathodyn mawr oedd yn dweud 'Swyddog Gwybodaeth'. 'Beth am ofyn iddo fe sut i gyrraedd Greenwich?'

Gan dynnu'i fwgwd Darth Vader dros ei wyneb eto, cerddodd Ben at y dyn a'i glogyn yn hedfan tu ôl iddo fel hwyl ddu. Ond cyn iddo gyrraedd y dyn, heidiodd grŵp mawr o blant ysgol mewn crysau-T coch llachar a chapiau pêl-fas melyn â thaflenni yn eu dwylo o flaen Ben ac amgylchynu'r dyn. Roedd athrawes dal yn codi ymbarél felen uwch ei phen ac yn gweiddi cwestiynau at y dyn, a'i cheg yn plycio ac yn symud i bob cyfeiriad. Fe welson ni Ben yn ceisio gwthio'i ffordd drwy'r dorf a methu, ond wedyn dechreuodd ei fwgwd Darth Vader nodio. Wrth i'r plant chwyrlïo o gwmpas y swyddog yn y siwt werdd fel planedau dynol yn troi o gwmpas haul, a'r athrawes â'r ymbarél yn ceisio cael trefn arnyn nhw, rhedodd Ben yn ôl aton ni.

'Brysiwch!' meddai, gan godi'i fwgwd er mwyn i ni'i glywed e'n well. 'Mae'r grŵp ysgol yna'n mynd i long y môr-ladron sydd ar y map! Fe wnaethon nhw ofyn i'r dyn sut i fynd i Greenwich! Beth am eu dilyn nhw?'

'D-dyna ffodus d-dros b-ben, Aniyah!' meddai Travis, gan godi'i fawd arna i. Gwenais yn ôl oherwydd ro'n i'n gwybod bod Mam wrthi'n ein helpu ni eto. Ro'n i'n gallu ei synhwyro. Roedd yn teimlo fel ton enfawr yn codi'r tu mewn i fi ac yn fy ngwthio ymlaen.

'Diolch, Mam,' sibrydais yn uchel, gan wybod byddai hi'n gallu fy nghlywed.

Y tu ôl i ni, roedd yr athrawes wedi agor y drysau gwydr ac roedd yn eu dal ar agor. 'Blaaaaaant! Rhaid i chi aros gyda fi!' gwaeddodd, gan nodio'n sydyn wrth iddi gyfri'r pennau oedd yn llifo heibio iddi. 'Peidiwch â mynd ar goll yn y ddinas hon! *Veloce*! *Veloce, per favore*!'

'Pa iaith yw honna?' gofynnodd Ben, wrth i ni aros i'r plant olaf yn y grŵp fynd mas drwy'r drysau, a ninnau'n eu dilyn nhw.

'Wn i ddim,' dywedais. 'Sbaeneg?'

'Nid Ffrangeg, yn b-bendant,' meddai Travis. 'Eidaleg, efallai?'

'Dwi'n hoffi Sbaeneg!' meddai Noah, gan dynnu fy llaw ac ysgwyd ei ben i wneud i'w helmed symud o ochr i ochr.

Roedd hi'n fwy anodd nag oedden ni wedi'i feddwl i ddilyn y grŵp plant ysgol heb i ni edrych fel pe baen ni'n eu dilyn nhw. Roedd yr athrawes â'r ymbarél felen a dwy athrawes arall oedd gyda nhw'n aros yn aml i wneud yn siŵr bod pawb gyda'i gilydd neu i roi stŵr i rywun. Pryd bynnag roedden nhw'n stopio, bydden ni'n stopio hefyd, ac yn esgus pwyntio at bethau yn yr awyr nes iddyn nhw ddechrau symud eto.

Gan ddilyn y grŵp i ynys o arosfannau bws yng nghanol dwy heol fawr, fe wylion ni wrth iddyn nhw frysio tuag at un o'r bysiau hir, coch oedd yn plygu yn y canol ac yn edrych fel lindys, a dringo ymlaen.

'Dere!' dywedais, gan dynnu braich Noah er mwyn iddo gerdded yn gynt. Wrth i ni ddod yn nes at ddrysau agored y bws, ro'n i'n gallu gweld ar unwaith nad oedd gyrrwr yn ei sedd eto – oedd yn golygu bod pwy bynnag fyddai'n gyrru'n cael saib yn rhywle. Roedd seren Mam yn gwneud popeth mor hawdd i ni!

Chwifiais ar Travis a Ben i fynd ar y bws a helpu Noah i gerdded i'r seddi cefn gyda fi. Ro'n i'n gallu gweld yr athrawes â'r ymbarél yn bipian llwyth o docynnau teithio ar beiriant, ac ro'n i'n gobeithio na fyddai neb yn dod i ofyn i ni am ein tocynnau.

'D-dyma fe!' sibrydodd Travis, wrth i yrrwr bws mawr, crwn ddringo i'w sedd o'r diwedd. Fe ddalion ni'n gwynt rhag ofn iddo ddod i ofyn am ein tocynnau, ond edrychodd e ddim ar neb. Y cyfan wnaeth e oedd eistedd yn ei sedd, cau'r drysau â sŵn hisian a gweiddi, 'All aboard!' Llamodd y bws ar ei ffordd.

'Dwi'n caru Llundain!' sibrydodd Ben, gan gyffwrdd â fy ysgwydd, a gwneud i fi garu Llundain unwaith eto hefyd.

Ond wnaeth ein cariad at Lundain ddim para'n rhy hir, oherwydd ar ôl mynd heibio i ddau arhosfan, stopiodd y bws yn stond, heb symud eto.

'Beth sy'n digwydd?' holodd Ben, gan wasgu'i wyneb yn erbyn y ffenest.

'T-traffig,' meddai Travis, gan ysgwyd ei ben a chodi'i ysgwyddau. 'F-fel ar y b-bws mawr.'

O rywle'r tu fas, dechreuodd ceir ganu'u cyrn ac yn sydyn roedd sŵn seirens yn llenwi'r awyr.

Eisteddodd Ben a Travis yn hollol lonydd ac edrych arna i wrth i fi edrych yn ôl arnyn nhw. Yr heddlu? Oedden nhw wedi dod o hyd i ni? Tybed ai nhw oedd yn achosi'r holl draffig er mwyn ein dal ni?

Arhoson ni wrth i'r seirens ddod yn nes ac yn nes, ac yna gwibiodd ambiwlans heibio.

'Ffiw!' sibrydodd Ben, wrth i bawb ymlacio eto. 'Ddim i ni!'

'Foneddigion a boneddigesau, oherwydd digwyddiad ar yr heol o'n blaenau, mae'r bws hwn bellach yn dilyn gwyriad,' cyhoeddodd y gyrrwr dros yr uchelseinydd. 'Os NAD Twnnel Greenwich yw'ch cyrchfan derfynol, rhaid i chi adael y bws fan hyn.'

Gwnaeth drysau'r bws swn hisian wrth agor, ond arhosodd yr athrawesau a'r plant ysgol yn eu seddi, felly wnaethon ni'n run fath.

'Dewch!' dywedais yn ddiamynedd, gan geisio defnyddio grym fy meddwl i symud y traffig o'r ffordd, er mwyn i ni barhau ar ein taith. Ro'n i'n dechrau poeni. Doedd gen i ddim syniad faint o'r gloch oedd hi erbyn hyn, na pha mor bell oedden ni o'r helwyr sêr brenhinol. Edrychais ar y sgrin fach ddu ar y bws sydd fel arfer yn dweud faint o'r gloch yw hi a ble'r ydych chi, ond roedd wedi torri, ac yn wag.

Ar ôl i ddau ambiwlans arall a char heddlu sgrialu heibio, llamodd y bws ymlaen unwaith eto.

'Bogeiliau babŵns!' meddai Ben. 'Hen bryd hefyd!'

Wrth i ni yrru ar hyd cannoedd o strydoedd, neu dyna sut roedd hi'n teimlo, aeth Noah i gysgu'n drwm ac aeth mwmial Ben yn dawelach a thawelach nes iddo fe syrthio i gysgu hefyd. Doedd yr athrawes â'r ymbarél felen ddim yn gweiddi nawr chwaith, nac yn ceisio rheoli'i dosbarth, oherwydd roedden nhw wedi mynd i ddelwi fel ni. Ond o'r diwedd, ar ôl amser oedd yn teimlo'n ddiddiwedd, stopiodd y gyrrwr y bws a gweiddi, 'STOP OLAF! PAWB ODDI AR Y BWS!'

'Blant! *Preparatevi*! *Preparatevi*! Bagiau a phartneriaid, *per favore*! Brysiwch!' gwaeddodd yr athrawes, gan guro'i dwylo'n swnllyd iawn a deffro pawb. Aeth draw at y drysau, gan ddal ei hymbarél fel hudlath. Gynted llonyddodd y bws, a phawb yn dechrau llifo allan drwy'r drysau, siglais ysgwydd Noah i'w ddeffro, a'i dynnu i sefyll. Roedd y daith hir wedi gwneud pawb ohonom mor llipa a blinedig nes bod fy mhigwrn wedi mynd i gysgu hefyd. Tasgodd poen ofnadwy drwyddo wrth iddo ddeffro, a bu'n rhaid i mi frathu fy ngwefus.

'Edrychwch, d-draw fan 'na,' meddai Travis wrth i ni ddilyn y plant ysgol tuag at arwydd du ar bolyn oedd yn dweud 'Twnnel Cerdded Greenwich 600 llath'.

'Waw!' meddai Ben, gan dynnu'i fwgwd. 'O'r diwedd! Dyna'r twnnel ar y map – a dyna'r fynedfa, mae'n rhaid!'

Edrychon ni wrth i'r grŵp plant fynd i gyfeiriad adeilad byr, crwn o frics coch, gyda tho cramen rhyfedd, a diflannu i mewn iddo.

'Dewch i gael eich anrhegion am yr afon enwocaf yn y byd!' galwodd llais ger y drws, wrth i ragor o bobl oedd ar y bws gydda ni gerdded heibio. 'Hufen iâ a dŵr am bunt pum deg – rhatach na dim arall gewch chi byth!' Wrth i ni nesáu at geg y twnnel, fe welson ni fenyw'n eistedd ar stôl o flaen rhewgell hufen iâ fach wedi'i gorchuddio â magnedau a dolenni allwedd.

'Niyah, ga i hufen iâ?' gofynnodd Noah, gan dynnu'i helmed a cheisio fy llusgo at y fenyw. 'Pliiiiiiiiiiis!'

'Gawn ni un wedyn, Noah! Dwi'n addo,' dywedais, gen geisio'i dynnu'n ôl.

'Na! Nawr Niyah ... dywedais i plis!'

Gwyliodd y fenyw ni o'i stôl a gwenu wrth i Noah ein tynnu'n nes ati hi.

'Wel, helô, y milwr bychan!' dywedodd yn garedig. 'Beth hoffet ti?'

'Mefus a siocled gyda sos coch,' meddai Noah, gan lyfu'i wefusau.

'Sos coch?' gofynnodd y fenyw'n ddryslyd. 'O! Saws mefus, ti'n feddwl!' meddai, gan ddal potel fawr goch i fyny wrth i Noah nodio'i ben.

'Noah, ddim nawr,' dywedais, gan dynnu ei fraich. 'Wedyn, ddywedais i!'

'Ie, Noah, g-gawn ni un m-mwy i ti wedyn!' addawodd Travis.

'NA!' gwaeddodd Noah a'i wyneb yn cochi. 'Ddim eisiau un mwy! Eisiau un nawr!'

Tynnais ei fraich yn galetach wrth i'r fenyw ddechrau craffu arnon ni. Pwysodd ymlaen ar ei stôl ac edrych ar Ben a Travis a Noah a fi fel pe bai hi'n gwybod rhywbeth amdanon ni nad oedden ni ddim yn ei wybod. Ar ben ei rhewgell, roedd papur newydd. 'Arhoswch funud,' meddai'r fenyw, gan ddechrau gwgu. 'Noah yw dy enw di?'

Teimlais Ben a Travis yn rhewi yn yr unfan wrth i Noah nodio. 'O, wir i ddyn byw ... chi ... chi ydyn nhw! Y plant ... yn y papur!' gwaeddodd y fenyw, a'i llais yn mynd yn uwch ac uwch.

Am eliaid, edrychon ni ar ein gilydd. Edrychodd Ben arna i ac edrychais i ar Travis, ac edrychodd Travis ar y fenyw ac edrychodd Noah ar y stondin hufen iâ. Yna, ar amrantiad, fel pe bai pob un ohonom wedi cael yr un syniad ar yr union un eiliad, gwaeddodd Ben a Travis a fi, 'RHEDWWWWCH!' a sgathru heibio i'r fenyw yn syth am ddrws y twnnel! Clywais esgidiau Ben yn gwichian a tharo a phwnio, a bag Travis yn llamu a thincial wrth iddo godi Noah ar ei gefn.

'ARHOSWCH!' gwaeddodd y fenyw, gan neidio o'i sedd. 'STOPIWCH! Peidiwch â mynd i chwilio amdano fe! Dyw hi ddim yn saaaaaaaaafff!'

Wrth i fi redeg i lawr y grisiau troellog a cheisio anwybyddu'r poenau yn fy mhigwrn, edrychais dros fy ysgwydd. Doedd y fenyw ddim yn ein dilyn ni – ond roedd rhywbeth yn dweud wrtha i mai'r unig reswm am hynny oedd am ei bod hi'n ffonio'r heddlu.

Pan gyrhaeddon ni waelod y grisiau, arhosais. Ro'n i'n teimlo'n benysgafn eto, ac roedd pinnau bach golau amryliw yn fy llygaid, oedd yn gwneud i'r twnnel o 'mlaen i edrych fel pe bai wedi'i oleuo gan belen ddisgo.

'Dere Aniyah!' gwaeddodd Ben, gan redeg yn ôl i gydio yn fy mraich a 'nhynnu ymlaen. Er nad oedd dim awydd ar fy ysgyfaint na fy mrest na fy mhigwrn i ddal i fynd, fe ddilynon nhw, wrth i ni i gyd blymio i mewn i ogof o deils gwyn llachar o dan ddaear Llundain mor sydyn ag yr oedd ein hanadl a'n traed yn caniatâu.

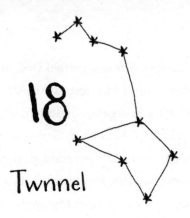

18

Twnnel

'Ydy hi ... tu ôl i ni?' gofynnodd Ben, wrth iddo sychu'i wyneb â'i lewys, ei wynt yn ei ddwrn.

Ysgwyd ei ben wnaeth Travis.

'Da iawn!' meddai Ben, gan aros i ddal ei ochrau a phlygu drosodd. 'Alla ... i ddim ... rhedeg ... un cam ... arall!'

'Na ... fi!' dywedais, gan bwyso fy mhen a fy nghefn yn erbyn un o'r waliau cam ac eistedd i lawr. Roedden ni wedi rhedeg mor gyflym ag y gallen ni am o leiaf hanner y twnnel, a doeddwn i ddim yn gallu mynd gam ymhellach. Roedd fy mhen yn pwnio ac roedd fy wyneb yn teimlo fel pe bai ar dân. Tynnais gwcwll fy ngwisg teigr oddi ar fy mhen a meddwl trueni nad oedd awyr iach yn y twnnel i helpu fi i oeri ychydig.

Rhoddodd Travis Noah i lithro oddi ar ei gefn, a dechreuodd wichian fel pe bai rhywbeth yn sownd yn ei lwnc. Daliodd ei law allan i Ben, wnaeth syllu arno am eiliad neu ddwy cyn dweud, 'O! Dŵr!' ac estyn ein poteli i ni. Aeth y pedwar ohonon ni'n dawel wrth i ni lowcio pob diferyn oedd ar ôl.

Rhwbiodd Noah ei lygaid a dod â chladdu'i ben yn fy mol yn grac. Roedd e am i fi wybod ei fod e ddim yn hapus, a'i fod e ddim yn siarad gyda fi nawr.

Pwyntiodd Ben o'n blaenau. 'Felly, ble mae'r pen draw?' gofynnodd, gan wgu.

Gan agor a chau fy llygaid i wneud i'r smotiau oedd ynddyn nhw ddiflannu, edrychais i'r cyfeiriad ble roedd Ben yn pwyntio. Roedd waliau gwyn cam a goleuadau melyn hir y twnnel yn mynd ymlaen mor bell nes ei bod hi'n edrych fel pe bai dim golau ar y diwedd i geisio cyrraedd ato.

'Dewch!' meddai Travis, wrth iddo dasgu'r diferion olaf o ddŵr ar ei wyneb. 'G-gawn ni ddal ati! Efallai ei b-bod hi'n d-dal i ddod!'

Gan roi fy mag losin tric a thrît i Noah i ymddiheuro iddo, ac yn y gobaith y byddai e'n anghofio am yr hufen iâ, ceisiais ddal ei law a dechrau rhedeg eto.

Ond doedd fy mhigwrn tost ddim yn gallu cyffwrdd â'r llawr am fwy na ryw ddwy eiliad ar y tro erbyn hyn. Brathais fy ngwefus a cheisio hercian cam neu ddau i ddangos i Ben a Travis 'mod i'n iawn, ond methais yn llwyr.

234

'Dere,' meddai Ben, gan roi un o fy mreichiau o gwmpas ei wddf wrth i Travis ddod a thynnu'r llall o gwmpas ei ysgwydd e.

'M-mae angen m-mynd i'r ysbyty,' meddai Travis, gan edrych arnaf yn drist.

Ysgydwais fy mhen wrth i fi ddechrau hercian. 'Ddim nes i fi wneud yn siŵr eu bod nhw'n rhoi'r enw cywir ar seren Mam,' dywedais, gan ddal yn dynn yn ysgwyddau Ben a Travis. Nodiodd y ddau, ac ro'n i'n gwybod mai dyna'u ffordd nhw o addo na fydden nhw ddim yn fy ngorfodi i i roi'r gorau iddi. Ddim â ninnau mor agos at gyrraedd.

Wrth i Noah gnoi'i ffordd yn swnllyd drwy'r losin oedd ar ôl yn fy nghwdyn trîts a sgipio ger coes Travis, cerddodd y gweddill ohonom ymlaen drwy'r twnnel yn dawel. Ar ôl i ni ddal i fyny â'r grŵp ysgol oedd ar y bws gyda ni, fe wnaethon ni arafu er mwyn bod ychydig gamau'r tu ôl iddyn nhw. Roedden nhw'n gwneud cymaint o sŵn nes ei bod yn swnio fel pe bai miliwn o bobl yn llenwi'r twnnel – oedd yn beth da, oherwydd doedd pobl oedd yn cerdded y ffordd arall ddim yn sylwi fawr ddim arnon ni. Ond roedd yna rai pobl yn dal i syllu, yn enwedig pan benderfynodd Noah y byddai'n hwyl cydio yn fy nghynffon teigr a rhuo.

Ond doedd dim ots. Y cyfan oedd yn bwysig nawr oedd cyrraedd pen draw'r twnnel a chyrraedd yr helwyr sêr heb i ni gael ein dal – gan y fenyw hufen iâ na neb arall. Ro'n i'n synhwyro bod Ben a Travis yn meddwl yr un peth, oherwydd roedd yr un math o wg ar eu hwynebau nhw ag oedd ar fy wyneb i.

Roedd hercian ar droed oedd yn brifo drwy dwnnel oedd fel pe bai byth yn dod i ben wedi dechrau gwneud pethau rhyfedd i fy ymennydd. Fe wnaeth i fi feddwl am filiwn o bethau gwahanol. Fel tybed beth roedd Eddie a Kwan o'r ysgol yn ei wneud, ac oedd Dad wedi gweld Noah a fi ar y newyddion heddiw, ac wedi dyfalu taw calon Mam oedd y seren newydd yn yr awyr. A meddwl am y crympets y byddai Mam yn arfer eu gwneud i ni'n frecwast arbennig, oedd wastad yn edrych fel lleuad felen yn llawn tyllau, wedi'u gorchuddio â menyn aur. Ac wedyn am sut roedd brifo fy mhigwrn wedi bod yn beth da, efallai, oherwydd pe bawn i'n gorfod mynd i'r ysbyty ac aros yno, wedyn gallai Noah aros gyda fi, a gallen ni ddweud wrth y meddygon i ddweud wrth Dad am ddod i'n nôl ni, a dweud wrth Mrs Iwuchukwu am fabwysiadu Ben a Travis cyn iddyn nhw fynd fodfedd yn dalach. Roedd cymaint i'w wneud ar ôl i ni roi'r enw cywir ar seren Mam, ac roedd rhaid i fi wneud yn siŵr bod popeth yn digwydd.

'Hei!' meddai Travis. 'Allwch chi weld hwnna? D-dwi'n m-meddwl 'mod i'n g-gweld rhywbeth!'

Craffodd Ben a fi i geisio gweld yn well. Yno, ymhell i ffwrdd, roedd cylch llachar o olau dydd yn hytrach na golau ar y nenfwd.

'Mam bach, diolch byth!' meddai Ben o dan ei fwgwd. 'O'r diwedd! Rydyn ni bron â chyrraedd y pen pellaf!'

Dechreuon ni gerdded a hercian yn gynt wrth i Noah droelli o'n cwmpas ni'n esgus bod yn awyren. Wrth i'r bwlch rhwng golau'r nenfwd a'r llawr dyfu'n fwy, a'r golau llachar ddod yn gryfach, daeth llinell fawr wen oedd wedi'i phaentio ar y llawr i gwrdd â'n traed. Ar ei hyd, mewn llythrennau bras, roedd y geiriau:

CROESO I GREENWICH: LLE MAE AMSER YN CWRDD Â'R GOFOD

Dyna'r llinell derfyn orau i mi'i gweld erioed. Roedden ni wedi croesi drosti mewn tawelwch, wrth i'r grŵp plant ysgol o'n blaenau stopio hefyd.

''Dewch i ni fynd yn y lifft gyda nhw'r tro hwn!' meddai Ben, gan edrych mewn pryder ar fy mhigwrn.

'Rhaid b-bod yn ofalus,' meddai Travis. 'F-fan 'na.' Pwyntiodd i fyny i wneud yn siŵr ein bod ni'n deall. 'P-paid gadael fynd, Aniyah – efallai fydd rhaid c-cerdded yn g-gyflym.'

Arhoson ni i'r lifft mawr haearn gyrraedd, cyn gwasgu ein hunain i mewn rhwng y plant eraill a'r athrawesau a hen gwpl oedd yn siarad yn swnllyd ag acen Americanaidd.

'ANIYAH! Ni'n mynd i'r gofod!' meddai Noah'n hapus, wrth iddo deimlo'r lifft yn cychwyn dan ein traed. Safodd â'i drwyn wedi'i wasgu yn erbyn y ffens fetel criscroes a gwylio'r ddaear yn diflannu o dan ein traed. Ymhen tipyn, stopiodd y lifft â gwichiad hegr haearnllyd, a chrafodd y drysau ar agor. Wrth i'r dosbarth o'n cwmpas dasgu allan, edrychais i fyny a gweld rhywun yn sefyll ar flaenau'i thraed, gan edrych o'i chwmpas ym mhobman. Y fenyw hufen iâ! Ac wrth ei hochr roedd dau blisman!

'Pen i lawr!' sibrydais, gan dynnu penelin Ben a Travis, ac amneidio arnyn nhw i guddio'r tu ôl i'r plant ysgol ac aros mor bell o'r fenyw â phosib. Tynnodd Travis Noah'n nes ato a rhoi'i fys at ei wefusau i'w rybuddio i fod yn dawel. Gan blygu mor isel ag y gallen ni, aethon ni mas o'r lifft ac allan i'r awyr agored, gan ddefnyddio'r plant ysgol fel tarian. Ar unwaith, roedd cannoedd o bobl o'n cwmpas, yn cerdded a thynnu lluniau a phwyntio a chlebran. Dim ond deg cam i ffwrdd roedd y fenyw hufen iâ a'r heddlu, ond roedden nhw'n dal i syllu i'r lifft, yn dal i chwilio.

'Fan 'na!' sibrydodd Travis, gan chwifio'i fraich i gyfeiriad fan fawr oedd yn gwerthu teisennau bach a chandi-fflos wrth ochr adeilad y twnnel.

Gan guddio'r tu ôl i'r fan, arhoson ni i wneud yn siŵr ein bod ni'n ddiogel o hyd.

'Dwi'n gallu blasu fy nghalon yn curo'r eiliad hon,' sibrydodd Ben.

'Roedd hwnna'n agos,' dywedais, wrth i ni wylio un o'r plismyn yn siarad i mewn i'r radio, a'r fenyw'n codi'i hysgwyddau. Wedyn cerddodd y tri i mewn i adeilad y twnnel ac edrych i lawr y grisiau.

'Niyah, edrych – llong môr-ladron!' meddai Noah, gan dynnu fy mraich a rhedeg i ganol palmant prysur.

'Mae hwnna'n cŵl!' meddai Ben, wrth i ni ddilyn Noah ac edrych i fyny. Doedden ni ddim yn gallu gweld y fenyw na'r heddlu nawr, felly roedd yn teimlo fel pe baen ni'n ddiogel.

Fe safon ni gan syllu ar un o'r llongau môr-ladron mwyaf enfawr, mwyaf sgleiniog, mwyaf môr-ladron-aidd a welais i erioed. Roedd yn edrych fel pe bai wedi'i wneud o filoedd o nodwyddau oedd yn ceisio gwnïo'r awyr, a phob un wedi'i gysylltu â gwe pry cop enfawr. A'r hyn oedd yn gwneud y llong hyd yn oed yn fwy arbennig oedd ei bod yn eistedd ar ben diemwnt enfawr wedi'i wneud o wydr oedd yn pefrio fel y môr pan mae'r haul yn tywynnu arno.

Gan sefyll ar un goes, estynnais am fy llyfr Arsyllfa Frenhinol o'r bag.

'Edrychwch, ry'n ni wedi cyrraedd,' dywedais, gan bwyntio at gartŵn bach o'r *Cutty Sark*, oedd yn edrych yn union fel ein llong môr-ladron. 'Ac mae angen i ni fynd y ffordd yma – i fan hyn.' Cerddais fy mysedd o'r llong drosodd i label oedd yn dweud Marchnad Greenwich, ar draws y coed ac o'r diwedd i lun telesgop.

O rywle ymhell bell i ffwrdd, dechreuodd cloch seinio.

Dong.

Dong.

Dong.

Dong.

'Ydy hi'n bedwar o'r gloch yn barod?' gofynnais mewn braw. Roedd yr holl dagfeydd traffig a'r dargyfeiriad a fy mhigwrn wedi ein gwneud ni mor hwyr!

Nodiodd Ben. 'Rhaid ei bod hi.'

'Well i ni fynd, 'te,' dywedais yn gadarn. A phawb yn gytûn, fe ddechreuon ni ar ein ffordd i gyfeiriad y farchnad, yn barod am beth bynnag roedd amser a'r gofod yn mynd i'w wneud i ni.

19

Croesi'r Llinell Fain Ddu

'Esgusodwch fi, syr, ond pa ffordd mae tŷ'r helwyr sêr?' gofynnodd Ben, wrth stwffio llond llaw arall o sglodion berwedig i'w geg. Roedd arogleuon y farchnad wedi dod â dŵr i'n dannedd, felly roedd Travis wedi gwario mwy o'i arian ar becyn mawr o sglodion a llwythi o finegr arnyn nhw, i ni gael eu rhannu wrth gerdded.

Edrychodd yr hen ddyn i lawr ar Ben a gwgu.

'Y beth sêr, nawr?'

'Sori syr, yr Arsyllfa Frenhinol mae e'n feddwl,' dywedais, gan wenu ar Ben.

'O! Wel, mae hwnnw'r ffordd yna!' meddai'r dyn, gan geisio stopio'i gi rhag ei dynnu i ffwrdd, a pwyntio at ffordd hir ar lethr am i fyny. 'Dilynwch y ffordd yna i'r pen, wedyn drwy'r parc ac wedyn yn syth i fyny'r bryn.' Gwasgodd aeliau llwyd y dyn yn nes at ei gilydd. Craffodd

241

arnon ni'n pedwar drwy ei sbectol hanner cylch, cymryd cipolwg ar ei watsh ac wedyn yn ôl arnon ni. 'Ond mae'n cau'n gynnar heno ar gyfer digwyddiad arbennig – ac mae wedi troi pedwar nawr, felly chewch chi ddim mynd i mewn.'

'O, byddwn ni'n cael mynd i mewn!' meddai Ben, gan roi'r fath wên enfawr i'r hen ddyn nes iddo gymryd cam yn ôl. 'Mae'n tad ni'n gweithio yno! Diolch!'

Crafodd yr hen ddyn ei ben, a golwg wedi drysu ar ei wyneb, ond roedd y ci'n ei dynnu'n galetach, felly i ffwrdd ag e.

'Bydd e'n meddwl am hynny am oriau,' meddai Ben.

'G-go dda,' gwenodd Travis, wrth i Noah neidio i fyny i gael mwy o sglodion.

'Ein *tad* …?' meddai Ben, pan welodd e fi'n gwgu. 'Achos ni'n *bendant* yn edrych fel pe bai gyda ni'r un tad!'

'O!' dywedais, gan deimlo'n dwp. Ro'n i wedi bod yn rhy brysur yn meddwl am beth ddywedodd yr hen ddyn – y byddai'r arsyllfa'n cau cyn bo hir, ac na fydden ni'n cael mynd i mewn. Doedden ni ddim wedi cynllunio beth fyddai angen i ni ei wneud ar ôl cyrraedd yr arsyllfa. Beth petaen ni, ar ôl hyn i gyd, yn methu mynd i mewn?

Fe ddechreuon ni i gyd gerdded a hercian a reidio ar gefnau'n gilydd i'r cyfeiriad roedd y dyn wedi pwyntio ato, i fyny'r heol hir i gyfeiriad y parc. Roedd hi'n dechrau tywyllu am fod yr haul wedi machlud, a'r unig sŵn i'w glywed oedd pobl yn chwerthin ac yn sgwrsio mewn tafarndai a bwytai llawn golau.

'Ble y'n ni nawr?' gofynnodd Ben.

'Ffaelu b-bod yn b-bell,' meddai Travis, wrth i ben yr heol ddod i'r golwg. O'n blaenau roedd rhes hir o glwydi du, tal, a darnau aur cyrliog yn eu haddurno. Roedd dau o'r clwydi mwyaf ar agor led y pen, a dau ddyn wedi'u gwisgo mewn cotiau hir du, a weiren yn dod o'u clustiau, yn sefyll wrth ochr rhaff goch gan stopio pawb rhag mynd i mewn. Y tu ôl iddyn nhw, yn y pellter ar ben y bryn, ro'n i'n gallu'i weld e! Cromen fawr a thŷ brics coch, a golau melyn a glas yn ei oleuo ... yr Arsyllfa Frenhinol! Roedden ni mor agos!

Gyrrodd car hynod hir a hynod sgleiniog heibio'n araf. Edrychon ni wrth iddo stopio ger y clwydi agored, ac aeth un o'r dynion mawr at ffenest y cefn. Daeth llaw yn gwisgo maneg wen a modrwy ddiemwnt enfawr i'r golwg, a dangos cerdyn. Nodiodd y dyn, a symudodd yr ail ddyn y rhaff goch i adael i'r car fynd heibio.

'Rhaid eu bod nhw yma ar gyfer y p-parti,' sibrydodd Travis.

'Ydyn, a heddlu cudd yw'r ddau yna,' meddai Ben yn wybodus. 'Well i ni beidio â gadael iddyn nhw ein gweld ni! Edrychwch, mae arwydd draw fan 'na. Beth am fynd i weld oes unrhyw wybodaeth arno?'

Dilynon ni Ben i gwpwrdd gwydr mawr o flaen y clwydi. Y tu mewn iddo, roedd map lliwgar ac arwydd arno'n dweud 'Rydych Chi Yma', a llawer o gardiau bach â phob math o lawysgrifen wahanol arnyn nhw, yn gofyn pethau fel 'Ydych chi wedi gweld y ci hwn?' a 'Chwilio am eich enaid hoff cytûn?' Yng nghanol y cyfan roedd poster yn llawn lluniau tân gwyllt a sêr yn pefrio. Ac mewn llythrennau aur roedd y geiriau:

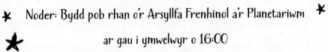

HENO!
GALA FLYNYDDOL KRONOS
I Ddathlu 250 Mlynedd o Gadw Amser y Byd

Noder: Bydd pob rhan o'r Arsyllfa Frenhinol a'r Planetariwm ar gau i ymwelwyr o 16:00

'O, na! Mae wedi cau'n barod!' sibrydodd Ben, gan edrych dros ei ysgwydd ar y ddau ddyn fel petaen nhw ar fai.

Gwthiais fy wyneb drwy'r bwlch rhwng dau reilin, ac edrych i fyny ar y tŷ. Roedden ni mor agos. Roedd yn rhaid i ni fynd i mewn ... rhaid! Allen ni ddim â dod mor belled â hyn a methu. Allwn i ddim â gadael i seren Mam grwydro drwy'r gofod am byth â'r enw anghywir arni oherwydd rhyw glwydi hurt!

Estynnais fy llaw, gan feddwl efallai y gallwn gyrraedd y tŷ rywsut, neu gyffwrdd â'r telesgop brenhinol. Roedd popeth yn teimlo mor agos. Edrychais ar fy mreichiau a fy nwylo'n ymestyn o 'mlaen i, ac yn sydyn fe ddaeth syniad!

'Dewch,' dywedais, gan dynnu breichiau Ben a Travis. 'Dwi'n meddwl 'mod i'n gwybod sut allwn ni fynd i mewn. Yr unig beth mae'n rhaid i ni'i wneud yw gwneud yn siŵr nad oes neb yn ein gweld ni!'

Roedd golwg wedi drysu ar wynebau Ben a Travis wrth i fi ddechrau herc-gerdded i ffwrdd o'r fan lle'r oedd y ddau swyddog diogelwch yn sefyll, a dilyn y rheilins ar hyd y ffordd. Fe gerddon ni ymlaen nes bod y tŷ a'r bwytai a'r lleisiau a'r goleuadau wedi diflannu, a'r rheilins yn cwrdd â wal frics. Doedd dim unman arall i fynd, a doedd neb i'n gweld ni.

'Fan hyn,' dywedais, gan dynnu fy mag. 'Gallwn ni fynd i mewn fan hyn!'

'I mewn i ble?' gofynnodd Ben.

'Edrychwch!' dywedais. A gan ollwng cymaint fyth o anadl ag y gallwn a dal fy mol i mewn mor dynn ag y gallwn, cydiais yn fy nghynffon teigr a mynd at ddau o'r bariau haearn. Gan wthio un goes rhyngddyn nhw, ac wedyn y goes arall a braich, yn araf bach, gwthiais fy nghorff i gyd drwodd. Trois fy wyneb i un ochr a chau fy llygaid wrth i gorneli'r haearn grafu fy moch. Ro'n i'n teimlo fel pe bawn i wedi cael fy nghywasgu, ac roedd hi'n anodd anadlu, ond dim ond am eiliad ro'n i'n teimlo fel 'na, ac wedyn ... pop! – ro'n i drwodd. Ro'n i ar ochr arall y clwydi!

'Gweld!' dywedais, gan rwbio fy wyneb i ddod â'r teimlad arferol yn ôl. 'Hawdd!'

Mesurodd Ben ei hun yn erbyn y rheilins i weld a fyddai'n ffitio. 'Ond ... fy ngwallt ...' meddai dan ei anadl, gan gyffwrdd ynddo fel pe bai gwasgu drwy'r rheilins yn mynd i wneud iddo ddisgyn oddi ar ei ben.

'Noah g-gyntaf,' meddai Travis, gan ei wthio ymlaen.

'Noah, dere! Dere 'ma,' sibrydais. Estynnodd Noah ei freichiau tua'r rheilins a gadael i fi ei dynnu drwodd, a'i helmed ofod yn disgyn glatsh i'r llawr wrth iddo ddod. Cydiodd Travis ynddi a'i gwrthio rhwng y rheilin gyda fy mag, ac wedyn llithrodd e drwodd hefyd. Yn y tywyllwch, roedd ei wisg ysgerbwd wedi dechrau sgelinio mewn rhyw liw gwyrdd-wyn disglair.

'O, bobol bach! Dwi ddim yn mynd i ffitio,' meddai Ben, gan gyffwrdd â'i wallt eto.

'Wyt, mi wyt ti,' dywedais. 'Ond rhaid i ti ollwng dy anadl i gyd – fel gwnes i!'

'D-dere, B-ben!' meddai Travis. 'Helpwn n-ni gyda'r g-gwallt!'

'Iawn. Wel ... dwi'n gallu gweld nad yw hyn yn mynd i weithio, ond allwch chi ddim ddweud 'mod i heb roi cynnig arni,' mwmialodd Ben gan gydio mewn rheilin a sugno anadl ddofn i mewn. Gan wasgu hanner ei wyneb ac wedyn coes, ac wedyn ei frest drwodd, estynnodd law. 'Dwi'n styc! Dwi'n styc!' Dechreuodd Noah chwerthin wrth iddo wylio Travis a fi'n cydio ym mraich Ben a thynnu â'n holl nerth. Syrthiodd afon o losin o boced Ben wrth i ni straffaglu.

'AAAAAWWWWW!' gwaeddodd Ben. 'Menyn Martha Morgan! Pam mae'r rheilins hyn mor agos at ei gilydd? Dwi'n mynd i farw!'

'Hisht!' rhybuddiais, wrth i fi dynnu'n galetach fyth.

'Aros! Fy ngwallt! Fy ngwallt!' sgrechiodd Ben wrth i'w wyneb wasgu rhwng y rheilins.

'Anghofia'r g-gwallt ac anadla m-mas!' gorchmynnodd Travis.

'AAAAAWWWWW!' gwaeddodd Ben eto, wrth i ni dynnu'i fraich gymaint nes ein bod ni'n ofni byddai'n dod allan o'i ysgwydd. Ond roedd ei frest yn dechrau symud tuag atom ac roedd ei wyneb bron â dod drwodd, ac wedyn – gyda sŵn pop! – roedd Ben ar yr un ochr o'r clwydi â ni.

'Roedd hwnna'n brifo!' meddai, heb ddim anadl wrth wneud yn siŵr ei fod mewn un darn. 'Ro'n i'n meddwl 'mod i'n mynd i farw – byddai hynny wedi bod mor *embarrassing*! Arhoswch!' Gan gyffwrdd yn sydyn â'i wallt, gofynnodd, 'Yw e'n iawn?' Edrychodd Travis a fi ar ein gilydd a cheisio peidio chwerthin. Roedd gwallt hollol grwn a pherffaith Ben wedi troi'n hirsgwar ychydig bach ar un ochr, ychydig bach yn fflwfflyd.

Chwarddodd Noah wrth i Ben wgu.

'S-syniad d-da am y rheilins, Aniyah!' meddai Travis, wrth ddod i fy helpu i gerdded ymlaen.

'Ie,' meddai Ben. 'Hyd yn oed os buon nhw bron â fy lla –'

'Hisht!' sibrydais, gan dynnu Noah'n agosach ata i.

Ro'n i'n gallu clywed sŵn siffrwd tawel yn y gwair, yn dod yn nes ac yn nes.

Safodd pawb ohonon ni fel cerfluniau coed ac aros, gan deimlo ofn mawr.

'AAAAAAAAAAAAARRRRRRRRGGGGGHHHHH! LLLLLLLLLLLYYYYYYYYYYGGGGGGOOOOOOOD MMMMAAAAAAAAWWWWR!' sgrechiodd Ben gan bwyntio y tu ôl i fi a rhedeg nerth ei draed i'r coed.

Â sŵn fy nghalon yn curo yn fy nghlustiau, edrychais dros fy ysgwydd yn araf. Daeth wyneb llwyd blewog a chynffon mwy blewog fyth i'r golwg, yn dal cneuen siocled rhwng dwy bawen. Rhaid ei bod wedi arogleuo'r losin oedd wedi disgyn o bocedi Ben a dod i weld beth oedd yn digwydd.

'Dim ond gwiwer yw hi,' gwaeddais, gan ollwng yr anadl ro'n i wedi bod yn ei ddal, a dechrau chwerthin,. 'Ben! Stop! Mae'n iawn,' galwais ar ei ôl.

'Dwi'n mynd i'w LADD e,' meddai Travis, gan roi'i law dros ei galon ac ysgwyd ei ben.

Wrth i Ben ddod ar ras yn ôl aton ni, cydiais yn llaw Noah ac edrych i fyny. Drwy'r coed o'n blaenau, roeddwn i'n gallu gweld cae a mwy o goed a ffordd droellog, hir. Er ein bod ni ar ochr arall y clwydi nawr, roedd cromen yr arsyllfa'n dal yn bell i ffwrdd. Ond ar yr awel, roeddwn i'n gallu clywed sŵn cerddoriaeth a lleisiau o bell, a'r cyfan yn dweud fod y gystadleuaeth fwyaf yn yr holl alaethau ar fin dod i ben, ac mai dyma fy nghyfle olaf i helpu seren Mam a rhoi'r enw y cafodd hi ei geni ag ef yn ôl iddi hi.

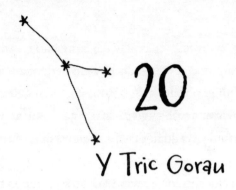

20

Y Tric Gorau

'Tybed faint o bobl sydd wedi cystadlu,' meddai Ben, wrth iddo fe fy helpu i neidio dros gangen fawr arall a heibio llinell hir arall o goed.

'M-miliynau a m-miliynau, sbo,' meddai Travis, wrth iddo fownsio Noah ar ei gefn a cheisio stopio'i hun rhag cael ei grogi yr un pryd. 'Ond dyw hynny ddim yn n-newid y ffaith bo' t-ti wedi rhedeg i ffwrdd wrth wiwer!'

'Maen nhw fel llygod mawr!' dadleoedd Ben. 'Ond yn fwy ... fflwfflyd!'

O rywle'n bell y tu ôl i ni, daeth sŵn yr un cloc yn taro ag oedd wedi seinio awr yn ôl.

Dong.

Dong.

Dong.

Dong.

Dong.

Dong.

Roedd hi'n bump o'r gloch yn barod! Oedd yn golygu fod llai na dwy awr ar ôl nawr i ddringo'r bryn at yr helwyr sêr a'u stopio rhag rhoi'r enw angyhwir ar seren Mam.

Wrth glywed cloch y cloc, fe wnaeth pob un ohonon ni drio brysio. Ond roedd hi'n mynd yn fwy a mwy anodd cerdded drwy'r goedwig yn gyflym. Roedd yr awyr yn hollol dywyll erbyn hyn, ac roedd y llwyni a'r coed yn dechrau edrych yr un mor ddu â'r awyr. Roeddwn i'n gallu clywed Travis yn baglu ac yn llithro ac ro'n i'n teimlo gafael Ben ar fy mraich yn mynd yn fwy tyn wrth iddo geisio fy helpu i, heb ddisgyn dros frigau a changau a darnau llithrig o fwd ei hun.

Ymlaen y cerddon ni, a'r tir yn gwneud llethr oedd yn mynd i fyny ac i fyny. Dechreuodd Noah biffian swn cwyno a dechreuodd pawb arall anadlu'n drymach a cherdded yn arafach.

'O'r diwedd,' meddai Ben, wrth i ni ddod i stop ger bonyn coeden enfawr. 'Dyma ni!'

Aethon ni i lawr ar ein cwrcwd y tu ôl i'r goeden enfawr ac edrych o'n cwmpas. Doedd dim mwy o goed o'n blaenau, a dim mwy o gaeau'n llawn mwd. Dim ond rhes hir o geir mawr du, gwag, oll wedi'u parcio'n dwt mewn grid, fel y byddai Noah'n parcio'i geir tegan pan fyddai'n esgus eu bod nhw mewn tagfa. Ar ochr arall yr heol a thu ôl i'r ceir roedd wal fawr, o gwmpas adeilad brics coch enfawr gyda thelesgop metel enfawr yn sbecian o'r ddaear o'i flaen. Roedd chwe phowlen ddu ar ffyn eithriadol o dal yn llawn tân, ac o'u blaen roedd clwyd agored yn arwain at risiau. Roedd dyn mawr mewn cot ddu a menyw mewn siwt yn aros ger y clwydi. Roedd gan y ddau weiren droellog yn dod o'ui clustiau, yn union fel y rhai welson ni ar glustiau'r heddlu cudd wrth droed y bryn.

Syllais ar yr arwydd oedd yn pefrio arnon ni o'r wal o'n blaen, fel gwahoddiad enfawr wedi'i wneud o ddrychau. Arno, roedd y geiriau: 'Croeso i Arsyllfa Frenhinol Greenwich a Phlanetariwm Peter Harrison'.

'Sut ydyn ni'n mynd i fynd i mewn?' gofynnodd Ben, wrth i ni guddio'r tu ôl i'r goeden a gwylio fflamau'r tanau'n chwyrlïo yn y gwynt.

'Wn i ddim,' dywedais, gan ddechrau teimlo'r ofn yn codi. Do'n i ddim erioed wedi meddwl byddai'r helwyr sêr yn cael eu gwarchod gan bowlenni o dân a swyddogion diogelwch. Roedd pob llun ro'n i wedi'i weld ohonyn nhw mewn llyfrau'n awgrymu ei bod nhw'n byw mewn llyfrgelloedd, ac yn barod bob amser i helpu unrhyw un oedd eisiau dysgu rhywbeth am y gofod. Mi fydden nhw'n barod i'n helpu ni, pe baen ni'n dod o hyd i ffordd heibio i'r swyddogion – on'd bydden nhw?

Taflais y cwestiwn i ffwrdd ac edrych ar Noah, oedd bron â chwympo i gysgu ar gefn Travis. 'Beth petaen ni'n esgus bod ein rhieni ni tu fewn? A gall Noah esgus llefain?'

Ysgydwodd Travis ei ben. 'B-byddan nhw'n s-siŵr o ofyn i ni am enwau ac edrych ar eu rhestr, a'n harestio ni os ydyn ni'n g-gwneud c-camgymeriad.'

Roedd pawb yn cytuno bod Travis yn iawn, ac aethon ni'n ôl i feddwl am rywbeth arall.

Ar ôl munud arall, wrth i Noah ddechrau chwyrnu'n dawel, trodd Travis o gwmpas yn llawn cyffro. 'Arhoswch f-funud! Dwi'n m-meddwl 'mod i'n g-gwybod!'

'Beth?' gofynnodd Ben a fi ar yr un pryd.

Pwytiodd Travis at y ceir o'n blaenau ni.

'Ni'n defnyddio nhw!'

'Beth … y ceir?' gofynnodd Ben gan wgu.

Nodiodd Travis. 'Ie! Achos b-beth sydd g-gan bob c-car?' gofynnodd.

Cododd Ben ei ysgwyddau. 'Olwynion?'

Ysgydwodd Travis ei ben a rhoi pwn i Ben â'i benelin, a dweud, 'Nage … larwm!'

Yn araf, sythodd aeliau Ben, ac wedyn troi am i fyny.

'Travis! Ti'n ATHRYLITH!' gwaeddodd, gan ysgwyd breichiau Travis fel pe bai'n trio ei gael i adael y ddaear a hedfan. 'Ond sut?'

'Larwm?' gofynnais, gan geisio deall am beth roedd y ddau'n siarad.

'Y losin!' meddai Travis. 'O'r b-bagiau t-trîts?'

Gan gydio yn ei fag, tynnodd Ben weddillion y bagiau trîts a'u dal i fyny fel gwobrau. Roedd un Ben yn wag, ac un Noah bron â gorffen, ac roedd e wedi bwyta hanner cynnwys fy un i hefyd. Ond doedd un Travis ddim wedi cael ei agor eto.

'P-perffaith!' meddai Travis. Cydiodd yn y pecyn wrth Ben, arllwys y cynnwys i boced ei drowsus, a gwylio wrth i Ben wneud yr un fath gyda'r bagiau eraill.

'Beth ydych chi'n mynd i'w wneud?' gofynnais, wedi drysu mwy nag o'r blaen.

'N-ni'n mynd i'w d-defnyddio nhw – i wneud t-tric!' gwenodd Travis.

'Ydyn!' meddai Ben. 'Tric sy'n mynd i fynd â ni i mewn drwy'r clwydi yna! Ond bydd angen seinio larwm gyntaf …!'

Ro'n i'n dal i wgu. Ond yn sydyn, roeddwn i'n deall!

'Mae hynna'n rhagorol!' gwaeddais, gan daro fy llaw dros fy ngheg rhag ofn 'mod i wedi gweiddi'n rhy swnllyd.

Ond doedd y swyddogion diogelwch ar ochr arall y ffordd ddim wedi clywed dim.

'Fe awn ni i'w gosod nhw i ganu,' meddai Ben, gan wisgo'i fwgwd eto. 'Bydd di'n barod i redeg, iawn?'

Nodiais.

'Barod!' gorchmynnodd Travis, wrth iddo roi Noah i lawr. Cydiais ym mreichiau Noah a cheisio gwneud iddo sefyll ar ei draed. Ond doedd e prin yn gallu agor ei lygaid, ac roedd e'n cwyno yn ei flinder.

'Hissht!' rhybuddiodd Travis wrth i ni bicio'n pennau rownd y goeden ac edrych ar y swyddogion ar draws y ffordd. Roedd un wedi rhoi'r gorau i fartsio'n ôl ac ymlaen, ac roedd e'n edrych o gwmpas yn llawn amheuaeth. Ond ar ôl eiliad neu ddwy, aeth e'n ôl i gerdded o gwmpas eto.

'Iawn,' meddai Travis, wrth i fi dynnu Noah yn ôl ar ei draed eto. 'D-dyma ni'n – MYND.'

Nodiodd Ben, gan frathu'i wefus isaf nes iddi ddiflannu i'w geg.

Nodiais innau hefyd. Ond roedd cymaint o ofn arna i erbyn hynny nes na wyddwn i ai nòd oedd hi neu mai fy ngwddf oedd yn crynu.

'Iawn … c-cer di i'r chwith, fe af i i'r dde, ac fe g-gwrddwn ni g-ger y c-clwydi!' gorchmynnodd Travis.

Cododd Ben ei fawd a gwneud yn siŵr bod yr holl losin yn dal yn ei boced.

Tynnais Noah ar fy ôl i, ac aethon ni'n dawel bach mas o guddfan y goeden a symud yn sydyn at y car agosaf aton ni. Gan blygu'n isel wrth un o'i ddrysau, codais fy mys at fy ngwefusau a dangos i Noah fod rhaid iddo aros yn hollol dawel. Rhoddodd ei fys yn erbyn ei wefusau hefyd, gan fy nynwared i. Roedd golwg ddifrifol ar ei wyneb, ac roedd e'n fwy effro hefyd.

Gwyliais wrth i Ben a Travis doddi i'r tywyllwch, er bod ysgerbwd pefrio-yn-y-tywyllwch Travis yn arafach i ddiflannu. Ro'n i'n aros ac yn gwrando, ac yn ceisio cadw Noah ar ei draed ... ac o'r diwedd, clywais y sŵn – fel cesair yn disgyn o bell! Roedd Travis a Ben yn taflu'r losin fry i'r awyr nes eu bod nhw'n glanio ar doeau'r ceir, gan wneud i'r haearn dincial yn dawel.

Wedyn, aeth popeth yn dawel eto.

Am eiliad neu ddwy, eisteddais, gan aros a theimlo'n sâl. Beth os nad oedd y cynllun wedi gweithio? Beth os nad oedd y losin yn ddigon trwm i seinio'r larwm? Ond yn sydyn, dechreuodd golau fflachio, a chwalwyd y tawelwch gan sain larwm car. Ac wedyn un arall ... ac un arall!

NEI-NEEEEEEEEEEEER!

PEEEEEEEEEEE- POOOOOOWW!

WWWWWWWW-NWWWWWW!

'Beth yn y byd –?' galwodd un o'r swyddogion diogelwch, gan ruthro heibio i ni i'r chwith, i gyfeiriad y sŵn.

Wedy, fel pe baen nhw'n gweiddi ar y grŵp cyntaf o synau, dechreuodd larymau eraill ganu o'r ochr draw.

GYOOOOOOWNG!

HEEEEEEE-HOOOOOOO!

WWWWWWWWWW-HWWWWW!

Gan ruthro'n ôl at fy ochr a'i wallt yn sefyll i fyny ar ei union mewn cyffro, cydiodd Travis yn fy mraich. Gwelson ni'r ail swyddog yn gadael y glwyd a rhedeg at y ceir ar y dde. Ar unwaith, bron, ymddangosodd Ben o'r cysgodion a'i wyneb yn nerfus ond yn hapus.

'Brysiwch,' meddai, gan bwyntio. Roedd y tric wedi gweithio! Roedd clwydi'r planetariwm ar agor led y pen, a doedd neb yno i'n stopio ni rhag mynd i mewn!

Gan gydio ym mreichiau ein gilydd, sleifiodd y pedwar ohonom ar hyd ochr y car ac edrych i'r chwith ac i'r dde. Doedd dim golwg o'r swyddogion, ond roedd dau o'r larymau wedi stopio sgrechian yn barod.

'Nawr!' sibrydodd Travis gan wthio'i hun i sefyll a dechrau rhedeg nerth ei draed at y clwydi, gan dynnu Noah a Ben a fi'r tu ôl iddo.

Wrth i ni faglu ar draws yr heol, heibio i'r clwydi a thuag at y carped coch trwchus oedd yn arwain i fyny'r grisiau at ddrws y planetariwm, daeth larwm dau gar arall yn fyw'r tu ôl i ni. Ac un arall. Ac un arall eto fyth!

'Pwy sy'n taflu mwy o losin?" sibrydodd Ben, wrth i ni edrych ar ein gilydd mewn dryswch.

'Dewch – gawn ni weld!' Chwifiodd Travis ei fraich i'n harwain ymlaen.

Pan gyrhaeddon ni ben y grisiau lle nad oedd dim mwy na thri cham at ddrysau mawr gwydr y planetariwm, trodd Travis oddi wrth y fynedfa a chamu at y wal oedd yn edrych dros y maes parcio. Aethon ni gydag e, a sefyll yn gegagored wrth weld yr olygfa.

Oherwydd yno islaw i ni, yn rhedeg ar hyd toeon sgleiniog du'r holl geir, ac yn tanio mwy o larymau, roedd byddin gyfan o wiwerod fflwfflyd llwyd, yn ceisio dal y cnau siocled roedd Ben a Travis wedi'u taflu i'r awyr ar eu cyfer!

Ac yn rhedeg ar ôl y gwiwerod a'u cotiau'n nofio ar y gwynt a'u hwynebau'n goch a phoeth a chwyslyd, roedd y ddau swyddog diogelwch, yn rhegi'n swnllyd at y gwiwerod, ac yn ceisio'u hel i ffwrdd.

'Travis, dwi'n meddwl mai dyma dy dric gorau di erioed,' meddai Ben, â gwên falch ar ei wyneb.

'Nid dim ond hynny,' dywedais, wrth i chwerthiniad ddianc o fy llwnc, 'dyma'r tric gorau erioed, y tric gorau yn holl hanes yr alaeth!'

Y Seren Fwyaf yn Hollywood

'Amser i ddod o h-hyd i'r h-helwyr sêr!' meddai Travis, wrth iddo estyn ei law at Noah, oedd yn syllu'n gegagored ar y gwiwerod fel pe baen nhw'n anrhegion Nadolig personol iddo fe.

'Gobeithio na fydd dim angen mynd heibio i ragor o swyddogion,' meddai Ben, wrth i ni wasgu'n trwynau yn erbyn gwydr y drysau ac edrych drwyddyn nhw. Roedden ni'n gallu gweld ei bod hi'n dywyll y tu mewn, ond ar bob wal roedd lluniau symud o sêr a phlanedau a chloc â'i fysedd yn symud ymlaen ac yn ôl, a'r geiriau 'KRONOS WATCHES: Campwaith Amser ei Hun' yn fflachio mewn llythrennau mawr gwyn bob ychydig o eiliadau. Doedd neb yno.

Gan ddal yn sownd yn nolen y drws, tynnais ef ar agor, gan obeithio nad oedd clo arno. Roedd sŵn siarad i'w glywed o bell, ac wedyn sŵn cymeradwyo'n atsain ar draws ystafell o rywle lawr llawr.

Aethon ni i mewn gyda'n gilydd a mynd am y grisiau troellog yng nghanol yr ystafell enfawr. Ger pen y grisiau, roedd bwrdd â'r geiriau 'Cinio Gala Blynyddol Kronos' arno, a saeth yn pwyntio i lawr y grisiau.

'Dewch,' dywedais. 'Awn ni i lawr!'

Fi aeth gyntaf, gan hercian mor gyflym ag y gallwn i, a meddwl tybed beth fydden ni'n ei weld yn y gwaelod, a sut roeddwn i'n mynd i wneud i bawb wrando arna i am seren Mam. Doedd gen i ddim syniad faint o'r gloch oedd hi erbyn hyn, ond roeddwn i'n gwybod nad oedd llawer o amser ar ôl.

Yn dawel bach, aethon ni i lawr y grisiau. Gyda phob gris i lawr, roedd hi'n mynd yn fwy tywyll, ac roedd Noah'n gwasgu fy llaw yn dynnach. Roedd arwydd arall y tro hwn, â'r geiriau 'Cinio Gala Kronos – syth ymlaen', yn arwain at goridor hir. Roedd bron yn hollol dywyll, ond wrth i ni gerdded ar ei hyd, roedd lluniau planedau a chomedau a thyllau duon yn goleuo ac yn tywynnu o'r waliau a hyd yn oed y nenfwd. Roedd sŵn cerddoriaeth a chwerthin yn dod yn donnau o'r ystafell nesaf.

'Edrych!' gwaeddodd Noah wrth i lun mawr fflachio ar sgrin ddu ar ben y coridor. Roedd yn dangos twr mawr o olau gwyn a phinc yn chwyrlïo, a dau siâp fel corwyntoedd yn ei wasgu uwchben ac o dano, a'i wneud yn belen lai a llai, nes iddo, heb rybudd, ffrwydro'n gawod o arian glas. Daeth y geiriau 'Sut Mae Seren yn Cael ei Geni' ar y sgrin, ac ar ôl tair eiliad, diflannodd y cyfan i'r tywyllwch. Syllais ar ein cysgodion oedd yn cael eu hadlewyrchu yn y sgrin, ac edrych i lawr ar Noah. Wyddwn i ddim mai fel hyn roedd sêr newydd yn edrych pan fydden nhw'n cael eu geni, ond roedd popeth yn gwneud synnwyr nawr. Roeddwn i eisiau dweud wrth Noah fy mod i'n gwybod pam roedd y cracio roedd e a fi wedi'i deimlo yn ein brest wedi brifo gymaint, a pham roedd y ffrwydrad glywson ni'r noson ddiflannodd Mam mor swnllyd. Roedd calon Mam wedi mynd drwy'r fath newid enfawr! Ac er ei fod yn ei gwneud hi hyd yn oed yn harddach nag oedd hi'n barod, a'i fod yn golygu y gallai hi fyw am filiynau o flynyddoedd, roedd yn dal i edrych yn boenus ac unig.

'Aniyah?'

Teimlais law ar fy ysgwydd, ac ro'n i'n gwybod taw Travis oedd e, yn ceisio gwneud i fi frysio. Ond er 'mod i eisiau troi tuag ato, doeddwn i ddim yn gallu. Roedd gweld sut gallai calon Mam fod wedi cael ei newid i fod yn seren wedi troi fy nhu mewn yn drydan ac yn garreg.

Crynodd popeth o'n cwmpas wrth i don o gymeradwyaeth sgubo o'r ystafell nesaf, gan ysgwyd y drysau dwbl wrth ein hochr. Craciodd y sŵn drwy fy nghorff a fy ngorfodi i droi. Gan lyncu'n galed i gael gwared â'r belen ludiog yn fy llwnc, arweiniais Ben a Travis a Noah i ben pellaf yr ystafell yn llawn sêr.

Yn hollol dawel, gwthiais un o'r drysau ar agor y mymryn lleiaf er mwyn i ni allu gweld beth oedd yn digwydd.

Y tu mewn, roedd yr ystafell yn llawn byrddau crwn gyda chanhwyllau tal a blodau drostyn nhw i gyd. O gwmpas y byrddau roedd dynion mewn siwtiau du sgleiniog gyda thei-bo a chrysau gwyn – oedd yn gwneud i bob un ohonyn nhw edrych fel pengwin, a menywod oedd yn gwisgo ffrogiau hir o bob lliw. Roedd rhai ohonyn nhw'n gwisgo diemwntau mawr am eu gyddfau ac yn eu clustiau a hyd yn oed drwy'u gwallt, fel pe baen nhw'n cystadlu i weld pwy allai befrio fwyaf. A ger ein drws ni ac ar hyd ymyl yr ystafell i gyd, roedd hyd yn oed mwy o bobl yn dal camerâu mawr oedd yn clicio a fflachio ac yn llenwi'r awyr â synau rhyfedd fel haid o sboncwyr y gwair.

Wrth i'n pennau gropian ymhellach a phellach drwy'r drws, sylwais fod pawb yn yr ystafell yn syllu ac yn sibrwd ac yn clicio ac yn fflachio ar fenyw oedd yn cerdded at lwyfan mawr gwydr ym mhen pellaf yr ystafell. Er nad oedd diemwntiau yn ei gwallt nac yn ei chlustiau fel y menywod eraill, ac nad oedd ei ffrog hir yn sgleinio'r tamaid lleiaf, roedd hi'n edrych fel pe gallai hi fod y fenyw harddaf yn y byd. Roedd ei chroen yn sgleinio a'i gwallt yn ddu ac yn donnog a'i gyrls yn cwympo fel rhaeadr rownd ei hwyneb. Roedd ei ffrog ddu'n cyrraedd y llawr, ac am ei gwddf, roedd hi'n gwisgo'r perlau gwynnaf a welais i erioed ac, yn union fel Mrs Iwuchukwu, ro'n i'n gallu gweld bod powdwr pefr o gwmpas ei llygaid i gyd.

'Mawredd mawr, eisteddwch i lawr …. dyna – dyna …' Tawelodd Ben a dechrau fy mhwnio i a Travis yn ein breichiau gant o weithiau bob eiliad. 'Yr actores yna o'r holl ffilmiau uwcharwyr! Audrey … rhywun!'

'Ie, d-dwi'n gwybod!' meddai Travis, gan gochi ac edrych yn swil yn sydyn. 'Hi yw'r s-seren fwyaf yn H-hollywood!'

Edrychon ni wrth i'r fenyw o'r enw Audrey Rhywun sefyll y tu ôl i bodiwm gwydr ac edrych o gwmpas yr ystafell. Arhosodd pawb mewn tawelwch, fel pe bai'r hyn roedd hi ar fin ei ddweud yn un o'r pethau pwysicaf roedd eu clustiau byth wedi'i glywed.

'Foneddigion a boneddigesau, noddwyr nodedig, gwroniaid, ceidwaid amser a seryddwyr! Fy mraint yw cael bod yma heddiw fel wyneb newydd Watshys Kronos.'

Aeth cymeradwyaeth o gwmpas yr ystafell fel taran a phlygodd hi ei phen yn osgeiddig, cyn siarad eto.

'Braint fwy fyth yw cael sefyll yma heddiw, yn y fan lle ganwyd amser modern, a ble mae awydd dyn i ddysgu popeth a all am y bydoedd yn ein galaethau'n parhau i dyfu. Dwi wedi dysgu cymaint yn fy rôl fel llysgennad Menter a Sefydliad Kronos, ac rwy'n edrych ymlaen yn fawr iawn i'ch cyfarfod chi bob un.'

'Ond nawr,' aeth yn ei blaen. 'Pleser o'r mwyaf yw agor gala heno drwy enwi ffenomenon newydd yn ein ffurfafen! Fel y gwyddoch, dridiau yn ôl, seryddwyr yr Arsyllfa Frenhinol oedd y bobl gyntaf i weld y seren newydd-enwog sydd wedi goresgyn holl ddeddfau ffiseg. Y seren gyntaf nid yn unig i ymddangos gerbron llygad dyn heb gymorth, ond hefyd y seren sydd wedi teithio agosaf atom na'r un seren arall yn ein galaeth!'

Taranodd mwy o gymeradwyaeth ar draws yr ystafell, gan wneud i fy nghlustiau gochi. Trodd Ben a Travis a rhoi gwên lydan i fi, fel pe baen nhw'n falch o Mam hefyd.

'Dros y deuddeg awr a thrigain ers lansio cystadleuaeth fyd-eang i helpu i enwi'r seren newydd hon, rwy'n falch o ddweud bod dros un deg saith miliwn o enwau wedi cael eu cyflwyno gan bobl o bob cwr o'r byd, ac am un funud wedi deuddeg y bore yma, detholwyd enw buddugol gan ein cyfrifiaduron!'

Cododd bonllef o'r dorf, oedd mor swnllyd nes i'r lloriau grynu fel pe bai daeargryn yn digwydd.

'Un deg saith miliwn …' sibrydodd Ben, a'i geg yn disgyn ar agor.

Daliais ati i wylio wrth i ddyn byr mewn siwt â gwallt llwyd pigog ymuno ag Audrey Rhywun ar y llwyfan.

'Aniyah!' sibrydodd Travis. 'Edrych! Mae'r enw gyda fe! Ni jest mewn p-pryd!'

Roeddwn i wedi gweld yr amlen aur fawr roedd y dyn yn dal yn ei ddwylo, ond ro'n i'n teimlo fy nwylo a fy nhraed yn oeri a doeddwn i ddim yn gallu symud …

'Ers ei ddethol, mae'r enw wedi cael ei roi dan sêl mewn amlen a'i warchod gan yr hyfryd Mr Alex Withers fan hyn. Ac ymhen tri deg eiliad, byddwn ni'n cyhoeddi enw ein seren newydd!' Gan blygu, estynnodd Mr Withers yr amlen i Miss Audrey a dechreuodd pawb gymeradwyo eto.

Gan deimlo fy mhen yn dechrau pwnio a fy nghalon yn curo yn fy ngheg, dywedais wrth fy nwylo a fy nhraed i symud. Ond doedden nhw ddim yn gwrando. Roedd amser yn dod i ben ac roedd yr amlen yn llaw Audrey Rhywun nawr ac roedd Mam ar fin cael yr enw anghywir a doeddwn i'n dal ddim yn gallu symud!

'Ar ran Watshys Kronos ac Arsyllfa Frenhinol Greenwich, hoffwn ddiolch i bawb a gyflwynodd enw – ac i bawb sydd yma heno, am fod yn bresennol i dystio i'r eiliad hon mewn hanes.'

Gan guro'i dwylo eto, plygodd Miss Audrey, a dechreuodd drwm anweledig guro. Diffoddwyd y goleuadau, aeth yr holl ystafell yn dywyll a dechreuodd sgrin sinema y tu ôl i'r llwyfan ddangos rhifau enfawr gwyn.

10 . . . 9 . . . 8 . . . 7 . . .

Arafodd amser, tyfodd y pwnio yn fy ngheg, a theimlais fy nghorff yn oeri fel iâ.

'Aniyah!' meddai Ben rhwng ei ddannedd. Ro'n i'n gallu'i glywed ond roedd fel pe bai e'n siarad â fi drwy wal o jeli, oedd wedi gwneud i'w lais fynd yn araf a chrynedig.

6 . . . 5 . . . 4 . . .

Wedyn, o gornel fy llygaid, gwelais gysgod yn symud y tu ôl i ni. Dros ysgwydd Ben a Travis roedd dyn mawr moel yn rhedeg i lawr y coridor sêr tywyll tuag atom ni. Ac yn un o'i glustiau, ro'n i'n gallu gweld weiren gyrliog.

'OI!' gwaeddodd, wrth iddo ein gweld ni.

'NA!' sgrechiais, gan ddad-rewi fy hun a gwthio'r drysau o 'mlaen i ar agor led y pen. Clywais y dyn yn gweiddi y tu ôl i fi, ond nawr 'mod i'n symud, doeddwn i ddim yn gallu stopio.

Gan ffrwydro i mewn i'r ystafell â bang, ceisiais redeg ar draws yr ystafell i gyrraedd yr amlen aur. Ond ro'n i wedi anghofio fod fy mhigwrn ddim yn gweithio a 'mod i'n dal i wisgo gwisg teigr, oherwydd wrth i fi gyrraedd y llwyfan, yn sydyn teimlais rywbeth hir a thenau'n lapio'i hun o gwmpas fy nghoesau a chrac miniog a phoenus ofnadwy'n saethu drwy fy nhroed. Ro'n i wedi baglu dros fy nghynffon teigr ac ro'n i'n cwympo drwy'r awyr fel pe bawn i'n hedfan yn y gofod. Wrth i fi gwympo ymlaen â chrash byddarol, y cyfan ro'n i'n gallu'i glywed oedd sŵn ebychu a sain siffrwd ffrogiau'n cael eu sgubo a chadeiriau'n crafu yn erbyn y llawr. Aeth ton o 'Diar mi!' o fy nghwmpas ym mhobman wrth i fi orwedd yn llonydd, fy mhen yn fy mreichiau. Ro'n i eisiau codi. Ro'n i eisiau dweud rhywbeth a dangos i bawb 'mod i'n iawn. Ond doeddwn i ddim yn siŵr allwn i. Ro'n i'n teimlo fy ysgwyddau'n crynu a fy nghoesau'n gorwedd fel pysgod marw o dan fy nghorff, wedi'u lapio yng nghynffon dwyllodrus y teigr.

'Wel, wel,' meddai llais oedd yn dod yn nes at fy nghlustiau wrth i olau'r ystafell godi. 'Pwy sy gennym ni fan hyn?' Teimlais bâr o ddwylo'n cydio yn fy mreichiau i fy nghodi.

'Plis!' clywais fy llais yn dweud. 'Allwch chi ddim agor yr amlen! Allwch chi ddim rhoi'r enw anghywir i seren Mam! Allwch chi ddim!'

Gan gadw fy llygaid ynghau'n dynn a fy mhen i lawr er mwyn i fy ngwallt guddio fy wyneb, arhosais yn llonydd. Doeddwn i ddim eisiau gweld Travis na Ben na Noah, oherwydd ro'n i'n gwybod 'mod i wedi'u siomi nhw a doeddwn i ddim eisiau i neb fy ngweld i chwaith. Wedyn ro'n i'n gallu teimlo traed bach yn dod yn nes, a bysedd bach yn tynnu fy ngwallt ac yn ysgwyd fy mreichiau, a chlywais lais Noah'n llefain, 'Niyah! Niyah!'

Symudodd un o'r dwylo cryf oddi ar fy ysgwydd a gwthio fy ngwallt yn dyner oddi ar fy wyneb. Agorais fy llygaid ac edrych i fyny. Roedd pâr o lygaid gwyrdd-frown llydan wedi'u hamgylchynu â phowdr pefriog arian-wyn yn syllu arna i.

'Helô 'na,' meddai hi. ' Audrey ydw i. Beth yw dy enw di?'

Ac fel pe baen nhw'n methu aros eiliad yn fwy, dechreuodd cannoedd o gamerâu glicio a fflachio fel mellt, wrth i'r seren fwyaf yn Hollywood ledu'i gwefusau coch llachar a gwenu arna i.

Y Lleidr Wnaeth Ddwyn Bywyd

Gan godi ar fy eistedd, edrychais at y llwyfan a'r sgrin fawr i weld oedd y rhifau wedi stopio cyfri. Ond roedd gormod o bobl yn plygu drosof i ac yn syllu nes 'mod i'n methu gweld dim.

'Cariad, beth yw dy enw?' gofynnodd Miss Audrey eto, gan syllu i fyw fy llygaid fel taw fi oedd yr unig un yn yr ystafell i gyd.

Sychais fy llygaid a mwmial 'Aniyah.'

'Dyna enw tlws,' meddai hi. 'Nawr, beth am i ni ddatod y gynffon ddeniadol yna sydd o gwmpas dy draed, a dy godi i sefyll, iawn?' Nodiais, a chadw fy mhen i lawr.

'Bawb, os gwelwch yn dda,' meddai Miss Audrey, gan estyn ei dwylo. 'Dewch i ni roi lle i'r plentyn nawr.'

Wrth iddi roi help llaw i fi godi, gyda Noah'n ceisio helpu hefyd drwy dynnu ar fy mraich, edrychais draw a gweld Travis a Ben hanner ffordd i lawr yr ale. Roedden nhw'n edrych fel pe baen nhw wedi cael sioc, fel pe baen nhw'n methu credu bod y seren fwyaf yn Hollywood yn siarad â fi. Ceisiais ymddiheuro â fy llygaid am godi embaras arnyn nhw a pheidio â stopio'r rhifau rhag cyfri i lawr yn gynt, ond wyddwn i ddim a oedden nhw'n gallu gweld.

'Dyna ni,' meddai Miss Audrey wrth fy rhoi i sefyll ar fy nhraed. 'Sut wyt ti'n teimlo?'

Sychais fy llygaid eto a dweud, 'Iawn', er bod fy mhengliniau'n brifo a fy mhenelin wedi sgrialu ar y llawr, ac ro'n i'n eitha sicr erbyn hyn fod fy mhigwrn wedi torri.

'O ... ti wedi brifo dy goes, wyt?' meddai Miss Audrey wrth fy ngweld yn sefyll ar fy ngoes dda yn unig. Rhoddodd ei braich o 'nghwmpas i helpu fi i sefyll, 'A dy wyneb hefyd,' dywedodd, gan wgu.

'O'r ffordd, os gwelwch yn dda! Syr, madam! Allan o'r ffordd!' Roedd y dyn mawr moel â'r weiren yn ei glust oedd wedi bod yn rhedeg ar ein hôl yn gwthio'i ffordd drwy'r dorf fel jac codi baw crac nes iddo gyrraedd ble roeddwn i a Noah. 'Madam, rhaid i'r plant hyn ddod gyda fi! Maen nhw'n tresmasu!'

'Felly wir?' gofynnodd llais arall o'r tu ôl i fy mhen.

'Ydyn. Dwi newydd weld lluniau camera cylch cyfyng ohonyn nhw'n torri i mewn i'r parc drwy'r glwyd ochr ac

'... yym ... defnyddio gwiwerod i dynnu sylw er mwyn dod i mewn yma.' meddai'r swyddog.

Roeddwn i'n gallu teimlo llygaid Mis Audrey'n edych arna i wrth i Ben a Travis gamu ymlaen yn araf i sefyll wrth fy ochr. Roedd Noah'n syllu ar y dyn moel, a chan sylweddoli ein bod ni mewn trwbl mawr, dechreuodd igian mor swnllyd nes 'mod i'n sicr ei fod yn brifo'i frest.

Cymerodd y dyn moel gam ymlaen ac estyn ei law, fel pe bai am gydio yn fy mraich. Dyma ni – ro'n i ar fin mynd i'r carchar. Am byth, siŵr o fod. Ac roedd hyn cyn i neb hyd yn oed wybod 'mod i wedi gorfodi pawb i redeg i ffwrdd o dŷ Mrs Iwuchukwu a dwyn ei beic hi.

'O, paid â bod yn hurt, Frank,' meddai'r llais y tu ôl i fy mhen eto wrth i'w berchennog ddod a sefyll wrth ochr Miss Audrey. 'Dwed wrth dy dîm fod dim angen mynd i ryfel dros lond dwrn o blant! Wna i sortio hyn!'

Edrychais i fyny, a thrwy'r llen ddofn o ddagrau dros fy llygaid, gwelais fenyw â gwallt hir du, ac wyneb hir iawn, llygaid brown crwn a sbectol oedd yn pefrio. Roedd hi'n edrych yn gyfarwydd, ond do'n i ddim yn cofio pam.

'Sori, madam,' meddai'r dyn moel o'r enw Frank, gan ysgwyd ei ben. 'Dyna'r drefn.'

'Dim ond plant ydyn nhw,' meddai Miss Audrey, gan wenu ar Noah a gwasgu'i wyneb â'i bysedd. Edrychodd

Noah arni hi'n swil ac igian eto, ond yn dawelach y tro hwn.

'Plant sydd wedi torri i mewn, madam,' meddai Frank, ei wyneb a'i frest yn chwyddo fel chwyddbysgodyn.

'O, dewch, wir!' gwaeddodd dyn o'r gynulleidfa, gan achosi i lawer mwy o leisiau o 'nghwmpas i siarad dan eu hanadl a chwyno ac ysgwyd eu pennau.

'Beth am fynd â nhw i mewn i'r gromen a chlywed eu stori,' gofynnodd Mr Withers, oedd wedi ymddangos y tu ôl i Frank. 'Athro Grewal?'

Tynnais anadl wrth i'r fenyw nodio'i phen. Hi oedd yr heliwr sêr o'r newyddion hefyd! Gan anghofio fy mod ar fin cael fy arestio, a bod dim teimlad yn fy nghoesau nawr, dywedais yn wyllt, 'Athro Grewal! Ry'ch *chi'n* heliwr sêr! RHAID i chi helpu Mam! Plis! Plis allwch chi ei helpu hi?'

Gan wgu arna i, gofynnodd Athro Grewal, 'Beth wyt ti'n ei feddwl Aniyah? Pa fath o help sydd ei angen ar dy fam?'

'Hi yw'r seren. Ei chalon hi – chi'n gweld?' gofynnais, gan obeithio y byddai hi'n fy neall i. 'Plis, allwch chi ddim rhoi'r enw anghywir iddi hi! Allwch chi ddim rhoi'r enw ddewisodd y cyfrifiadur. Plis …'

O 'nghwmpas ym mhobman, roedd mwy o sibrwd a thynnu anadl wrth i Athro Grewal ac Audrey Rhywun gynnal sgwrs ddirgel â'u llygaid.

'RHAID i chi helpu!' gwaeddodd Ben, fel pe bai e'n methu bod yn dawel am eiliad yn fwy. 'Ni wedi bod yn trio cyrraedd drwy'r nos a'r dydd. A bron i ni gael ein lladd!' gorffennodd, wrth i Travis syllu'n gegagored a nodio i ddangos ei fod e'n cytuno.

Doeddwn i ddim yn gallu sefyll ddim mwy, a theimlais fy mhengliniau'n dechrau crynu. Daliodd Miss Audrey fy mreichiau, a gweiddi 'Rhowch le i ni!' wrth iddi fy arwain draw at gadair ble roedd dyn mewn siwt pengwin ac wyneb pryderus yn eistedd.

'Syr?' gofynnodd Miss Audrey, gan wneud i'r dyn neidio ar ei draed a chynnig y gadair i fi.

Wrth i fi eistedd, teimlais don o gyrff yn gwasgu i lawr arna i. Roedd cymaint o lygaid ac wynebau a gemau sgleiniog yn edrych arna i nes ei bod hi'n teimlo fel pe bai'r ystafell i gyd yn pwyso i mewn i geisio gweld beth oedd yn digwydd.

'Blant, dewch yma os gwelwch yn dda,' gorchmynnodd Athro Grewal, gan chwifio'i llaw ar Ben a Travis i ddod i eistedd wrth fy ochr, ond ar y llawr. Gan wenu arnon ni, gofynnodd hi i Ben a Noah a Travis beth oedd eu henwau, ac wedyn gofynnodd hi i fi beth oedd 'heliwr sêr' a pham fod angen un i fy helpu i. Gan fod eisiau iddi hi wybod popeth, dechreuodd pawb ohonom ateb gyda'n gilydd.

'Fe wnaeth calon Mam droi'n seren wythnos diwethaf, a hi yw'r un welsoch chi a dechrau'r gystadleuaeth amdani, ac roedden ni'n gwybod y byddai'n rhaid i ni gyrraedd yr helwyr sêr fan hyn, er mwyn i chi wybod y gwir, a pheidio â'i galw hi wrth yr enw anghywir!'

'Roedd yn rhaid i ni ddod o hyd i chi,' meddai Ben.

'Er m-mwyn i chi b-beidio c-cael ei henw hi'n anghywir!' ychwanegodd Travis, wrth i Noah roi 'Hic!' swnllyd, a dweud 'Seren Mam yw'r un fwyaf.'

'Dwi'n heliwr sêr hefyd felly dyna pam dwi'n gwybod taw ei seren hi yw hi!' esboniais, gan edrych ar Athro Grewal.

'Felly, r-roedd yn rhaid rhedeg i ffwrdd i g-gyrraedd f-fan hyn m-mewn p-pryd!'

'Dyna sut wnaethon ni frifo!'

'Ond doeddwn i ddim wedi meddwl cael neb i drwbl!'

'Hic!'

'Bawb ... stopiwch am eiliad, plis!' meddai Mr Withers, gan godi'i law Gwyliodd pawb yn yr holl ystafell wrth iddo ddod draw ata i, penlinio a gofyn, 'Aniyah. Wyt ti'n dweud dy fod ti'n meddwl – sori, dy fod ti'n credu taw calon dy fam yw'r seren rydyn ni'n ei dathlu heno?'

Nodiais fy mhen wrth i Miss Audrey ebychu a dweud, 'O!'

'Dwi'n gweld … a pham wyt ti'n meddwl hynny?' gofynnodd Mr Withers eto, ei lygaid brown cynnes a'i farf lwyd-frown yn edrych arna i.

Aros yn dawel wnes i, achos doeddwn i erioed wedi dweud wrth neb am y crash ro'n i wedi'i deimlo na'r ffrwydrad ro'n i wedi'i glywed. Ond cyn i fi allu dweud dim, clapiodd Noah ei ddwylo a dweud, 'Achos aeth hi "bwwwwm"!'

Gwenodd Athro Grewal ar Noah ac wedyn edrychodd yn ôl ata i a Mr Withers. 'Aniyah?' gofynnodd.

Meddyliais beth ddylwn i ei ddweud. Ro'n i'n gwybod bod yr Athro Grewal a Mr Withers, ac efallai lot o'r bobl eraill yn yr ystafell oedd yn syllu arna i, yn helwyr sêr, neu o leiaf yn bobl oedd yn gwybod mwy am sêr na phobl gyffredin. Ac ro'n i'n siŵr bod pob un ohonyn nhw'n gwybod sut mae sêr yn cael eu geni a'r math o sŵn maent yn ei wneud. Ond beth os nad oedden nhw erioed wedi clywed sŵn calon go iawn yn troi'n seren, fel roedd Noah a fi wedi'i glywed? Beth pe baen nhw ond erioed wedi darllen am y peth mewn llyfrgell, a bod dim syniad gyda nhw pa mor ofnadwy a byddarol oedd e? Doedd darllen am bethau byth yr un fath â chlywed neu weld neu deimlo'r peth go iawn. Ond roedd rhaid i fi wneud iddyn nhw ddeall. Roedd ar seren Mam fy angen i hefyd. A Miss Audrey oedd y seren fwyaf yn Hollywood, oedd yn golygu efallai ei bod hi'n gwybod popeth am sêr hefyd ac y gallai hi fy helpu i gael pawb i ddeall.

'Oherwydd wnes i ei chlywed hi,' dywedais yn syml. 'Pan ddaeth y plismon a'r fenyw yn y siwt ddu a dechrau siarad. Clywais y ffrwydrad a sŵn calon Mam yn gadael, ac ro'n i'n gwybod byddai hi'n dod o hyd i ffordd o ddweud wrthon ni ble roedd hi, a ble i ddod o hyd iddi hi. Ac fe wnaeth hi.'

'Dwi'n gweld ...' meddai Athro Grewal eto. Rhaid bod ei thrwyn yn cosi, oherwydd roedd yn rhaid iddi'i rwbio sawl gwaith. Rhaid bod trwyn Mr Withers wedi bod yn cosi hefyd, oherwydd roedd e'n ei wasgu i fyny ac i lawr fel gerbil.

Ro'n i'n gallu gweld Frank yn dechrau gwgu. 'Beth oedd enw dy fam?' gofynnodd, a'i lais yn llawer mwy clên nawr.

Edrychodd Travis a Ben draw arna i a stopiodd Noah igian wrth iddo aros i'w glywed.

Agorais fy ngheg. 'Isabella Hildon,' dywedais yn uchel a chlir. Dyna'r tro cyntaf i neb ofyn i fi ddweud ei henw ers iddi ein gadael ni, ac roedd ei ddweud fel 'na'n gwneud i 'mrest deimlo'n rhyfedd. Fel pe bai rhywbeth oedd wedi bod yn cysgu'r tu mewn i fi am amser maith wedi deffro, ac eisiau dawnsio.

'Isabella ... Hildon ...?' gofynnodd llais dyn o'r dorf.

'O, diar!' sibrydodd menyw.

'O, y pethau bach!' llefodd menyw arall.

'Trychineb,' meddai dyn oedd yn sefyll y tu ôl i fi.

Pwysodd rhywun mewn ffrog werdd lachar ymlaen a sibrwd rhywbeth yng nghlust yr Athro Grewal, wnaeth sibrwd yng nghlust Miss Audrey.

'O!' llefodd Miss Audrey, gan roi'i dwy law dros ei cheg. Ysgydwodd Frank ei ben ac edrych arnon ni ag wyneb trist, wrth i Ben a Travis edrych ar ei gilydd ac wedyn ar fy mhengliniau.

Gan gyffwrdd ag ysgwydd Frank, gwnaeth Mr Withers gwpan â'i law o gwmpas ei geg a dweud rhywbeth wnaeth i Frank nodio a gadael yr ystafell ar frys. Ro'n i'n gallu'i weld yn estyn ei radio, ac ro'n i'n gwybod ar unwaith beth oedd ar fin digwydd!

'Plis!' gwaeddais, gan geisio sefyll. 'Plis, peidiwch â galw'r heddlu! Doedden ni ddim … wnaethon ni ddim byd o'i le!'

'Ust nawr, cariad,' meddai Miss Audrey, gan gyffwrdd yn dyner yn fy mraich, a fy nhynnu'n ôl i eistedd ar y gadair. 'Dwyt ti ddim mewn trwbl, iawn? Ddim o gwbl.'

'Ddim mewn trwbl?' gofynnodd Ben, gan edrych fel petai e ddim yn gallu ymddiried yn yr actores orau yn y byd. Ysgydwodd Miss Audrey ei phen a gwenu arno, gan

277

achosi i Ben syllu mor galed ar y llawr nes i fi ofni y byddai e'n pwyso drosodd a chwympo.

'Rydyn ni'n rhoi gwybod i bawb eich bod chi'n ddiogel,' meddai'r Athro Grewal. 'Mae llawer o bobl wedi bod yn pryderu'n fawr amdanoch chi.'

'D-do fe w-wir?' gofynnodd Travis.

'Wrth gwrs,' meddai'r Athro Grewal. 'Mae angen iddyn nhw wybod eich bod chi'n ddiogel. Byddan nhw mor falch o glywed taw fan hyn ydych chi ac nid yn ceisio dod o hyd i dad Aniyah.'

'Dad?' gofynnais, gan feddwl tybed pam bydden i'n ceisio dod o hyd i Dad pan taw fe ddylai fod yn ceisio dod o hyd i ni. Dyna ddywedodd Mam pan aeth hi â ni o'r ysgol a'n gorfodi i redeg i ffwrdd i'r gwesty-oedd-ddim-wir-yn-westy. Taw ni oedd yn cuddio, a fe oedd yn chwilio, a bod angen i ni chwarae'r gêm guddio-a-chwilio hiraf roedd unrhyw un erioed wedi'i chwarae.

'O. Athro Grewal, dwi ddim yn meddwl dylen ni ddweud dim byd arall,' meddai Miss Audrey gan ddal fy llaw.

'Fe af i i gael gair gyda thîm Kronos,' meddai Mr Withers, gan glirio'i lwnc. 'Wyddoch chi … i weld beth allwn ni'i wneud.'

Gwelais Athro Grewal yn nodio'i phen a Miss Audrey'n dweud rhywbeth, ond doeddwn i ddim yn gallu deall ei geiriau. Roedd fy nghalon yn curo mor galed nes ei bod hi'n anodd dweud oedd hi'n dal yn fy mrest, neu a oedd wedi symud i rywle yn fy mhen. Roedd rhywbeth o'i le. Pam bod pawb yn meddwl 'mod i'n chwilio am Dad? Ar amrantiad, clywais lais y fenyw yn y siwt ddu'n atseinio yn fy mhen. Roedd hi wedi dweud rhywbeth yn y car y diwrnod hwnnw – y diwrnod aeth hi â fi a Noah o'r gwesty-oedd-ddim-wir-yn-westy. O! na allwn i gofio! Roedd hi wedi dweud … roedd hi wedi dweud ein bod ni'n mynd i fod yn ddiogel nawr. Na allai neb ein brifo ni nawr achos fyddai Dad … Dad ddim yn gallu dod o hyd i ni …

Ac yn sydyn, fel tonnau enfawr ar ruthr yn ceisio fy moddi, cofiais y newyddion a'r geiriau 'AMHEUIR O FOD YN LLOFRUDD' a'r heddlu'n tynnu'u helmedau ac yn dweud bod Mam wedi cael ei chymryd a Katie'n llefain gymaint yn y gwesty-oedd-ddim-wir-yn-westy nes iddi wlychu fy nwy ysgwydd. Ac fe wnes i gofio nid dim ond un sŵn, ond yr holl sŵn. Sut roedd sŵn cracio wedi dod o'r tu mewn oedd wedi hollti fy nghalon yn ddwy – a sŵn cracio arall o'r awyr fry uwch fy mhen. Ac ro'n i'n gwybod. Ro'n i'n gwybod nad oedd calon Mam wedi ein gadael ni am ei bod hi eisiau mynd! Roedd wedi cael ei dwyn. Roedd Hen Ŵr Amser wedi stopio chwarae triciau gyda fi o'r diwedd ac roedd e'n rhoi popeth doeddwn i ddim yn gallu'i gofio'n ôl i fi.

Ond nawr doeddwn i ddim eisiau cofio. Ddim nawr. Ddim pan roedd cofio'n golygu gwybod bod bywyd Mam wedi cael ei ddwyn gan leidr. A taw'r lleidr hwnnw oedd Dad.

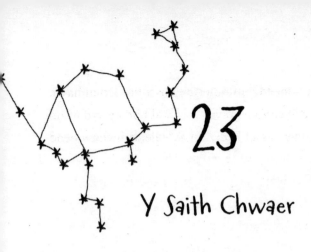

23

Y Saith Chwaer

'Niyah ... paid â llefain,' meddai Noah, er ei fod e'n llefain hefyd wrth iddo gropian i fyny i eistedd yn fy nghôl a sychu fy nagrau. Ro'n i'n gallu clywed sŵn snwffian yn atseinio o gwmpas yr ystafell a phobl yn holi am hances, fel pe bai pawb o'n cwmpas wedi torri'u calon hefyd. Doeddwn i ddim eisiau llefain o'u blaenau. Roeddwn i eisiau bod ar fy mhen fy hun a chysgu a pheidio byth â deffro eto. Ond doeddwn i ddim yn gallu stopio llefain a doeddwn i ddim yn gallu stopio fy wyneb rhag teimlo fel pe bai'n llosgi eto.

Roedd Miss Audrey'n sychu deigryn ac roedd pawb o'n cwmpas wedi mynd yn dawel. Ro'n i'n gallu gweld Ben a Travis yn sychu'u hwynebau hefyd, a meddyliais tybed oedden nhw'n gwybod. Ro'n i eisiau gwybod oedd Mrs Iwuchukwu'n gwybod – a Sophie hefyd. A pham fod neb wedi dweud dim wrtha i os oedden nhw'n gwybod.

'Aniyah,' meddai Athro Grewal yn dawel. 'Beth am i ni fynd i edrych ar seren Mam nawr? Mae'n bosib iawn dy fod ti'n gwybod hyn yn barod, gan dy fod ti'n heliwr sêr, ond mae un o'r telesgopau mwyaf, gorau yn y byd ychydig ddrysau i ffwrdd o'r fan hon.'

Edrychais i fyny, gan deimlo'n obeithiol. 'Wir?' gofynnais, gan sychu fy wyneb â'r llewys teigr. 'All Noah a Ben a Travis ddod hefyd?'

Gwenodd Athro Grewal. 'Wrth gwrs! Audrey, hoffech chi ddod gyda ni hefyd?'

Gwenodd Miss Audrey a sefyll gyda sŵn siffrwd wnaeth achosi i'w ffrog ddu godi fel blodyn yn troi'n ôl yn egin, gan estyn ei llaw ata i.

Gan neidio ar eu traed, daeth Travis a Ben ata i a Noah, a dilynodd pawb Athro Grewal a Miss Audrey a Mr Withers allan o'r ystafell. Wrth i'r dorf o ddynion yn y siwtiau pengwin a'r menywod sgleiniog sefyll i'r ochr er mwyn i ni basio, teimlais ddwylo'n cyffwrdd â fy nghefn, a phobl yn sibrwd, 'Dyna ferch fach ddewr!'.

Pan ddaethon ni i ddrws bach y tu ôl i'r llwyfan, estynnodd Mr Withers gerdyn bach a'i roi yn erbyn peiriant, wnaeth sŵn bipian, cyn dal y drws ar agor i ni. Y tu ôl i'r drws roedd coridor bychan. Arhosodd Athro

Grewal a Miss Audrey bob ochr i fi wrth i ni gerdded drwy lawer o goridorau, nes i ni gyrraedd drws mawr dur oedd yn edrych fel pe bai'n perthyn mewn banc. Uwch ben y drws, mewn llythrennau mawr aur, roedd arwydd yn dweud 'Y Telesgop Cyhydeddol Mawr, 1893'.

'Dyma ni,' gwenodd Athro Grewal, wrth i Mr Withers gydio yn y ddolen, a gyda sŵn gwag mawr, gwthiodd y drws ar agor, a chynnau'r golau.

'Ar dy ôl di, Aniyah,' sibrydodd Athro Grewal, gan bwyntio i mewn i'r ystafell.

Camais i mewn ar i'r llawr teils du a choch oedd yn edrych fel bwrdd gwyddbwyll oedd yn mynd ymlaen am byth, a syllu i fyny. Yno, o flaen fy llygaid, roedd y telesgop hiraf, gwynnaf, mwyaf sgleiniog welais i erioed, yn ymestyn fel heol newydd sbon yn syth i'r awyr. O'i gwmpas ym mhobman, roedd llinellau metel gwyn oedd yn croesi a chroesi ar draws y nenfwd fel gwe enfawr, yr holl ffordd i fyny at y gromen bigfain uwchben y telesgop.

Gan dynnu allwedd goch, arbennig o'i phoced, aeth Athro Grewal at focs metel oedd wedi'i osod yn uchel ar y wal, a gan ei daflu ar agor, rhoddodd yr allwedd mewn twll ger botwm mawr melyn.

'Ffroes yn fflio ...' sibrydodd Ben, wrth i Noah gydio yn fy llaw a gên Travis yn cwympo.

Safodd y pedwar ohonom gyda'n gilydd a syllu wrth i'r we fry uwch ein pennau ddechrau symud, a'r gromen hollti, fel llygad enfawr oedd yn dechrau agor.

Ar ôl i Athro Grewal agor y llygad i'r pen, eisteddodd hi mewn cadair arbennig a dechrau troi llawer o olwynion a dolenni a deialau i wneud i'r telesgop droi a gwyro a'i helpu i chwilio am seren Mam.

'Ydy hwn yn mynd i helpu?' gofynnais, gan gofio'n sydyn am y map sêr ro'n i wedi'i wneud.

Agorodd Athro Grewal y darn papur, oedd wedi plygu lot fawr erbyn hyn, a'i ddal at y golau er mwyn ei weld yn well.

'Mae hwn yn dda iawn,' dywedodd, wrth i Miss Audrey ei gymryd ac edrych arno hefyd. 'Ble wnest ti hwnna?' gofynnodd, gan edrych arna i â gwên.

'O'r ffenest yn nhŷ Mrs Iwuchukwu,' atebais. 'Yr un yn y cefn, ddim yn y blaen.'

'Mrs Iwuchukwu?' gofynnodd Athro Grewal.

'Ein m-mam f-faeth,' esboniodd Travis, gan gymryd un cam ymlaen ac wedyn un yn ôl fel pe bai e'n siarad â chadfridog.

'A …' meddai Athro Grewal.

Safodd, a cherdded draw at Mr Withers a sibrwd wrtho tra oedd e'n teipio ar gyfrifiadur mawr. Clywson ni'r telesgop enfawr yn symud – i'r chwith ac wedyn i lawr ac wedyn i fyny, ac i lawr eto, ac yn y diwedd, ebychodd Mr Withers, 'A-ha!'

'Dyna ni,' meddai'r Athro Grewal. 'Tyrd i weld, Aniyah.'

Cododd Athro Grewal fi i ben y gadair er mwyn i fi weld yn well, a dangos i fi sut i roi fy llygad yn y lle iawn. Am rai eiliadau, aeth popeth yn ddu, ac wedyn fe welais i hi. Pelen las-wyn danllyd o olau.

Gan wthio fy llygad ymhellach i'r teclyn, sibrydais, 'Helô, Mam!' Roedd y seren fel pe bai'n tywynnu'n fwy llachar am eiliad, fel pe bai wedi fy nghlywed.

'Dwi eisiau gweld Mam!' sibrydodd Noah, gan dynnu cynffon fy ngwisg teigr. Helpodd yr Athro Grewal i'w godi ar fy nghôl, a dangos iddo fe hefyd. Ar ôl iddo ofyn droeon, 'Ble? Ble?' o'r diwedd, fe welodd e Mam, a chodi'i law a thaflu cusan swnllyd ati.

'I ble mae hi'n mynd?' gofynnais, gan gofio sut roedd yr adroddiad ar y newyddion wedi dweud ei bod hi'n teithio ar draws yr awyr, a meddwl tybed oedd Mam wedi herio deddfau ffiseg am ei bod hi'n ceisio mynd i rywle arbennig.

'Gawn ni weld, ie?' meddai Mr Withers, wrth iddo symud y telesgop filimetrau i'r ochr gyda'i ddeialau. Gan wneud yn siŵr bod popeth ble roedd e am iddo fod, dywedodd wrtha i am edrych eto.

'Wyt ti'n gallu gweld siâp sydd wedi'i wneud o sêr arbennig o lachar a lliw glas arnyn nhw?' gofynnodd. 'Fel Gwregys Orion, ond yn hirach, ac wedi'i ffurfio o bedair seren fawr nid tair – fel cynffon gam?'

Nodiais – roedd y telesgop mor fawr a nerthol nes 'mod i'n gallu gweld y siâp heb orfod ei ddychmygu, hyd yn oed!

'Ac o dan y pedair seren lachar, alli di weld tair arall ar ffurf bachyn?'

Nodiais eto, a cheisio peidio cau fy llygaid am eiliad. Doeddwn i byth eisiau anghofio gweld y pethau hyn.

'Wel, mae'r saith seren yna'n ffurfio clwstwr arbennig o'r enw cytser y Pleiades –y Saith Chwaer,' esboniodd Mr Withers. 'Dyma'r chwiorydd mwyaf llachar, mwyaf enwog yn y bydysawd i gyd, oherwydd nhw sydd agosaf at y Ddaear. Ers dechrau amser, maen nhw wedi bod yno'n edrych i lawr arnon ni. Mae seryddwyr yn meddwl bod pob un o'r sêr yna dros gan gwaith yn fwy llachar na'n haul ni.'

'Wir?' gofynnais.

'Waw! NA!' galwodd Ben.

'Pam taw'r S-saith Chwaer yw eu h-henw nhw?' gofynnodd Travis, gan nesáu at y telesgop.

'Efallai gall Miss Audrey ateb y cwestiwn yna?' gwenodd yr Athro Grewal.

'Wel, dwi YN gwybod yr ateb yna, am fy mod i wedi actio rhan un ohonyn nhw mewn ffilm,' meddai Miss Audrey, gan fwytho gwallt Noah a gwasgu fy ysgwydd. 'Chi'n gweld, yn ôl y chwedl, y saith chwaer oedd y merched harddaf ar wyneb y ddaear, a doedd dim byd yn well ganddyn nhw na dawnsio dan wybren y nos. Ond un diwrnod, daeth helpwr o'r enw Orion, ac roedd e eisiau'u cipio nhw, felly mi redodd ar eu holau, a rhedeg a rhedeg. Fe redodd ar eu hôl am saith mlynedd hir, oedd, yn naturiol, wedi codi ofn mawr iawn ar y chwiorydd, a'u blino nhw hefyd. Felly fe wnaeth Zeus, duw'r awyr a'r taranau, benderfynu eu cuddio nhw am byth a gwneud yn siŵr na fyddai Orion byth yn gallu'u dal, a'r ffordd wnaeth e hyn oedd eu troi nhw'n sêr!'

'Waw!' meddai Ben eto.

'Ac nid dyna'r diwedd,' gwenodd Miss Audrey. 'Aeth Zeus ymlaen i droi Orion yn gytser hefyd, a'i roi ym mhen pellaf yr awyr, fel na fyddai e byth yn gallu cyrraedd y saith chwaer byth eto, ac er mwyn iddyn nhw fod yn ddiogel am byth!'

'D-da iawn!' dywedodd Travis yn grac.

'Nawr, y rheswm pam rydyn ni'n eu dangos nhw i Aniyah,' meddai Athro Grewal, 'Yw–'

Stopiodd Athro Grewal siarad, oherwydd yn y pellter roedden ni'n gallu clywed sŵn gweiddi mawr a thraed yn rhedeg a rhywun yn galw.

Edrychodd Ben a Travis arna i a'u llygaid yn llydan mewn ofn a syndod.

'Dyna chi!' gwaeddodd llais wrth i ddrws yr Ystafell Gyhydeddol agor â chlep.

'MAM!' gwaeddodd Ben a Travis, wrth i Mrs Iwuchukwu redeg i mewn a llamu tuag atom, a dechrau llefain a rhoi'i breichiau o'n cwmpas a chyffwrdd â'n hwynebau. Cerddodd Sophie i mewn y tu ôl iddi, ond roedd hi'n edrych yn goch ac yn llawn embaras ac roedd hi'n cadw edrych dros ei hysgwydd ar Frank a'r ddau heddwas oedd yn dal eu helmedau yn eu dwylo.

Gwyliais wrth i Ben ymddiheuro a Travis yn nodio wrth ei ochr. Roedd golwg ofnus ond hapus ar wyneb Noah, ac ysgydwodd Miss Audrey law pawb, ond doeddwn i ddim yn gallu symud na siarad na dweud dim. Ro'n i'n teimlo fel pe bawn i wedi rhewi mewn amser, a'r unig beth y gallwn ei wneud oedd gwylio pawb arall yn symud a theimlo pethau, heblaw amdana i.

'Sut daethoch chi yma mor sydyn?' gofynnodd Ben, gan roi cwtsh mor enfawr i Mrs Iwuchukwu nes bod yn rhaid iddi lacio'i freichiau er mwyn iddi allu anadlu.

'Roedden ni gyda'r heddlu yn Llundain yn barod!' llefodd Mrs Iwuchukwu, a'i hwyneb cyfan mor wlyb a sgleiniog nes ei fod yn edrych fel rinc sglefrio newydd sbon. 'Pan glywson ni eich bod chi yng ngorsaf Victoria bore 'ma, fe ddaethon ni i lawr, ond fe wnaeth yr heddlu eich colli chi! Wedyn, dywedodd menyw ei bod hi wedi'ch gweld chi'n mynd i mewn i dwnnel cerdded Greenwich, ond roedden ni'n rhy hwyr eto!'

'O! Y f-fenyw h-hufen iâ!' meddai Travis yn hapus.

'Cystal, hefyd, neu dwi'n meddwl baswn i wedi mynd o 'ngho fel arall,' meddai Mrs Iwuchukwu, gan ysgwyd ei phen. Wedyn, gan droi ata i, gofynnodd, 'Nawr, beth yw'r holl sôn yma am seren?'

Edrychodd pawb arna i, ond fe wnes i gadw fy llygaid ar y ddaear. Roedd rhywbeth coch a thanllyd yn dechrau tyfu'r tu mewn i fi, ac roedd yn rhaid i fi ei adael iddo ddod allan. Roedd yn brifo gormod.

Gan edrych ar Mrs Iwuchukwu, gofynnais iddi, 'Oeddech chi'n gwybod … am Dad? A beth wnaeth e?'

Clywais Miss Audrey'n sniffian, a gwelais Noah'n syllu arna i mewn dryswch a Ben a Travis yn edrych yn bryderus.

Wnaeth Mrs Iwuchukwu ddim dweud dim, ond daeth hi draw a chydio yn fy nwylo.

'Oeddwn, Aniyah, ro'n i'n gwybod. Achos fy ngwaith i yw gwybod. A dy warchod di.'

Gwyliais wrth i lygaid pefriog Mrs Iwuchukwu lenwi â dagrau, a rhai Miss Audrey'n gwneud yr un fath.

'Fe wnaeth Mrs Iw i ni addo peidio dweud,' meddai Ben yn dawel, wrth iddo ddod i sefyll o 'mlaen i hefyd. 'Ond mae hynny am nad o'n ni i fod i siarad â ti am bethau allai dy frifo di, a doedden ni ddim eisiau dweud dim byd fyddai'n dy frifo di. Nid achos ein bod ni'n cadw cyfrinach wrthot ti na dim.'

Nodiodd Travis yn gyflym, ac edrych arna i drwy ei wallt.

Dechreuodd dafnau poeth berwedig o ddŵr losgi fy llygaid eto a disgyn ar hyd fy mochau. Roedd hi'n teimlo fel pe bai pawb wedi dweud celwydd wrtha i.

'Dwi'n gwybod byddai hi wedi bod yn anodd i ti gofio popeth, cariad,' meddai Mrs Iwuchukwu, wrth iddi hi ddal fy nwylo'n dynnach fyth. 'A dwi'n gwybod pa mor ddryslyd mae hyn yn gallu bod, ac mor annheg yw popeth. Ond rydyn ni yma i dy helpu di, iawn?'

Nodiodd pawb arna i wrth i Noah gydio'n dynn yn fy mraich a'i gwlychu â'i ddagrau e.

'O, Aniyah! Mae pawb mor flin!' meddai'r Athro Grewal. Roedd ei hwyneb hi'n wlyb hefyd ac roedd ei cholur yn dechrau llithro i lawr ei bochau ac yn gwneud iddi edrych fel panda.

Nodiais yn ôl a cheisio sychu fy llygaid, ond doedden nhw ddim eisiau stopio gollwng eu dagrau. Agorais fy ngheg i ddweud wrth bawb fod popeth yn iawn, am fod calon Mam yn gryf, ac nad oedd hi wedi'n colli ni, ac na fyddai hi byth yn ein gadael ni a 'mod i'n ffodus achos ro'n i wedi gweld ei chalon yn llosgi yn yr awyr. Ond yn lle ffurfio geiriau, rhoddodd fy nghorff waedd hir a dolefus.

Tynnodd Mrs Iwuchukwu fi ati mewn cwtsh a fy nal i'n dynn, gan wrthod gadael i fi ei gwthio hi i ffwrdd, tra bo Miss Audrey'n cwtsho fy nghefn.

'Does dim o hyn yn fai arnat ti, Aniyah,' sibrydodd Mrs Iwuchukwu, wrth iddi fwytho fy ngwallt. Gollyngodd ochenaid hir, drist. 'Roedd dy fam yn dy garu di, ac roeddet ti'n caru dy fam, a dyna'r unig beth sy'n cyfri.'

Agorais fy ngheg eto oherwydd ro'n i eisiau dweud taw nid dyna'r *unig* beth oedd yn cyfri. Achos methais ei hachub hi. Methodd pawb ei hachub hi! Ond dim ond gwich fach drist ddaeth allan, ac wedyn aeth popeth yn dawel.

Ymhen amser maith, neu felly roedd yn teimlo, dechreuodd y llosgi yn fy llygaid gilio, a daeth dwylo rhywun i ddal rhai o fy mysedd, oedd wedi'u gwasgu o dan freichiau Mrs Iwuchukwu. I ddechrau, ro'n i'n meddwl taw Noah oedd yno, oherwydd doedd neb heblaw Mam a Noah byth yn dal fy mysedd, ond pan edrychais i lawr, gwelais fod y llaw yn wyn ac yn llawn brychni.

Edrychais i fyny dros ysgwydd Mrs Iwuchukwu a theimlo syrpréis. Roedd Sophie'n sefyll o 'mlaen i, a'i llygaid hithau'n goch ac yn wlyb hefyd.

'Dyma ti,' meddai hi, gan estyn fy loced. 'Mae'n ddrwg gen i 'mod i wedi mynd â hi wrthot ti.'

Camais allan o gylch cwtsh Mrs Iwuchukwu ac edrych ar y loced yn fy llaw. Roedd yn deimlad rhyfedd i'w chael yn ôl nawr 'mod i'n gwybod bod Dad yn lleidr. Roedd yn teimlo'n wahanol, rywsut. Ro'n i'n gwybod na fyddwn i byth yn gallu'i gwisgo eto, ond ro'n i hefyd yn gwybod 'mod i eisiau'i chadw, oherwydd Mam.

Yr eiliad honno, daeth Frank yn ôl i'r ystafell. Gan ddal y drws ar agor y tu ôl iddo, cyhoeddodd, 'Rydyn ni'n barod, bawb. Mae'n amser mynd.'

24

Y Seren Uwch fy Mhen

'Ydyn ni'n barod go iawn?' gofynnodd Athro Grewal, a'i llygaid panda'n edrych yn waeth nag o'r blaen nawr.

Nodiodd Frank. 'Mae popeth yn barod. Gall Miss Audrey arwain pawb!'

Helpodd Athro Grewal fi i lawr o sedd y telesgop, a rhoi cwtsh mor fawr i fi nes bod yn rhaid i fi ddal fy anadl. 'Aniyah, dwi'n meddwl dy fod ti'n ferch arbennig iawn, a rhaid bod dy fam wedi bod yn arbennig o sbesial i adael rhywun fel ti yn y byd.'

Nodiais, ond dim ond am fy mod i'n gwybod bod Mam yn arbennig o sbesial. Nid achos 'mod i'n sbesial.

'Ac am ei bod hi'n mor arbennig, a dy fod ti mor arbennig, a bod Noah mor arbennig ...' Edrychodd Athro Grewal ar Noah, a mwytho'i wyneb. 'Wel, dewch ... gewch chi weld!'

Estynnodd Miss Audrey ei braich ata i. Cydiais ynddi ag un fraich wrth i Athro Grewal gydio ym mraich Noah, ac i Ben a Travis a Sophie a Mrs Iwuchukwu a Mr Withers ein dilyn.

'Ara' deg nawr,' meddai Frank gan ddal y drysau dur ar agor a rhoi winc i fi.

Wrth i Travis a Ben ac Athro Grewal geisio fy helpu i hercian gyda nhw, aethon ni'n ôl ar hyd y coridorau ac i mewn i'r ystafell fawr ble roedd y llwyfan a'r sgrin sinema a'r byrddau'n llawn pobl mewn diemwntiau a siwtiau pengwin. Wrth i'r drysau agor, cliciodd a fflachiodd miliwn o gamerâu. Rhywle yn y pellter, dechreuodd pobl guro dwylo a gweiddi 'Bravo!' wrth i Athro Grewal a Mr Withers ein rhoi ni i eistedd ar gadeiriau reit ar flaen yr ystafell.

'Bant â ni!' sibrydodd Miss Audrey, wrth iddi gamu ar y llwyfan. Rhoddodd pawb floedd fawr cyn tawelu eto.

'Foneddigion a boneddigesau,' meddai Miss Audrey. 'Diolch i chi am eich amynedd. Ac i bawb sy'n gwylio'r ffrwd fyw, diolch i chi am eich amynedd hefyd!'

Gan seibio i godi'i llaw ar y camera mwyaf yn yr ystafell, rhoddodd Miss Audrey winc iddo hefyd.

'Heno, dan amgylchiadau sydd bron yr un mor unigryw ac arbennig a rhyfeddol â'r ffenomenon sydd wrthi'n teithio ar draws ein galaeth ar hyn o bryd, rwy'n falch iawn o ddatgelu i chi enw ein seren newydd!'

Dechreuodd y sgrin y tu ôl i'r llwyfan, oedd wedi bod yn dywyll, fflachio'r geiriau: MAE MENTER KRONOS A'R ARSYLLFA FRENHINOL GREENWICH YN FALCH O GYFLWYNO ...

'Drymiau os gwelwch yn dda!' gwaeddodd Miss Audrey, ac o rywle daeth sŵn drymiau. 'Ac yn awr, er cof am fam arbennig iawn, ac er mwyn ei seros bach ifanc sydd yma gyda ni heno, mae Menter Kronos a Bwrdd yr Arsyllfa Frenhinol wedi cytuno i enwi'r seren newydd yn ...' Ysgubodd Miss Audrey i ochr y llwyfan a phwyntio at y sgrin fawr y tu ôl iddi. Fflachiodd wyth llythyren ar y sgrin yn yr ysgrifen aur fwyaf sgleiniog a welais i erioed, gan sillafu'r gair:

Isabella

Ffrwydrodd yr ystafell y tu ôl i ni â chymeradwyaeth. Neidiodd Ben a Travis o'u cadeiriau a dechrau udo a phwnio'r awyr tra bo Sophie'n rhoi cwtsh i Noah, a Noah'n ei gwthio i ffwrdd, ac Athro Grewal yn dal llaw Mrs Iwuchukwu mor dynn nes iddi ddechrau troi'n wyn.

'Ond! Nid dyna'r cyfan!' meddai Miss Audrey, wrth iddi ddefnyddio'i dwylo fel arweinydd cerddorfa i dawelu pawb eto. 'Diolch i'n "helwyr sêr" fan hyn yn yr arsyllfa, gallwn ni ddod â ffrwd byw i chi nawr o *Isabella* wrth iddi deithio drwy gytser yr haul.'

Aeth y sgrin ag enw Mam arno'n dywyll eto. Ond y tro hwn, yng nghanol y düwch, roedd smotyn bach gwyn.

Nawr llamodd Mr Withers ar y llwyfan a phwyntio at y smotyn. 'Honna fan 'na yw ein seren, *Isabella*,' meddai, gan siarad i mewn i feicroffon, ac edrych i lawr arna i â gwên. 'Ac os gall ein tîm athrylithgar fy nghlywed, beth am newid y sgrin er mwyn i ni gael gweld i ba gyfeiriad mae hi'n mynd?'

Edrychai'r sgrin fel pe bai'n sgubo am yn ôl, ac aeth seren Mam yn llai a llai a llai nes ei bod wedi'i hamgylchynu â llawer o smotiau gwyn eraill.

Gan ddechrau o ble roedd smotyn Mam wedi bod, tynnodd Mr Withers linell syth â'i fysedd a, chan gerdded ar draws y llwyfan, pwyntiodd at rywbeth oedd yn edrych fel saith smotyn wedi'u gwasgu'n agos at ei gilydd yn y gornel uchaf.

'Ymddengys fod Isabella ar lwybr hollol syth tuag at gytser Pleiades,' esboniodd Mr Withers, 'cytser y Saith Chwaer a'u rhieni, Atlas a Pleione. Ble, gobeithio, bydd hi'n ei chael ei hun yng nghanol y teulu gorau!'

Dechreuodd pawb yn yr ystafell guro dwylo eto, a gwasgodd Athro Grewal fy mhen-glin. Syllais ar y sgrin ac ar y smotiau bach o olau roedd Mam yn teithio tuag atyn nhw, gan deimlo mor hapus nes bod fy mhen yn brifo. Fyddai Mam byth ar ei phen ei hun! Roedd hi'n mynd i fyw gyda theulu oedd yn aros amdani – yn union fel roedd teulu Mrs Iwuchukwu wedi bod yn aros am Noah a fi. Roedd hi'n mynd at deulu maeth hefyd, ac yn union fel fi, roedd hi'n mynd i fod yn chwaer faeth.

Drannoeth, ac am ddyddiau wedyn, roedd seren Mam yn y papurau i gyd ac ar bob un o sianelau'r teledu. Bu'n rhaid i fi aros yn yr ysbyty am ddau o'r diwrnodau hynny, achos yn ôl y doctoriaid roeddwn i wedi rhwygo rhywbeth yn fy mhigwrn oedd angen ei drwsio'n iawn, ac roedd yn golygu 'mod i ddim yn cael symud. Ond doedd dim ots gen i, oherwydd daeth Ben a Travis â'r holl bapurau newydd ata i, a rhoddodd Mrs Iwuchukwu lyfr lloffion mawr i fi er mwyn i fi dorri'r straeon o'r papurau a'u gludo yn y llyfr a'u cadw am byth.

Wnaeth Athro Grewal a Mr Withers ddim dod i 'ngweld i, ond fe wnaethon nhw bostio parsel hynod arbennig. Dyna'r parsel mwyaf roedd unrhyw un erioed wedi'i anfon ata i, a chadwodd Mrs Iwuchukwu ef fel anrheg i'w agor pan fyddwn i adre o'r ysbyty. Yr eiliad es i drwy'r drws a hercian i'r lolfa, rhedodd Ben a Travis i'w nôl a'i roi ar y bwrdd coffi o 'mlaen i.

'Dere 'mlaen!' meddai Ben, wrth iddo stopio dwylo Noah rhag agor y pecyn gyntaf. 'Oni bai bo ti eisiau i fi wneud?'

Ysgydwais fy mhen.

'Ie, Ben! Gad iddi hi ei agor!' meddai Sophie, gan ddod i mewn i'r ystafell ac eistedd ar y soffa gyferbyn. 'Ei choes sydd wedi brifo, nid ei dwylo!' Cododd Ben ei ysgwyddau wrth i bawb bwyso drosodd i edrych arna i.

'Arhoswch! Arhoswch!' gwaeddodd Mrs Iwuchukwu, wrth redeg i mewn â chamera yn ei dwylo. 'Iawn! Nawr, AGOR!' gorchmynnodd hi, gan sefyll y tu ôl i Sophie a dal y camera. Yr eiliad y dechreuais rwygo'r parsel ar agor gyda fy nwylo, ac wedyn gyda fy nannedd, dechreuodd Mrs Iwuchukwu glicio a fflachio'r camera.

'Wow!' meddai Ben wrth i belen enfawr o ddeunydd swigod ddisgyn allan.

'D-dim ond y s-stwff l-lapio yw hwnna!' ochneidiodd Travis gan ysgwyd ei ben.

Agorais y deunydd swigod a gweld amlen fach aur a bocs du, sgwâr.

'Bocs Kronos yw hwnna!' gwaeddodd Ben, gan bwyntio ato a neidio ar ei draed a chydio yn ei wallt. 'Y watsh! Rhaid taw'r watsh yw e! O, waw!'

'Aniyah, beth am ddarllen y cerdyn yn gyntaf?' gwenodd Mrs Iwuchukwu. 'Dwi'n siŵr y bydd yn esbonio popeth.'

Gan nodio, codais yr amlen a thynnu cerdyn bach gwyn ohono.

Roedd yn dweud:

Annwyl Aniyah,

Yn y pecyn, mae rhodd i ti oddi wrth Watshys Kronos: watsh unigryw a wnaed â llaw i ddathlu 250 mlwyddiant eu menter. Mae'r rhodd hon wedi cael ei harddu gyda chynllun o enw eich mam, wedi'i chreu a'i rhoi'n anrheg gan Miss Audrey Tahania, a'i anfon â'i holl gariad.

Hyderwn y byddi di'n dod i'n gweld cyn bo hir er mwyn i ni glywed am dy ddatblygiadau ym maes hel sêr! A than hynny, hoffem dy adael di, Noah, Travis a Ben mewn gobaith y bydd pob un o'ch dyddiau a'ch nosweithiau'n llawn goleuni a llwch sêr.

Yn gynnes

Yr Athro Jasmine Grewal a Mr Alex Withers

Rhois y cerdyn i lawr a chodi'r bocs du, gan deimlo Noah a Ben yn fy ngwthio ymlaen. Edrychodd pawb i lawr pan gliciais y bocs ar agor. Wnaeth neb un smic, na churo dwylo, nac ebychu na chydio ynddo fe. Roedd yn rhy hardd i ni fod eisiau gwneud dim un o'r pethau hynny. Y cyfan wnaethon ni oedd syllu a syllu.

Oherwydd dyna lle'r oedd y watsh roedden ni wedi'i gweld ar dudalen we y Gystadleuaeth Fwyaf yn y Galaeth. Roedd yn union yr un rhifau arian yn mynd o gwmpas y tu fas, yr un bys mawr a seren wib arian arno, yr un bys bach a lleuad newydd a'r un 'Kronos 250' mewn ysgrifen fach, fach aur yn y canol. Ond yn lle sêr bychan ar hap yn pefrio o wahanol rannau o'r wyneb glas tywyll, roedd y sêr wedi'u cysylltu fel cytser i sillafu'r gair *Isabella*.

Daliais y watsh yn fy nwylo a gwenu. Roedd enw Mam yn mynd i fod ar fy ngarddwrn am byth, ac roedd gan Noah a fi ddau frawd a chwaer newydd i'n helpu i deimlo fel teulu eto. Ond y peth gorau oll oedd bod seren Mam wedi dod o hyd i gartref newydd hefyd, yn union uwch fy mhen, ble byddwn i'n gallu dod o hyd iddi hi pryd bynnag byddwn i eisiau, a lle gallai hi gadw llygad ar bob un ohonon ni. Felly, wrth i Mrs Iwuchukwu godi'i chamera am un tro olaf, edrychais yn syth i lygad y lens sgleiniog crwn a gwenu fy ngwên orau, oherwydd roeddwn i'n gwybod bod gen i bopeth oedd ei angen arna i am byth i fod yr heliwr sêr mwyaf lwcus yn y byd.

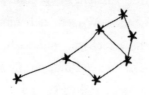

BETH YW CAM-DRIN YN Y CARTREF?

Yn y stori hon, mae Aniyah, Noah, Ben a Travis wedi gweld neu brofi cam-drin yn y cartref mewn ffyrdd gwahanol.

Gweithred gan berson sy'n ceisio brifo, rheoli neu godi braw ar rywun arall yw cam-drin yn y cartref. Mae llawer o ffyrdd y gall camdriniwr (yr un sy'n achosi'r cam-drin) frifo rhywun. Mae trais corfforol yn un o'r rhain, ond gallan nhw hefyd ddefnyddio geiriau i beri loes neu ofn, neu i ddrysu rhywun yn fwriadol a gwneud iddyn nhw deimlo'n dwp ac yn llai hyderus. Yn aml, mae llawer o gamdrinwyr yn ceisio rheoli'u dioddefwr (neu ddioddefwyr) drwy eu gwahanu rhag eu teulu a'u ffrindiau, neu drwy gyfyngu ar faint o arian sydd ganddyn nhw.

Mae'r weithred o frifo neu geisio rheoli unigolyn arall yn anghyfreithlon, ac ni ddylai neb, waeth beth yw eu hoed, fod yn gorfod byw mewn sefyllfa o'r fath.

MATERION Y GALL CYFRIFIADURON DYNOL YMCHWILIO IDDYNT

Efallai fod stori Aniyah wedi codi cwestiynau i ti. Os oes gen ti ddiddordeb mewn dysgu mwy am amgylchiadau bywydau go iawn y bobl a ysbrydolodd y stori hon, galli di ofyn i riant, athro neu unrhyw oedolyn arall rwyt ti'n ymddiried ynddyn nhw i ymweld â gwefan makingherstory.org.uk gyda ti, lle gallwch chi weld ffeithiau a chwestiynau i'w trafod gyda'ch gilydd. Onjali Q. Raúf, awdur y llyfr hwn, oedd sylfaenydd sefydliad Making Herstory, sy'n gweithio i helpu goroeswyr cam-drin – plant a rhieni – i ddeall eu hawliau, gwybod ble i droi am help a derbyn cymorth i aros yn ddiogel.

✳

Y SÊR YN Y STORI

Ar ddechrau pob pennod (ac yn y diwedd un!), mae darlun o gytser. Mae cytserau'n arbennig tu hwnt, achos fel dywedodd Aniyah, maen nhw'n adrodd stori.

Dyma enwau'r cytserau sy'n cyd-fynd â phob pennod. Gobeithio byddi di'n mwynhau ymchwilio i'w straeon a darganfod sut maen nhw'n adlewyrchu anturiaethau Aniyah ...

NODYN GAN YR AWDUR

Byth ers i mi allu cofio, dwi wedi bod yn ymwybodol mor annheg y gall bywyd fod i ferched – merched a fyddai'n tyfu'n fenywod maes o law. Mi effeithiodd gymaint ar fy mhlentyndod nes 'mod i'n cael stŵr yn aml am ofyn 'gormod o gwestiynau'. Cwestiynau fel: pam nad oedd byth menyw yn Teenage Mutant Ninja Turtle? Pam bod ffilm sgrin fawr ar gyfer He-Man ond byth un ar gyfer She-Ra? Pam bod pobl yn dweud mod i'n 'tomboy' am hoffi dyngarîs a phêl-fasged yn fwy na doliau Barbie a gemau cusanu – pam na allwn i fod yn fi? A pham bod pobl wastad yn tynnu fy nghoes am fod yn 'ffefryn yr athro' yn yr ysgol am fy mod i eisiau cael y marciau gorau, ond doedd neb yn tynnu coes y bechgyn oedd yn rhannu'r un uchelgais?

Wrth i fi dyfu'n hŷn, trodd fy myfyrio'n gwestiynau oedd yn creu rhwystredigaeth i fi. Ac yn ddiweddarach, yn y brifysgol ac yn fy ngwaith, byddwn byth a hefyd yn cael fy ysgwyd i'm sail wrth ddysgu pa mor gyffredin oedd ymdrechion menywod i ennill yr hawl sylfaenol i gael eu trin yn gydradd, gyda'r un urddas a pharch â dynion.

Ond er gwaethaf fy holl astudio, fy ymwybyddiaeth a fy nghwestiynau, doeddwn i ddim yn barod i wynebu'r ffordd byddai fy mywyd yn chwalu ar 5 Gorffennaf 2011, pan gafodd aelod annwyl o fy nheulu – rhywun roedden ni wedi ceisio ein gorau glas i'w rhyddhau oddi wrth ddyn peryglus, treisgar – ei dwyn oddi wrthym. Bu fy modryb, Mumtahina 'Ruma' Jannat, yn brwydro am bum mlynedd gyfan i achub ei bywyd ei hun, gan ddefnyddio pob ffordd gyfyng oedd ganddi i brofi i unrhyw un oedd yn fodlon gwrando ei bod hi mewn perygl. Ond doedd neb – ddim hyd yn oed y barnwyr oedd yn goruchwylio'i hachos cyfreithiol – yn ei chredu.

Yn 2012, lansiais Making Herstory yn swyddogol er cof amdani. Mae gan Making Herstory un amcan craidd, syml: ysbrydoli pawb posib i fynd i'r afael â thrais yn erbyn menywod a merched ym mhob ffurf. Wnes i erioed ddychmygu y byddwn i'n ysgrifennu llyfr i blant sy'n ymwneud â phrofiadau rhai o'r menywod a phlant dewr rydw i wedi cwrdd â nhw mewn llochesi menywod dirifedi, na chwaith stori fy modryb. Ond dyma ni'r stori ... ynghyd â'r gobaith y bydd rywsut, efallai, yn helpu rhywun i dorri'n rhydd.

CYMORTH I BLANT

Os wyt ti, fel Aniyah, Noah, Ben a Travis, wedi cael dy frifo, neu os oes ofn arnat ti oherwydd ymddygiad oedolyn yn dy fywyd – gartref neu yn rhywle arall – mae llawer o bobl garedig yn aros i dy helpu.

Y peth pwysicaf i'w gofio yw nad wyt ti ar dy ben dy hun, ac mai'r cam cyntaf i gael help i ti a'r bobl rwyt ti'n eu caru yw dweud wrth rywun.

Galli di gysylltu â Childline unrhyw bryd. Maen nhw ar agor 24 awr y dydd, bob dydd o'r flwyddyn. Dyma'r manylion:

– Ffonio 0800 1111 (am ddim)

– Creu cyfrif e-bost drwy fynd i childline.org.uk/registration. Does dim angen cyfeiriad e-bost arnat ti i gofrestru.

– Sgwrs bersonol dros y we gydag arbenigwr: childline.org.uk/ get-support/1-2-1-counsellor chat

Cofia bob amser, os wyt ti mewn perygl mawr neu mewn argyfwng, ffonia'r heddlu ar 999, neu ofyn i rywun cyfagos ffonio 999.

CYMORTH I OEDOLION

Os ydych chi neu rywun rydych chi'n eu hadnabod mewn sefyllfa lle mae cam-drin yn y cartref, mae rhai ffynonellau cymorth wedi'u rhestru isod.

– Yng Nghymru, mae gwasanaeth cyfrinachol Llinell Gymorth Byw Heb Ofn Llywodraeth Cymru ar gael 24 awr y dydd, bob dydd. Y rhif ffôn yw 0808 80 10 800. Mae Byw heb Ofn yn darparu cymorth a chyngor i unrhyw un sy'n profi cam-drin yn y cartref, neu sy'n adnabod rhywun allai fod angen cymorth.

– Llinell gymorth genedlaethol rad ac am ddim National Domestic Violence (ledled y DU) ar 0808 2000 247. Mae'r gwasanaeth hwn ar gael 24 awr y dydd, bob dydd o'r flwyddyn.

– Women's Aid: helpline@womensaid.org.uk. Byddan nhw'n ymateb i'r neges o fewn pum diwrnod gwaith.

– Os ydych chi'n poeni am les neu gyflwr plentyn rydych chi'n ei adnabod, gallwch chi gysylltu â'r NSPCC ar 0808 800 5000 neu e-bostio help@nspcc.org.uk. Mae'n rhif ffôn rhad ac am ddim, a gallwch aros yn ddi-enw. Os yw'r plentyn mewn perygl mawr, ffoniwch yr heddlu ar 999.

– Mae rhestr gynhwysfawr o linellau cymorth a gwasanaethau lleol ar gael ar wefan makingherstory.org.uk/helplines.

Hefyd ar gael gan Rily